Eine Familie wie aus dem Bilderbuch. Wäre da nicht ... Vater Launo ist Dirigent und Komponist. Mutter Katriina perfektioniert als Innenarchitektin die Häuser der Reichen. Auch ihre Familie könnte perfekt sein, wenn die 22-jährige Tochter nicht auf dem Selbstfindungstrip wäre und ungeniert ihre Sexualität ausprobieren müsste, inklusive Bondage und anderer Spielchen. Wenn sich der 18-jährige Sohn nicht in den Kopf gesetzt hätte, seinen pummeligen Körper durch Bodybuilding und gefährliche Substanzen zu trimmen. Zum Glück gibt es da noch die 4-jährige Pelagia, Nesthäkchen und Sonnenschein der Familie, die aber weder Vater noch Mutter ähnlich sieht. Was ist damals passiert, bei dem Tauchlehrgang am Roten Meer? Und was will dieser Tauchlehrer, der an Launos fünfzigstem Geburtstag plötzlich zwischen den Gästen steht?

Bald weiß die halbe Stadt, dass auch bei den Silolas nicht alles perfekt ist, und die Silolas begreifen, dass Glück und Harmonie nicht von Perfektion abhängen.

Miina Supinen, geboren 1976, lebt in Helsinki. Die studierte Journalistin schreibt u. a. Kolumnen für die finnische Trendzeitschrift *Image*. 2014 erschien ihr Roman *Drei ist keiner zu viel* (st 4551).

insel taschenbuch 4429

Miina Supinen

Endlich zu fünft

MIINA SUPINEN

ENDLICH ZU FÜNFT

Roman
einer fast perfekten Familie
Aus dem Finnischen von
Stefan Moster

INSEL VERLAG

Die Originalausgabe erschien unter dem Titel
Liha tottelee kuria bei WSOY, Helsinki 2007.

Der Verlag dankt FILI – Finnish Literature Exchange
für die Förderung der Übersetzung

FILI FINNISH LITERATURE EXCHANGE

Erste Auflage 2016
insel taschenbuch 4429
Deutsche Erstausgabe

Vertrieb durch den Suhrkamp Taschenbuch Verlag
Umschlag: ZERO Werbeagentur, München
Satz: Satz-Offizin Hümmer GmbH, Waldbüttelbrunn
Druck: Druckhaus Nomos, Sinzheim
Printed in Germany
ISBN 978-3-458-36129-9

ENDLICH ZU FÜNFT

ERSTER TEIL

1 PELAGIAS ZWÖLF TIERE

Es war einmal eine Mutter, die ihr kleines Mädchen so sehr liebte, dass sie es nicht übers Herz brachte, die zwölf Plüschtiere, die sie für die Kinder ihrer Bekannten gekauft hatte, zu verschenken, sondern sie alle ihrem eigenen Kind gab. Das Mädchen hieß Pelagia und war vier Jahre alt, als die Ereignisse, von denen hier erzählt wird, stattfanden.

Die Tiere waren paarweise vertreten, wie in der Arche, und gehörten folgenden Spezies an: Kamel, Skorpion, Ente, Spinne, Möwe und Maulwurf. Zwar genossen einige von ihnen einen zweifelhaften Ruf – vor allem Spinne und Skorpion, aber auch die Möwe gehört nicht unbedingt zu den Stofftierarten, die das größte Vertrauen erwecken –, trotzdem waren sie alle weich, plüschig und wunderbar, sogar der Skorpion.

Pelagia freute sich über ihre Tiere. Sie trug sie ins Wohnzimmer und türmte sie auf ihrem großen Bruder und ihrer großen Schwester auf, die gerade fernsahen. Bruder und Schwester warfen mit den Stofftieren nach Pelagia, dass es nur so hagelte, und Pelagia kicherte. Dann brachte sie den Tieren auf dem Teppich schmutzige Wörter und die Namen von berühmten Komponisten bei.

Am Abend schlich Pelagia in die Küche, öffnete die Kühlschranktür, hob den Plastikdeckel des Marmeladenglases an und steckte einen der beiden Maulwürfe in die Himbeerkonfitüre. Er versank bis zum Rücken im Zuckerschleim. Pelagia rannte so weit weg, wie es die Zweihundert-Quadratmeter-Wohnung zuließ, und vergaß das Ganze auf der Stelle.

In der folgenden Nacht wollte sich ihr großer Bruder – er hieß Silmu – ein Marmeladenbrot schmieren und erschrak, als er mit dem Messer den Rücken des Maulwurfs traf. Zuerst glaubte Silmu, es sei ein echtes totes Tier. Er erinnerte sich, von Mäusen gehört zu haben, die in Fabriken in die Behälter mit Beeren gefallen waren. Und hatte man nicht irgendwo in Amerika oder Kanada mal einen Hühnerkopf unter den Chicken McNuggets gefunden? Silmu erstarrte, das Marmeladenglas kippte um.

Er rannte in sein Zimmer und redete sich ein, geträumt zu haben – während eines Mikroschlafs am Küchentisch –, aber tief in seinem Inneren wusste er, dass da wirklich eine süße, struppige Kreatur gewesen war.

Der Vorfall löste ein Trauma aus. Silmu traute sich nicht mehr, Marmelade zu essen. Fortan mied er die Küche.

Da er übergewichtig war, hatte das Trauma auch seine Vorteile, denn nun hörte er endlich auf, immer fetter zu werden. Er war bereits achtzehn, aber noch immer hatte sich kein Mädchen ihm gegenüber so verhalten, dass die Aussicht sich abzeichnete, demnächst oder irgendwann von ihr herangelassen zu werden. Silmu hatte überall Babyspeck.

Das Allerpeinlichste ist das nicht. Heutzutage haben ja viele überall Babyspeck.

Das Allerpeinlichste, das man sich vorstellen kann, ist das hier: Ein Jüngling mit Babyspeck, auf dessen weißer Speckbrust in großen gotischen Buchstaben eintätowiert steht: OUTLAW. Pelagias und Silmus große Schwester schwor, einmal so einen Jungen kennengelernt zu haben. Angeblich hatte er wegen eines total laschen Verbrechens im Jugendgefängnis gesessen, wegen Autodiebstahl oder so, und sich dann dieses Tattoo stechen lassen.

Die große Schwester hieß Astra und wohnte nicht mehr bei ihnen zu Hause, hing dort aber noch oft herum, weil sie fast immer Sehnsucht nach ihrer Mutter hatte.

Die Marmelade war ein Beweis für die Pflichtvergessenheit der Eltern. Alle verschlangen sie. Pelagia sogar mit ihren kleinen Fingern. Und das bei einer Marmelade mit sechzig oder siebzig Prozent Zucker. Was passiert, wenn man so etwas in sich hineinstopft? Man kommt in den Zuckerrausch. Erlebt einen orgastischen Genuss, der aber nur einen flüchtigen Moment dauert. Dann bricht der Blutzuckerspiegel ein, die Marmeladenesserin wird müde und gereizt, und wenn sie eine Essstörung hat, versucht sie zu kotzen, und wenn nicht, dann hasst sie sich und die ganze Welt halt einfach so. Manche weinen auch. Bei manchen ist der Bauch so voll, dass es wehtut und sie an den Film *Sieben* denken müssen, in dem ein Serienkiller einen fetten Mann umbringt, indem er ihn zwingt, so lange Dosenspaghetti von Campbell zu essen, bis ihm der Magen platzt. Und dann stellt sich vielleicht der Gedanke ein, ob die Firma Campbell dafür bezahlt hat, dass ihr Produkt im Film zu sehen ist, oder ob die Leute von Campbell im Gegenteil deswegen sauer sind.

Die Marmeladenesserin macht sich noch ein Marmeladenbrot.

Alle Marmeladenesserinnen leiden unter Unwohlsein, ständiger Müdigkeit, so großem Hunger, dass es wehtut, obwohl sie Marmelade intus haben, und mit einiger Wahrscheinlichkeit auch unter Babyspeck und Diabetes Typ 2.

Kein Problem, seine Kinder Astra, Silmu oder Pelagia zu nennen, aber die Marmelade – für deren Verabreichung müsste man ins Gefängnis kommen.

Pelagia war so klein, dass man noch nicht sagen konnte, wie schlimm es ihr einmal ergehen würde. Silmu bekam keinen Sex, und Astra hatte sich trotz ihres hübschen Gesichts, ihrer schlanken Figur und ihres regen Sexuallebens die ganze Teenagerzeit hindurch gehasst. Jetzt war sie zweiundzwanzig, studierte Biologie und hatte einen Liebhaber.

Kurzkettige Kohlenhydrate: Die brennen im Menschen in hellen Flammen, versengen die Eingeweide wie Säure und hinterlassen einen Hunger, dass der Mensch Türen schlägt und Schreie ausstößt. Wenn man in der Teenie-Zeit keine Gefangene der Marmelade gewesen ist, sondern Fleisch, Kartoffeln und Karotten gegessen hat, was Normales halt, findet man einen netten Freund und hat mit ihm normalen, hemmungslosen Sex. Ist man aber eine Marmeladenesserin, wird man ein bisschen nymphomanisch und pervers und will ständig gezüchtigt werden. Die Rede ist von Frauen, genauer gesagt von Astra.

Astra wurde geil, wenn ein großer, gemeiner Mann sie herumkommandierte. Normalerweise tun Männer so etwas nicht, außer es sind Ärzte oder Vorgesetzte, weshalb sämtliche Freunde und dergleichen für Astra nicht in Frage kamen. Gerade hatte sie einen Liebhaber gefunden, und zwar einen von der Sorte, bei dem man nur mit dem Kopf schütteln und sich wundern konnte, was Marmelade und eine Essstörung in Teenie-Zeiten bei einem Menschen anrichten konnten, aber Astra wurde einfach nur geil.

Der Mann hatte folgendes Inserat im Internet aufgegeben:

KLEINE SCHLAMPE GESUCHT

Suche 17-25-jähriges Luder. Bin ein gesunder, anständiger Mann und will was zum Bumsen haben, das unschuldig wie ein Mädchen aussieht, aber so viel Erfahrung hat, dass es weiß, wie es mich befriedigt. SM interessiert mich nicht, ich will dich einfach ohne Einschränkungen zu meiner Befriedigung benutzen. Du hast keine Rechte, außer dass du jederzeit gehen kannst, aber wenn du eine echte Schlampe bist, macht es dich schon an, das hier zu lesen.

Astra lebte in sexueller Benommenheit. Sie vergaß zu essen und wollte auch nicht schlafen. Leicht und kurzatmig sog sie den Sauerstoff ein und lächelte die ganze Zeit mit faltiger Stirn.

Wenn man sich mal ganz normale Eltern vorstellt. Würden die wollen, dass ihre Tochter durch so etwas erregt wird? Oder würden die vielleicht lieber wollen, dass sie mit ihrem Freund im Trainingsanzug ans Meer geht, um den Golden Retriever auszuführen, der Poju heißt, und dass die beiden dann, wenn sie mit roten Bäckchen wieder nach Hause kommen, in aller Freundschaft – pimper, pimper – ins Bett gehen?

Wer sich für die zweite Variante entscheidet, sollte keine Marmelade kaufen. Menschen mit Essstörungen werden im Bett niemals autonom und aktiv. Sie sind gehemmt und verrückt nach Kontrolle. Sie haben Angst, dass ihre sorgfältig gewahrte Kontrolle versagt und wollen darum, dass ein anderer sie an ihrer Stelle bricht, und wenn ihr

Speck oder ihr Schweiß oder sonst ein Schmutz das Gebilde kaputt macht, dann ist das nicht ihre Schuld, sondern die des anderen. Sie sehen sich als Objekte, als dünne Mädchen auf Reklamefotos, mit leidendem Blick, spitzen Rippen und von Natur aus kalter Haut.

2 DAS TASCHENBUCH

Einmal schob Pelagia eines der beiden Plüschkamele in Astras Handtasche. Dort steckte es, solange Astras Besuch dauerte, und als Astra ging, kam es mit. Astra besuchte eine Vorlesung, hörte aber nicht zu. Nach der Vorlesung ließ sie ihre Kommilitoninnen essen und plaudern und ging sich bumsen lassen.

Es war ein klarer Märztag. So kühl und klar, dass es überall nach schmelzendem Schnee roch. Astra ging leichten Schrittes, ihr honigfarbenes Haar glänzte. Sie trug schwarze Stiefel, enge Jeans und ein inzwischen bereits feuchtes Höschen. So ist das im März, und so ist das bei einer jungen Frau, die in ihrer Seele auf die sexuelle Goldader gestoßen ist.

Astras Absätze klapperten auf der Brücke, und unter ihr schoss ein Zug hindurch. O, welche Symbolik, dachte Astra vergnügt. Auf dem Finnischen Meerbusen brach das Eis. Astras Absätze klapperten, eine Möwe schrie, es war wunderbar, es war Frühjahr und es war eine Freude, jung zu sein und gebumst zu werden. Armes Mädchen, so ungezügelt, so schön, so zart und verletzlich, dass die Männer verrückt wurden vor Begierde, ihm die goldenen Flügel zu stutzen. Klipp-klopp machten die Absätze auf der Holzbrücke. O Falter, o Kerzenflamme, o Freude!

Kai wohnte in einem ziemlich normalen mehrstöckigen Haus, und dort läutete Astra an der Tür. Kai öffnete, musterte Astra kurz von Kopf bis Fuß und ließ sie eintreten.

»Zieh dich aus!«, sagte Kai.

Er hatte ernste Augen und einen ernsten Mund, und in seinem Blick lag etwas sehr Abweisendes und Kaltes, und obwohl er nicht besonders groß und nicht besonders alt war, eher mittelgroß und etwas über zwanzig, strahlte er eine Wirkungskraft aus, die Astra zu schätzen wusste. Kais Haare waren aschblond, die Augen grün, und sein Körper war gerade und eckig.

Astra hängte den Mantel auf, legte die Handtasche auf die Hutablage und fing an, sich aus den Kleidern zu schälen. »Lass die Stiefel an«, sagte Kai. Er lehnte sich in der Diele an die Wand und betrachtete Astra angenehm gleichgültig. Astra hatte ein Problem: Wie kann man die Stiefel »anlassen«, wenn man enge Jeans trägt? »Warte«, sagte sie, zog die Stiefel aus, dann die Hose und zog anschließend die Stiefel wieder an.

Dann wurde sie rot. Kai befahl ihr, auf die Knie zu gehen. Der Teppich piekste Astra, es lagen Sandkörner darauf, ihr Magen zog sich vor Euphorie zusammen, sie spürte, wie locker ihre Gliedmaßen waren und wie leicht ihr Kopf. Kai öffnete seinen Reißverschluss, Astra zögerte absichtlich und schaute ihm in die Augen, bis er sie an den Haaren packte.

Kai benutzte Astra lang und gründlich, und als er sie auf dem Fußboden in der Diele fickte, fiel das Kamel von der Hutablage und landete in seinem Nacken. Kai war kurz davor, zu kommen, und ganz und gar in seiner eigenen Welt, als er den leichten Aufprall spürte. Er erschrak, schrie und fuhr von Astra auf.

»Was ist das?«, fragte er und deutete mit dem Finger auf das Tier.

Astra reckte den Hals. Auch sie war in ihrer eigenen Welt

gewesen und hatte nicht auf Anhieb verstanden, was passiert war.

»Das ist eines von Pelagias Spielsachen«, sagte sie mehr zu sich selbst.

»Schaff das weg, verdammt!«, schrie Kai. Das klang überhaupt nicht erregend, nicht für Astra, aber auch nicht für jede andere, die es zufällig gehört hätte. Kais brutaler Riemen zog sich schneckenartig zusammen, und dann löste sich auch noch das schimmernde Kondom und fiel auf den Fußboden. Weil an der Stelle kein Teppich lag, platschte es, als der Gummi auf dem Linoleum landete. Der Mann hörte es in seiner Aufregung nicht, aber Astra hörte es.

Sie zog sich rasch an, steckte das Kamel in die Handtasche und verließ schlechter Dinge die Wohnung. Ihr war so unangenehm zu Mute, dass sie vor ihrer eigenen Stimmung fliehen musste. Auf ihren hohen Absätzen rannte sie an einem Spielplatz vorbei, über die Brücke in die Straßen der Innenstadt und wurde rot, als sie sich an die lächerlichen Gedanken erinnerte, die sie auf dem Hinweg gehabt hatte. Goldflügel, Schmetterling. O Pein!

Sie dachte an Kais Stimme, als er von dem Plüschtier erschreckt wurde. Sie dachte an Kais verschwitzte Haut. Der Schweiß hatte sie in keiner Weise gestört, als Kai sie heftig und gleichgültig gefickt hatte, aber wenn sie jetzt daran dachte, wurde sie rot. Und seine Wohnung erst. Das Linoleum. Was war an einem Kunststofffußboden satanisch? Das Rasierwasser aus dem Supermarkt. Wie dämonisch war das denn? Das Bild mit dem Segelboot an der Wand. Hallo! Wer ein Gemälde mit Segelboot an der Wand hängen hat, ist entweder bemitleidenswert oder sympathisch.

Und was hatte Kai getan, wie hatte Astra dabei ausgesehen, wie hatte er dabei ausgesehen, wo ist der Schmetterling, wenn man in einer Diele auf dem Fußboden bloß in Stiefeln den Hintern hinhält und der andere einem vielleicht direkt ins Arschloch glotzt oder auf eine Speckfalte oder einen Pickel?

Astra hatte die Angewohnheit, manchmal vor sich hin zu murmeln, und jetzt tat sie es: Ich könnte mich umbringen, verdammte Scheiße, ich könnte mich umbringen. »Nicht doch«, sagte ein alter Mensch, der ihr entgegenkam, aber Astra hörte es nicht, so sehr schämte sie sich.

Sie rannte in eine Konditorei, kaufte sich Geleeschnittchen und ging nach Hause. Dort schälte sie sich erneut aus den Kleidern, zog sich rasch den Jogginganzug an, las alte Mädchenbücher und aß die Schnittchen. Bald begriff sie allerdings, dass sich auch die Hauptfiguren in Mädchenbüchern peinliche Sachen einbilden konnten, und das erinnerte sie an ihre eigenen peinlichen Gedanken. Sie warf die Bücher an die Wand und ging dazu über, Donald-Duck-Taschenbücher zu lesen. Die wecken keine Gefühle, die sind die sicherste Lektüre, die es gibt.

Astra las, bis ihr die Augen brannten, legte sich ins Bett und las weiter, bis ihr das Taschenbuch aus den Händen fiel und sie ohne Zwischengedanken in den Schlaf glitt. Als sie aufwachte, war es Morgen, und sie gab Instantkaffee in eine Tasse und Wasser aus dem Hahn dazu. Dann las sie in den Taschenbüchern weiter. Sie ging nicht zur Vorlesung, sondern las einfach weiter. Sie hatte das Gefühl, alle Nuancen von Donald Duck zu verstehen, die ganze Plattheit, die fade Farbskala, die Unendlichkeit, das Schwarze Phantom.

Am Nachmittag schien die Sonne durch den Vorhangspalt und strahlte die weißen Wände und die Wellen auf den Postern an. Die Taschenbücher waren ausgelesen. Astra trank Milch, als ihr Handy klingelte. Es schien Silmu zu sein.

»Hi«, sagte Astra.

»Hi«, sagte Silmu. »Kannst du mir einen Fuffi leihen?«

»Wofür?«

»Für die Anmeldung im Fitnessstudio.«

»Unter einer Bedingung.«

»Ja?«

»Dass du mir alle Donald-Duck-Taschenbücher leihst, die du hast.«

Es dauerte keine Stunde, bis Silmu kam. Er kippte die Taschenbücher gleich in der Diele auf den Fußboden und fragte Astra, wozu sie die brauche.

»Ich will abstumpfen«, sagte sie.

»Dann nimm lieber Drogen.«

»Was weißt du denn von so was? Du hast in deinem ganzen Leben ja noch keine Drogen gesehen. Du Luschi.«

Silmu seufzte, und Astra bereute. »Hast du Zeit für einen Kaffee?«, fragte sie.

Silmu nickte, und die Geschwister gingen in die Küche. Astra machte für beide Kaffee mit Wasser aus dem Hahn. Sie rauchte eine und aschte in einen mit Perlen verzierten Aschenbecher. Silmu wedelte den Qualm von sich weg. Zuerst wollte Astra ihm schon absichtlich ins Gesicht blasen, aber sie war dankbar für die Gesellschaft ihres Bruders und wollte ihn darum nicht ärgern. Silmu war so normal. Er hatte nichts Gekünsteltes und nichts Erregendes an sich. Er war die menschliche Ausgabe eines Donald-Duck-Taschenbuchs.

»Hast du das Geld?«, fragte er.

»Ja. Gehst du jetzt ins Fitnessstudio?«

»Ich dachte, ich fang mal an.«

»Gut. Aber du solltest vielleicht Mama und Papa nichts davon sagen.«

Als Silmu aufbrach, gab Astra ihm das Geld und das Plüschkamel.

»Bringst du das Pelagia mit? Es ist irgendwie in meine Handtasche geraten«, sagte Astra. »Stell dir vor, ich war bei einem Freund von mir, und da fiel es ihm auf den Kopf. Er hat geschrien.«

Silmu steckte das Kamel in die Sporttasche und ging. Astra hob eines der Taschenbücher vom Fußboden in der Diele auf. Aber ihr Bruder hatte sie ein bisschen aufgemuntert. Sie musste gar nicht mehr lesen.

3 AIVO UND DIE MUSKELN

Ein Anfänger wie Silmu sieht im Fitnessstudio so doof aus, dass die erfahrenen Besucher hinschauen, obwohl sie sonst nie auf das Training von anderen schielen. Man konnte fast riechen, wie hilflos er war. Es wirkte fast wie Selbstzweck. Niemand konnte so hilflos sein, dass er Angst vor seinen eigenen Schritten und vor den Plakaten an den Wänden hatte.

Der dicke Junge erinnerte an einen Psychologiestudenten, der mit seinem Kurs einen Besuch in der Gefangenenpsychiatrie gemacht hatte und von den anderen aus Versehen hinter Schloss und Riegel vergessen worden war. Jetzt versuchte er, mit den Mördern im Kreis zu gehen und so zu tun, als hätte er selbst jemanden umgebracht, kein Problem, ein Mörder zur rechten Zeit am rechten Ort, im Kreis gehend, dabei aber wohl wissend, dass er damit nicht lange durchkäme und dass es bald Zeit für hysterische Tränen und eine Klinge zwischen den Rippen würde.

Kein Problem, trallala. Ab und zu probierte Silmu eines der Geräte aus, bekam aber kein Gefühl dafür. Man hörte obskures Gepolter. »O Jesus«, dachten die anderen zwischen ihren Trainingseinheiten.

Einer von denen, die gerade im Studio aktiv waren, hieß Aivo. Er hatte den Körper einer Statue und den Charakter eines ehrlichen Esten. Ihm tat der dicke Junge mit dem schlecht sitzenden Trainingsanzug leid. Der braucht Kniebeugen, dachte Aivo.

»Hallo«, sagte er und tippte Silmu an die Schulter. »Kann ich behilflich sein?«

»Nein, nein, alles okay«, brüllte Silmu. Ein fürchterlicher Steinhammer hatte in seinem Herzen geschlagen, und jetzt hämmerte sein Puls. Er spürte, wie er abwechselnd rot und blass wurde. Am liebsten hätte er sich umgedreht und wäre davongerannt. Ihm wurde bewusst, dass er auf den aufgeblasenen Brustmuskel des Mannes starrte. Dessen Haut war braun und glatt, der ganze Körper unnatürlich perfekt. Silmu und dieser Mann konnten nicht der gleichen Spezies angehören.

»Wenn du willst, stelle ich dir ein Programm zusammen.«

»Nein! Nicht nötig.«

»Kostet nichts. Hilft dir, ins Training reinzukommen.«

Silmu hatte sich inzwischen so weit beruhigt, dass sein Kopf wieder funktionierte.

»Na ja. Dann. Danke.«

Aivo holte ein Formular, in das die Anzahl der Wiederholungen und die Gewichte eingetragen werden sollten. »Wie heißt du?«, fragte er und hielt den Stift in der Luft.

»Silmu.«

»S-i-l-m-u?«

»Genau.« Silmu freute sich irrsinnig, weil der andere sich nicht über seinen Namen wunderte. Es war wie Urlaub. Heimlich blickte er auf das Gesicht, das sich über das Blatt Papier beugte. Es hätte auch das einer Statue sein können, wäre da nicht dieses schauderhafte Detail gewesen: Vom einen Augenwinkel bis zur Oberlippe verlief eine dicke Narbe. Sie sah wie ein aufgeklebter Regenwurm aus.

Aivo zeigte Silmu die Funktion aller Geräte. Eine Serie bestand aus zwölf Wiederholungen, drei Mal die Woche müsse man ins Studio kommen, und am wichtigsten sei es, die Übungen sauber zu absolvieren.

»Am Anfang ist es Scheiße. Dann wird es langsam besser, und du kriegst Muckis«, sagte Aivo. »Ich glaube, du hast die Gene dafür. Gib nicht auf.«

Jetzt war Silmu zufrieden. Fröhlich ging er unter die Dusche. Die Angst war weg, alles kam ihm neu und interessant vor. Er beschloss, wiederzukommen.

Vor dem Fernseher saßen Pelagia und ihr Vater Launo. Letzterer löste zu seinem Vergnügen mathematische Aufgaben – das war sein Hobby – und trank Espresso in kleinen Schlucken. Silmu ließ sich auf die Couch fallen und schaltete den Fernseher ein: eine Sendung über Fohlen. Silmus Muskeln schmerzten unter dem Speck aufs angenehmste. Er betrachtete die Fohlen, dachte aber an Aivos Körper. Pelagia fing an, Plüschtiere auf Silmu aufzuhäufen.

»Ach ja«, sagte Silmu, schüttelte die Tiere ab und ging in den Flur. Er nahm das Kamel aus der Tasche und brachte es Pelagia. Dann gab er für sie eine Puppentheatervorstellung, bei der die Plüschmöwe auf das Plüschkamel kackte. Pelagia kicherte.

»Das ist vulgär«, sagte der Vater.

Die Mutter – Katriina – kam die Treppe herunter und ergänzte: »Hör auf damit.«

Silmu machte mit dem Mund noch ein Furzgeräusch, aber das war schon fast nicht mehr zu hören.

»Mehr, mehr«, kreischte Pelagia, rannte im Kreis und schwenkte ihre Stofftiere. Dann schlich sie mit den Tieren unter den Tisch, von wo man kurz darauf ein Furzgeräusch hörte. Katriina funkelte Silmu böse an und sagte mit lockender Stimme in Richtung Tisch: »Wenn du sofort aufhörst, darfst du dir ein Marmeladenbrot holen.«

Das kleine Mädchen schoss so schnell unter dem Tisch hervor, dass die Tischdecke aufflog. Die Blumenvase zitterte, aber Katriina konnte sie festhalten, bevor Launos Rechenpapiere nass wurden. Katriina funkelte Silmu erneut an. Launo beendete eine Rechnung und schlug das Heft zu.

»Weißt du, was echt vulgär ist?«, fragte Katriina ihren Mann.

»Na?«

»Die Zeitschrift *Der offene Kamin* brachte mal einen Artikel, in dem die Junggesellenbuden junger Männer vorgestellt wurden. In einer davon saß einer, dem seine Mutter alles machte. Sie hatte ihm sogar fürs Klo ein maßgeschneidertes Regal für die Donald-Duck-Taschenbücher anfertigen lassen. In der Bildunterschrift stand, die könne man gut bei einer Sitzung lesen. Verstehst du … beim Sch …!«

Launo schüttelte den Kopf. »Unfassbar.«

»Aber das war noch nicht alles. Dieser Kerl hatte in dem von seiner lieben Mama eingerichteten Wohnzimmer, oder wie man den Teil eines Apartments nun mal nennt, einen Kunstarsch aus Plastik an der Wand hängen. Also so einen arschfarbigen und arschförmigen künstlichen Arsch. Und unter dem Bild hieß es, das wäre ein ›humoristisches Kunstgesäß‹.«

»Mein Gott!«

»Wo sind eigentlich deine Donald-Duck-Taschenbücher?«, wollte die Mutter von Silmu wissen.

»Die hab ich Astra geliehen«, sagte Silmu aus der Tiefe des Sessels heraus.

»Astra? Liest Astra Donald-Duck-Taschenbücher?«

»Ja«, sagte Silmu, »und sie hat in ihrer Zwei-Zimmer-Jugendstil-Wohnung auch einen Arsch.«

»Was ist los mit dir?«

»Nichts.«

Silmu stand auf und ging nach oben. In der Küche weinte jemand. Pelagia hatte sich beim Herumrennen im Zuckerrausch irgendwo gestoßen. Silmu holte sich den Spiegel in sein Zimmer und zog sich aus. Er spannte die Muskeln an. Noch hatte er einen langen Weg vor sich.

Jemand klopfte an die Tür.

»Jetzt nicht«, rief Silmu, stürzte vom Spiegel zum Computer und griff nach der Maus. Die Tür ging auf. Katriinas Gesicht schob sich durch den Spalt:

»Ich gehe jetzt … Posierst du nackig vorm Spiegel?«

»Vor welchem Spiegel?«

»Mein Gott, vor dem Spiegel da.«

»Nein. Ich bin im Internet.«

»Du surfst als Nackedei?«

»Hau ab!«, schrie Silmu.

»Das tue ich auch. Ich gehe mit den Feministinnen zum Eislochschwimmen.«

Silmu sagte nichts. Mit einer Hand nahm er den Plüschskorpion auf den Schoß.

»Du solltest es auch mal mit Eislochschwimmen versuchen«, sagte die Mutter, »davon kriegt man braunes Fett.«

»Ich will kein braunes Fett.«

»Das ist gesund. Dein Fett ist weiß und das von normalen Menschen auch. Aber Eskimos haben braunes Fett.«

Nachdem seine Mutter wieder weg war, sah Silmu verschiedene Body-Building-Seiten durch. An eine davon schrieb er unter dem Chatnamen *pumper*: »Ich bin ein achtzehnjähriger Junge. Ich will keinen Body-Builder-Körper, sondern so einen normal sportlichen. So im Stil von Brad Pitt in *Fight Club*.«

Die Antwort kam fast auf der Stelle: »Wieder mal so ein Anfänger, der für den Sommer in Form kommen will … o Mann … Hör zu: Abgesehen davon, dass Brad Pitt einen *personal trainer* hat, schluckt er garantiert Pillen. Wenn du Anfänger bist und naturmäßig pumpen willst, dauert es drei bis fünf Monate, bis du die Muskelmasse hast. Und dann musst du noch das Fett wegkriegen. Das ist das, von dem du ausgehen musst.«

4 FALSCHE REGELN

Katriina fuhr auf glatten Straßen durch den Wald zur Sauna. Dann überquerte sie auf ihren hohen Absätzen den gefrorenen, schwarzen Vorplatz, stieg die Holztreppe hinauf und öffnete die Tür. Aus dem Umkleideraum schlugen ihr Wärme und Stimmen entgegen.

Dort saßen sieben patente, kräftige Frauen. Alle Mitglieder des Saunavereins waren freundlicher Natur, trotzdem scheuten die Stillen im Lande sie wie Ur-Säugetiere den Tyrannosaurus. Rums, rums. Der Waldboden unter dem Farn erzitterte, wenn diese Frauen bis an die Spitze des kulturellen Lebens und diverser Organisationen vordrangen.

In einem Kübel standen Bier, Cider und Weißwein bereit. Die Flaschen funkelten im Eis wie Gefäße mit himmlischem Nektar. Sie enthielten Freude und Zufriedenheit. Eine der Frauen begrüßte Katriina und fragte: Na, Katjuschka, was gibt's Neues? Sie hatte bereits eine offene Flasche in der Hand.

Mit dem Auto! Katriina! Warum bist du mit dem Auto gekommen?

Katriina wägte ab: Sollte sie den Wagen stehen lassen und am nächsten Tag mit dem Bus kommen und ihn holen? Nein. So etwas machten Alkoholiker. Sollte sie nur ein bisschen trinken und dann noch fahren? Nein. Natürlich nicht. Sollte sie gar nichts trinken? Das war der ursprüngliche Plan gewesen. Auch nüchtern sollte es guttun. Einfach die Sauna genießen und dann nach Hause fahren. Genau. So hatte sie es vorgehabt.

Aber im Umkleideraum war es warm, und draußen zeichneten sich die blattlosen Laubbäume schön vor dem milchweißen Abendhimmel ab, und mit ein bisschen Wein wäre die Welt sicherlich von Zauber erfüllt, die Dinosaurier wären Freunde, das Lachen wäre wie Perlen, und den Wänden würde man ansehen, dass ein Zimmermann einst viel Liebe und Kompetenz hineingesteckt hatte. Aber wenn Katriina sich nicht mal ein bisschen entspannen dürfte, wäre der ganze Abend umsonst und nicht viel anders als ein Abend in der Firma.

Katriina fand eine Lösung. Es war eine schlechte Lösung, aber die einzig mögliche. Sie ging auf die Terrasse hinaus und sagte in die Dunkelheit: »Na, Piia, was gibt's Neues?«

»Nichts«, antwortete die Dunkelheit und erzitterte. Piia stand rauchend in einer Ecke. Die Glut beleuchtete einen kleinen Streifen ihres Gesichts. Den dünnen, gebückten Körper verbarg die Finsternis. Das von orangem Flaum eingerahmte Gesicht war das einer jungen, nicht einmal dreißigjährigen Frau, aber es sah verbraucht, blass und verbissen aus.

Katriina wartete ab, aber Piia fragte nicht zurück, was es bei Katriina Neues gab. In den letzten zwanzig Jahren hatte es in Katriinas Bekanntenkreis niemanden gegeben, der sozial so beschränkt war. Wer hatte Piia überhaupt in den Saunaverein eingeladen? War sie eine entfernte Verwandte von jemandem oder eine Arbeitskollegin aus der unerheblichen Anfangsphase der Karriere?

Katriina lächelte freundlich und sagte: »Du, hör mal, ich hätte da eine Bitte, aber die ist ein bisschen blöd.« Piia schwieg. Die Glut wurde abwechselnd stärker und schwächer.

»Musst du morgen früh arbeiten?«, fragte Katriina.

»Ja.«

»Dann hast du bestimmt nicht vor, viel zu trinken?«

»Ich glaub nicht.«

»Es ist nämlich so, dass ich einen kleinen Grund zum Feiern hätte, weil mein Mann wieder diesen Preis gewonnen hat, aber ich war so spät dran, dass ich mit dem Auto kommen musste. Wäre es irgendwie möglich, dass du so wahnsinnig lieb wärst und mich später mit meinem Auto nach Hause fahren würdest? Das wäre ja auch für dich praktisch.«

Piia schwieg lange und willigte dann ein.

»Mensch, danke, echt korrekt von dir«, sagte Katriina. Ihr ganzer Körper sprühte vor Erleichterung. Sie blieb noch eine Weile auf der Terrasse und erkundigte sich nach Piias Arbeit und Hund, denn darum war sie ja herausgekommen, um sich zu unterhalten; das mit dem Auto spielte gar keine große Rolle, das war ihr bloß auch gerade in den Sinn gekommen. Aber Piia sagte, sie habe keinen Hund und ging dazu über, von ihrem ausländischen Freund zu erzählen. Sie war eine, die mit irgendwelchen Türken auf der Matratze lag und nicht kapierte, dass sie das besser für sich behielt.

»Pass gut auf ihn auf«, sagte Katriina, drehte sich um und öffnete die Tür zum Umkleideraum. Sie nahm sich einen Cider und prostete den anderen Frauen zu: »Piia hat versprochen, mich zu fahren. Ade Nüchternheit!«

Alle lachten. Für viele Stunden bildeten die Frauen eine Blase des lachenden, wohlriechenden Glücks. Die mitgebrachten Saunaprodukte hatten allerdings einen kleinen Beigeschmack von Wettrüsten. Eine verteilte Honigmasken, eine andere hatte eine Torf-Körpermaske dabei, die von Mönchen oder Nonnen nach altem Rezept hergestellt worden war. Einmal nahm Katriina rechts von sich den Geruch von Cortisonsalbe wahr. Piia massierte sich den Inhalt einer Metalltube in die Haut ein. Sie musste die anderen mal wieder an ihre Hautkrankheit erinnern.

Dann wurde Pelagias Name bewundert.

»Das ist griechisch und bedeutet Meer«, sagte Katriina. »Die Namen für unsere Kinder hat sich alle Launo ausgedacht. Er ist ein bisschen romantisch, der arme Mann.«

Alle lachten und zollten Launo Silola und seiner Frau Respekt.

Als sich der Abend dem Ende zuneigte, räumten die Frauen auf und umarmten sich. Piia und Katriina gingen zum Wagen. Katriina fielen die Schlüssel aus der Hand, und sie musste sie vom gefrorenen Boden aufklauben. Dabei schürfte sie sich die etwas unsichere Hand auf. Piia ließ den Motor an und fuhr schweigend los. Katriina lehnte den Kopf ans Seitenfenster. Sie war müde. »So schön, dass es bald Frühling wird«, sagte sie. »Stimmt«, sagte Piia.

Mehr fiel Katriina nicht ein. Sie wollte nur möglichst bald ein Marmeladenbrot und dann ins Bett. Zum Glück war sie wenigstens sauber. Piia hielt vor Katriinas Haus und verlor kein Wort über dessen Architektur. Sie stiegen aus und standen im Dunkeln. Das Meer rauschte unsichtbar, die Finger wurden kalt.

»Vielen Dank, du«, sagte Katriina. »Die Bushaltestelle ist gleich da vorne, die nächste Straße rechts.«

»Es ist zwei Uhr«, sagte Piia. »Die Busse fahren nicht mehr. Kannst du nicht deinen Mann bitten? Oder den Jungen?«

Katriina war so verdutzt, dass sie zunächst kein Wort herausbrachte. Piia spielte nach den falschen Regeln! Nach den normalen Regeln müsste sie munter davongehen und außer Hörweite ein Taxi bestellen. Und wenn sie sich das nächste Mal begegneten, würde die eine sagen: »Mein Gott, ich hab erst daheim gemerkt, wie spät es war. Fuhr überhaupt noch ein Bus?« Und die Antwort würde lauten: »Nein, aber das war nicht schlimm, ich bekam sofort ein Taxi.« Und darauf dann die Erste: »Wie furchtbar! Hättest du mich nur angerufen. Jemand von uns hätte dich nach Hause fahren können.« Und darauf die andere: »Auf keinen Fall! War doch überhaupt kein Problem. Ist übrigens sehr schön gewesen neulich in der Sauna. Ganz windstill draußen, und auch sonst.«

»Warte hier, ich gehe Silmu wecken«, sagte Katriina.

Auf dem Weg über die Steinplatten zur Haustür dachte sie über eine Lösung nach. Blöderweise ging jetzt die Außenbeleuchtung an. Der Schlüssel wollte nicht gleich das Schloss finden. Im Flur stolperte Katriina über ein Plüschvieh und brachte ein ordentliches Poltern zustande. Der Schmerz in ihrem Knie war stechend und brennend, da half weder Weinen noch Wimmern, sondern nur ein nach Atem Ringen. Die Lichter gingen an.

Silmus und Launos verschlafene Gesichter tauchten auf der Treppe auf. Pelagia kam auf ihren kleinen Beinchen angerannt.

»Warum liegst du auf dem Fußboden?«, fragte sie.

»Die Mama ist über eine Ente gestolpert«, erklärte ihr die Mutter.

»Hat es wehgetan?«, fragte Launo und half Katriina auf die Beine.

»Hast du getrunken?«, fragte Silmu.

»Ein bisschen was«, sagte Katriina und lächelte, obwohl ihr zum Weinen war. »Hört zu, Männer, ich bin in einer kleinen Krisensituation und jemand von euch müsste mir einen großen Gefallen tun. Eine der Frauen aus unserem Saunaverein hat etwas sehr Erschütterndes erlebt. Ich habe den ganzen Abend versucht, ihr beizustehen. Sie wollte mit mir unter vier Augen reden, da haben wir ausgemacht, dass sie mich fährt, und ich hab dann tatsächlich ein paar Gläser Wein getrunken. Aber jetzt müsste sie nach Hause gebracht werden. Wäre einer von euch so superkorrekt, das zu übernehmen?« Katriina schaute ihren Sohn und ihren Mann sehr ernst an. So ernst, dass die beiden etwas erschraken und vergaßen, wie betrunken Katriina war.

»Was ist ihr denn Erschütterndes passiert?«, wollte Launo wissen. Katriina schüttelte den Kopf. Sie zog Pelagia an sich und küsste das Mädchen traurig auf den Kopf.

»Das ist sozusagen Frauensache. Fragt Piia jedenfalls nicht danach. Aber ich würde mir echt wünschen, dass jemand sie jetzt nach Hause fährt.«

Launo zog graue Hosen mit Bügelfalte über die Pyjamahose, fuhr sich kurz mit dem Kamm durchs Haar und verließ das Haus. Die Kinder gingen schlafen, Katriina ging in die Küche, um ein Marmeladenbrot essen. Sie aß zwei. Inzwischen fuhr Launo Piia nach Hause und plauderte ritterlich mit ihr.

5 DARF MAN DAS TIGERKOSTÜM HABEN?

Pelagia war ein süßer Fratz, aber manchmal anstrengend. Man könnte vermuten, es hätte sie aus der Bahn geworfen, ihre Mutter betrunken zu sehen. Aber was immer auch der Grund gewesen sein mag, am nächsten Tag benahm sie sich auf eine für ihr Alter typische Art daneben. Sie pinkelte auf den Fußboden.

Zu Hause pinkelte Pelagia nie auf den Fußboden. Obwohl sie noch so klein war, besaß sie ein Gespür dafür, dass ihr Zuhause angenehm stilvoll mit guten Materialien eingerichtet war. Der Kindergarten stellte hingegen ein diffuses Niemandsland dar, wo Vandalismus nicht belastete. Darum pinkelte sie dort, sooft sie konnte, in die Hose. Dann mussten die Kindergärtnerinnen für Pelagia trockene Kleider aus dem Vorrat für alle holen. Beim ersten Mal schien sich alles zum Guten zu wenden: Pelagia bekam einen wehenden Rock, der ihr gefiel, und sie rannte los und spielte den sorglosen Schmetterling. Aber beim zweiten Mal waren keine Mädchenkleider mehr da, und man versuchte, Pelagia eine braune Hose anzuziehen. Davon bekam sie einen Schreianfall und, nachdem man sie gezwungen hatte, die Hose anzuziehen, einen Schmollanfall, der überhaupt nicht mehr aufhören wollte. Beim dritten Mal waren die Kindergärtnerinnen bereits wütend und mussten Pelagia das Tigerkostüm aus dem Theaterfundus geben. Darin wurde sie geradezu wild, sie brüllte und rannte auf allen vieren durch die Räume.

Natürlich verlangten die anderen Kinder nun auch Tigerkostüme und quengelten: »Warum darf Pelagia eins haben?«

Die Kindergärtnerin rümpfte die Nase und sagte kalt: »Weil Pelagia in die Hose gepinkelt hat.«

Die Kinder hüpften um die Kindergärtnerin herum. »Darf man ein Tigerkostüm haben, wenn man in die Hose pisst?«

Die Kindergärtnerin rümpfte noch mehr die Nase – ernsthafte Gefahr bestand freilich nicht, denn in die Hose zu pinkeln galt im Kodex der Kinder als so peinlich, dass eine Masseneinnässung nicht zu befürchten war – und sagte: »Wenn man seine Kleider nass macht, bekommt man irgendwelche Ersatzkleider.«

»Irgendwelche? Darf man dann das Tigerkostüm haben?«

»Das kommt darauf an.«

»Worauf?«

»Es kommt eben darauf an.«

Diese Unbestimmtheit frustrierte die Kinder bis zur Raserei.

»WORAUF? Sag, worauf es ankommt! WORAUF?!«, schrien sie, bis sie schließlich unzufrieden resignierten.

Niemand wollte mit Pelagia spielen, aber Pelagia war das egal, sie hatte als Tiger auch alleine ihren Spaß.

Silmu ging seine Schwester abholen, im guten Trainingsanzug und in forschem Tempo. Ihm taten die Muskeln weh vom Fitnessstudio, aber beim Gehen wurden sie locker, und er hatte bereits das Gefühl, besser auszusehen. Der Mund bildete einen sympathischen, lächelnden Bogen auf seinem Gesicht, als er das Tor zum Kindergartengelände aufmachte.

»Was willst du hier?«, fragte ein Kragen-Krawatten-Vater, der so selten seinen genetischen Output abholen kam, dass er ein bisschen zu viel Eifer an den Tag legte. Dazu schien aufmunternd die Sonne, und er befand sich in vitaler Herdenführerlaune.

»Meine kleine Schwester abholen«, sagte Silmu.

»Lass hier bloß keine Drogenspritzen rumliegen, du.«

»Was?«

»Im Sandkasten von der Kita Pfötchen sind welche gefunden worden. Aber hier kommen mir die nicht hin«, sagte der Vater in einem Ton, mit dem man eine Heeresabteilung kommandierte oder Praktikanten in die Knie zwang. Seine Gattin stand daneben und lebte sich in die wunderbare Rolle der Frau des Höhlenmenschen hinein. Ihr Blick schoss ängstlich und bewundernd, aber irgendwie tapfer zwischen ihrem Mann und Silmu hin und her. Die Welt war hart, es war eine Welt brutaler Männer und Raubtiere, wo auch kleine Frauen bedroht waren. Doch wenn es eng wurde: *Ihr* Mann war stark.

»Was?«, fragte Silmu. »Was reden Sie da?«

»Bist du total high?«

»Nein.«

»Du sollst zusehen, dass du keine *Horse-Spritze* im Sandkasten liegen lässt.«

Nun begann es Silmu zu dämmern. Er wünschte, seine Mutter oder Astra wären hier, um dem Mann Kontra zu geben. Ihm fiel nie etwas ein.

»Ich lasse keine *Horse-Spritze* liegen. Aber ich hab eine *Pony-Spritze* dabei«, sagte er schließlich kleinlaut und schämte sich sofort.

Nun versammelten sich weitere Eltern mit ihren Kinderwagen. »Was ist hier los?«, fragte eine der Mütter.

»Der Typ hier ist heroinsüchtig«, sagte der Mann und hoffte erkennbar auf offene Gewalt.

»Der hat Drogenspritzen hierhergeschleppt«, flüsterte die Frau des Höhlenmenschen.

Die Elternschar wurde unruhig. Jeder machte einen Schritt nach vorn oder zurück, je nach Temperament. Der eine ballte die Fäuste, eine andere drückte ihr Kind an sich. Die Knöchel an den Händen um die Kinderwagengriffe wurden weiß. Plötzlich tauchte über allen ein großer, gutaussehender Kopf auf.

»Das kann kein Heroinsüchtiger sein«, sagte der gutaussehende Kopf. »Heroinsüchtige sind dünn.«

Silmu merkte, dass es Aivo aus dem Fitnessstudio war, der das gesagt hatte. Aivo trug sportliche Kleidung, saubere Turnschuhe und unter dem Arm ein Kind in Matschhosen. Er wirkte sehr entspannt und dynamisch und sah animalisch gut aus, als gehörte er einer edleren Rasse an als die Mickerlinge, die sich an ihren Kinderwagen festhielten, oder als Silmu, der nichts anderes war, als ein bleicher, aufgedunsener Wurm. Im Nu löste sich die Menge auf: Mit einem ausländischen Muskelprotz, der eine Narbe im Gesicht hatte, zu reden war schlimmer als jede Drogenspritze.

Aivo und Silmu standen sich gegenüber. Aivo rückte das Kind unter seinem Arm zurecht. Silmu schnäuzte sich die Nase, um auch etwas zu tun.

»Hallo«, sagte Aivo. »Kennen wir uns?«

»Aus dem Fitnessstudio«, murmelte Silmu. Er spürte, wie seine Wangen glühten. »Ich muss jetzt meine Schwester suchen.«

»Okay«, sagte Aivo. »Wir sehen uns im Studio. Bis dann.«

Er setzte sich das Kind auf die Schultern und ging durchs Tor davon. Silmu suchte drinnen nach Pelagia. Er fand sie im Spielzimmer. Sie hatte auch in ihr Tigerkostüm gepinkelt, aber das Personal hatte beschlossen, so zu tun, als merkte es nichts, um nicht noch einmal die Kleider wechseln zu müssen.

»Hallo«, sagte Silmu. »Gehen wir.«

»Nein! Ich bin noch nicht mit dem Puzzle fertig.«

»Du kannst morgen weitermachen.«

Pelagia fing an zu schreien, und die Kindergartenleiterin kam angerannt. Silmu hätte es schön gefunden, Pelagia genauso schwungvoll auf die Schultern zu nehmen, wie Aivo es mit seinem Kind getan hatte, das hätte seiner kleinen Schwester bestimmt gefallen, und das Geschrei hätte aufgehört, aber Silmu wusste, dass er das nicht schaffte.

»Hallo«, sagte die Kindergartenleiterin. »Pelagia hat das Kostüm an, weil ihr in ihren eigenen Kleidern ein kleines Missgeschick passiert ist.«

»Aha.« Silmu merkte es erst jetzt. Stimmt, die Ohren und alles. Er sah sich nun auch die Kindergartentante genauer an. Sie trug ebenfalls eine Art Kostüm. Ihr Kleid war weit und so kurz, dass einem fast der Po entgegenschien. Die Strumpfhosen waren dick und grellrot. Hatte sie sich aus pädagogischen Gründen wie ein kleines Mädchen aus alten Zeiten verkleidet, wie eine Bewohnerin der Krachmacherstraße?

Die Kindergartenleiterin sah sich nun auch Silmu genauer an.

»Wer bist du eigentlich?«

»Pelagias Bruder«, sagte Silmu und nahm Pelagias Hand. »Gehen wir. Du Clown.« Pelagia kreischte und sträubte sich. Die Kindergartenleiterin spitzte die Lippen und verzog sie gegen den Uhrzeigersinn.

»Würdest du bitte für einen kleinen Moment in mein Büro kommen?«, bat sie.

»Wozu?«, wollte Silmu wissen. Allmählich ging ihm der Kindergarten auf die Nerven. Es roch nach Plastik und Chlor und Kindern. Dunkle Erinnerungen an seine eigene Kindergartenzeit stiegen auf. Er war in verschiedenen gewesen, aber alle rochen gleich, und die Erinnerungen waren nicht besonders angenehm.

»Pelagia kann inzwischen das Puzzle machen«, sagte die Tante. »Es ist nur eine Kleinigkeit.«

Silmu folgte der Kindergartentante über den mit Mumins dekorierten Flur. An den Türen stand: Füchse, Bären, Hasen, Frösche. Silmu fragte sich, ob die Frösche die Ausschussgruppe waren, die hässlichen Kinder mit dem schlechten Benehmen. Hoffentlich gehörte Pelagia nicht dazu.

»Bitte sehr«, sagte die Kindergartentante, öffnete die Tür zu einem Raum, wies Silmu einen Stuhl an und verschwand im Nebenraum. »Einen ganz kleinen Moment nur.«

Silmu saß mit hängenden Schultern auf dem Stuhl und wartete. Jenseits der Wand wurde gesprochen.

»Da ist ein völlig unbekannter Mann aufgetaucht, um Pelagia abzuholen. Er behauptet, der Bruder zu sein«, sagte eine Stimme, »und anscheinend hat es draußen im Hof irgendein Problem gegeben. So ein furchtbarer Kerl mit einem schiefen Blick, und Pelagia hat in keiner Weise gezeigt, dass sie ihn kennt. Sie hat ganz klar vor Entsetzen geschrien. Behauptet, er wäre ihr Bruder, dabei ist er eindeutig erwachsen, so ein junger Erwachsener mit jugendlicher Kleidung.«

»Hast du es bei den Eltern überprüft?«, fragte eine zweite Stimme.

»Ich hab's versucht, aber die melden sich nicht am Handy. Ich kann die Verantwortung nicht übernehmen, ehrlich gesagt. Es muss nicht unbedingt *so einer* sein, aber ich will nicht in den Schlagzeilen stehen, wenn es heißt, dass man eine Vierjährige im Kindergarten einem Pädophilen ausgeliefert hat.«

Silmu spürte ein Kribbeln auf der Haut. »Findest du, wir sollten bei der Polizei anrufen?«, wurde jenseits der Wand gefragt. Silmu hatte das Gefühl, auf einem Ameisenhaufen zu sitzen – einem Ameisenhaufen der Scham. Er sprang hoch, stieß die Tür auf und eilte mit großen Schritten über den Gang zu Pelagia. Sie saß in einer Ecke und zog eine Puppe an.

Eine Tür ging auf, und die Kindergärtnerinnen stürzten auf den Flur.

»Moment!«, sagte die Strumpfhosentante und rannte mit ausgestrecktem Zeigefinger auf Silmu zu.

»Pelagia«, sagte Silmu, »würdest du den freundlichen Tanten bitte sagen, wer ich bin.«

»Ein Kackekopf«, sagte Pelagia.

»Danke.« Silmu zog seinen Führerschein aus dem Portemonnaie. »Das bedeutet Bruder. Schauen Sie bitte.«

»Alles klar«, sagte die Leiterin sachlich. »Wenn eine fremde Person zum Abholen kommt, muss das unbedingt vorher mitgeteilt werden.«

Silmu riss Pelagia von dem kleinen Stuhl und sagte:

»Zieh dich jetzt schnell an, wir haben es eilig.«

»Wo müssen wir denn so eilig hin?«

»Zum Bumsen.«

»Was bumsen?«

»Frag die Tanten.«

Kinder haben die schlechte Eigenschaft, dass man mit ihnen keine gut getimten Abgänge machen kann. Bei Pelagia dauerte es quälend lange, bis sie den Matschanzug anhatte. Mit den Druckknöpfen stimmte was nicht, die Leiterin musste kommen und sie zuknipsen. Schließlich verließ Silmu mit Pelagia den Kindergarten. Die Leiterin rief ihm hinterher: »Sagen Sie Vater und Mutter einen schönen Gruß!«

Zu allem Überfluss hatten beide keinen Hausschlüssel und mussten wartend im Steingarten herumstehen. Pelagia hatte Hunger, und Silmu gab ihr einen Proteinriegel, den er im Fitnessstudio gekauft hatte. Dann half er Pelagia, Pfützen miteinander zu verbinden. Sie machten aus Rinnsalen, die von den Schneehaufen kamen, ein Gewässersystem im Miniformat mit Teichen, kleinen Wasserfällen, Staudämmen und Flüssen. Das braune Wasser plätscherte um die Steinbrocken herum und eilte in vollem Tempo dem Meer entgegen.

»So helfen wir dem Frühling«, sagte Pelagia.

6 DER ZUCKERWÜRFEL

Katriina verglich an ihrem Arbeitsplatz gerade Sofabezüge in den Farben frischer und getrockneter Rosen und kämpfte gegen die Übelkeit an, als das Telefon klingelte. Der Redakteur einer Frauenzeitschrift war am Apparat und bat um die Wegbeschreibung zum Haus der Silolas.

»Sollte das Interview nicht am Telefon stattfinden?«, fragte Katriina.

»Nein, bei Ihnen.«

»Tatsächlich?«

»So war es abgesprochen.«

Katriina seufzte. »Meinem Mann dürfen dann aber keine beruflichen Fragen gestellt werden.« Katriina massierte die Stirn und rieb sich die Augen. »Und auch sonst keine Fragen«, fügte sie hinzu.

»Natürlich nicht. In der Reportage geht es ja um das Leben als Mutter eines Nachzüglers. Ich würde nur mit Ihnen sprechen.«

Katriina hatte es nun eilig, das Haus in einen repräsentativen Zustand zu bringen. Zum Glück waren die Voraussetzungen dafür gegeben. Das Haus der Silolas sah richtig gut aus, weil Launo reich und Katriina Wohndesignerin war. Es war schon häufiger in Zeitschriften abgebildet gewesen. Launo und Katriina hatten es kurz vor Pelagias Geburt gebaut.

Es stand am Meer, an einem kleinen Hang. Einen Garten im eigentlichen Sinn gab es nicht, aber eine massive Steintreppe führte direkt ans Ufer. Auch der Steingarten im japanischen Stil lag in Ufernähe, und auch wenn er nach dem Winter noch nicht in Ordnung gebracht worden war, merkte man ihm seine Schönheit und beruhigende Wirkung an.

Dem Auge eines gewöhnlichen Sterblichen bot das Haus sogar einen leicht schockierenden Anblick, so elegant sah es aus, wie ein Zuckerwürfel, mit seinem Panoramafenster und den Glasveranden, die dem Haus das für Zucker charakteristische Glitzern verliehen. Besonders gut sah das Haus bei hellem Sonnenschein, zur Zeit der Laubfärbung im Herbst und an Schneetagen aus. Ansonsten wirkte es ein bisschen zu exotisch.

Innen war es eine Oase der Effektivität, des Komforts, der Eleganz und der Gemütlichkeit. Besucher wurden neidisch und fühlten sich als minderwertige Menschen: Ihnen fehlten die Voraussetzungen für eine so große Liebe und ein solches Glück. Manche Gäste dachten natürlich, dass diese Familie heuchelte, was das Zeug hielt.

Den Mittelpunkt bildete das Wohnzimmer mit seinen diversen gepolsterten Ebenen und Terrassen, es wirkte wie ein Amphitheater. Die Vertiefung in der Mitte hatte etwas von einem Nest, und im Ganzen sah es so aus, dass man es sich hier gern bequem machte und die Gesellschaft der anderen genoss. Die Wände waren weiß, und sämtliche Textilien hatten klare, helle Farben. Über allem hing in einer Ampel ein Flammendes Käthchen mit tiefroten Blüten. Eine Atmosphäre wie in der Märchenstunde einer tollen Stadtbibliothek: gemütlich und klinisch zugleich.

Das Wohnzimmer bot auch ein konkurrierendes Element: den Blick aufs Meer. Aussicht und Einrichtung befanden sich im Widerspruch zueinander, denn das Panorama war atemberaubend wild. Wer möchte schon auf Stürme, brechendes Eis und die nächtlichen blinkenden Lichtpunkte auf dem Meer schauen, wenn er mit seiner Familie über alltägliche Dinge redet? Wenn man im Wohnzimmer saß, wusste man oft nicht, ob man tiefsinnig aufs Meer blicken sollte und über die Größe des Universums nachdenken und dabei eine seltsame Sehnsucht empfinden oder einfach nur über dieses und jenes plaudern.

Die Küche ging zur Straße hin, sie war komplett aus Stein und groß und solide. Man konnte darin aromatische Geschmacksreisen unternehmen, während man leise vor sich hin summte. Allerdings wurden darin normalerweise nur Marmeladenbrote geschmiert.

Die Schlafzimmer lagen im ersten Stock. Das der Eltern war kreideweiß und verströmte einen Hauch von Psychiatrie, Silmus Zimmer war unaufgeräumt, Pelagias ebenfalls, voller Krönchen und Stofftiere.

Vor der Ankunft des Redakteurs gab Katriina dem Ganzen den letzten Schliff. Sie kaufte auf dem Heimweg Kräuter und stopfte sie in die Tonkrüge auf der Fensterbank. Sie buk ein Kräuterbrot, schnitt es in der Küche in Scheiben und ließ die Krümel liegen. Sie verteilte sichtbar die Zeitschriften über Kultur, Kunst und Politik und versteckte die Banausenblätter tief im Zeitschriftenständer. Dann sah sie die sichtbar herumliegenden Bücher durch, überlegte beim *Weißen Hai* kurz, ließ ihn aber, wo er war. Schließlich sorgte sie mit interessanten Gegenständen für Unordnung. »Im Haus von Katriina Silola sieht man die Spuren des Lebens und der Liebe«, dachte sie.

Danach ging sie in den ersten Stock, um mit den Kindern und ihrem Mann zu verhandeln. Sie versprach Pelagia, mit ihr in den Wasserpark Serena zu gehen, wenn sie sich anständig benahm. Silmu bat sie, die besten Jeans anzuziehen. Launo küsste sie auf seine kahle Stelle.

An Astra appellierte sie am ehrlichsten. Sie rief ihre Älteste an und sagte: »Wir bräuchten ein Traumfamilienbild. Könntest du kommen, um mich moralisch zu unterstützen, Astra, mein Schatz?«

»Meine Güte, warum hast du eingewilligt?«, fragte Astra.

»Eine gute Freundin von mir ist bei dem Blatt Chefin vom Dienst, sie hat mich darum gebeten.«

»Okay«, sagte Astra. Sie stand vom Bett auf, kämmte sich, zog ihre Jeans, die Stiefel mit den hohen Absätzen und einen lässigen Pullover an und ging zur Bushaltestelle.

Die ganze Familie saß im Amphitheater, als es an der Tür läutete. Katriina machte auf, die Familie lauschte regungslos. Man hörte folgenden Wortwechsel:

»Hallo?«

»Hallo, ich bin Kai Lehtimäki.«

»Ah ja, hallo. Herzlich willkommen. Treten Sie ein.«

Launo formte in Richtung Silmu mit den Lippen das Wort: »Ein Mann?« Silmu formte zurück: »Schwul.«

Astra war aufgesprungen. »Sorry, ich muss mich hinlegen!«, sagte sie und rannte zur Treppe. »Was ist denn jetzt los?«, rief ihr Launo nach. »Frauengeschichten! Ernste Sache!« Man hörte heftiges Geklapper, dann war Astra verschwunden.

Katriina kam mit dem Redakteur ins Amphitheater. Der Journalist war ein junger, nachdenklich wirkender Mann mit grünen Augen, einem Block in der Hand und einem beruhigenden Lächeln auf den Lippen. »Ist Astra Kaffee holen gegangen?«, fragte Katriina.

»Ihr kam etwas dazwischen«, sagte Launo.

»Was soll ihr denn dazwischengekommen sein?«, fragte Katriina.

»Etwas … Ernstes.«

Diese verdammte Göre, dachte Katriina. Das wird sie mir erklären müssen.

Der Journalist hatte eine natürliche, wenn auch etwas steife Art, er sorgte mit seinem Auftreten für eine angenehme Atmosphäre, und das Interview lief gut. Pelagia rettete alles. Das ist der Vorteil von Kindern, wie auch von Hunden. Das Eis bricht, wenn sie schnuppern und toben.

»Wie ist es, mit zwanzig Mutter eines kleinen Kindes zu sein und wie mit vierzig?«

»Wenn ich an Astras Geburt zurückdenke, kann ich nur sagen, dass ich mich damals unwahrscheinlich unsicher fühlte. Ich war fast selbst noch ein Kind, und Astra war für mich wie eine Puppe. Was für ein Staunen, als die Puppe wuchs und schrie! Wenn ich das mit meiner Mutterrolle gegenüber Pelagia vergleiche, habe ich das Gefühl, heute viel sicherer und darum auch lockerer zu sein. Man kennt seine Stärken als Frau und Mutter«, sagte Katriina mit einnehmender Stimme.

Gegen Ende des Interviews läutete es erneut an der Tür, und der Fotograf wurde eingelassen. »Ich hole Astra, damit sie auch mit aufs Bild kommt. Ihr ist möglicherweise ein bisschen schlecht.« Katriina wollte Astra unbedingt auf dem Foto haben, weil sie äußerlich das repräsentabelste Familienmitglied war.

Sie ging nach oben und fand Astra im kreideweißen Schlafzimmer. Sie lag auf dem Bett, hatte sich einen Maulwurf als Kopfkissen untergeschoben und las in einer Zeitschrift.

»Ist er weg?«, fragte sie.

»Nein. Es ist Zeit fürs Foto«, sagte Katriina. »Was sollen die Sperenzien?«

»Mich interessiert das nicht.«

Mit dieser Erklärung kam sie nicht durch. Katriina erhöhte den Druck. Astra wechselte die Taktik, setzte sich auf, fummelte am Maulwurf herum und versuchte es mit der Wahrheit: »Das ist total schrecklich. Ich bin mit dem Mann ins Bett gegangen, und jetzt stellt sich heraus, dass er Redakteur bei einer Frauenzeitschrift ist.«

»Herrschaftszeiten. Na und?«

»Er darf mich nicht sehen.«

Katriina nahm Astras Hand.

»Astra, mein Schatz, nur dieses eine Mal. Zehn Minuten für ein Foto.«

Astra sah, dass ihr Katriina nie verzeihen würde, wenn sie nicht käme. »Dann geht die Beziehung kaputt.«

»Tut sie nicht. Wieso soll sie kaputtgehen, bloß weil du auf einem Foto bist?«

»Du verstehst das nicht. Es ist eine spezielle Beziehung. Er weiß eigentlich nicht, wer ich bin.«

»Na, dann darf so eine Beziehung auch kaputtgehen, ehrlich gesagt.«

»Mama!«

»Astra, mein Schatz, das ist echt wichtig!«

Astra schleuderte den Maulwurf in die Ecke und stand auf. Mit kerzengeradem Rücken und kaltem Blick ging sie an ihrer Mutter vorbei. »Wenn du verstehen würdest, was du tust, würdest du es nicht tun«, sagte sie. Dann ging sie die Treppe hinunter und steuerte, ohne nach rechts und links zu schauen, auf das prallste Sofakissen im Amphitheater zu.

Kai stand neben dem Fotografen. Sein Block zitterte, und die Kinnlade fiel ihm herunter.

»Hallo … Astra Silola?«

»Hallo«, sagte Astra.

Der Fotograf hob die Kamera. Katriina nahm Pelagia auf den Schoß und legte Astra den Arm um die Schultern. Das Foto fiel etwas außergewöhnlich aus, wie man später in der Zeitschrift sehen konnte: Das Flammende Käthchen schien direkt aus dem Kopf des Vaters zu wachsen. Und das eisige Lächeln der älteren Tochter sorgte dafür, dass sich jede Leserin der Zeitschrift klein wie eine Ameise vorkam. Das kleine Mädchen hatte die braunen, freundlichen Augen eines Labradorwelpen.

7 DER FINGER DER VERSÖHNUNG

Astra ging schmollend auf die Terrasse und rauchte eine Zigarette, obwohl sie wusste, dass Katriina das nicht gefiel. Nach dem Winter war die Terrasse von schwarzen Schmutzflecken gesprenkelt. Auch die Natur sah schmuddelig aus. Die Grashalme, die unter dem Schnee zum Vorschein kamen, lagen platt auf der Erde, und auf den Felsen hielt sich noch grobkörniger Schnee. Unten schwappte das graue Meer, als warte es nur noch auf Prahme, Ölzeug und ein Netz voller Dorsche.

Die Tür ging. Katriina kam mit einem Tablett mit Kräuterbrot und zwei Teetassen heraus. Astra nahm eine noch abweisendere Haltung an.

»Ich habe eine Kleinigkeit zum Essen gemacht«, sagte sie und stellte das Tablett auf den Tisch. Das Brot war innen luftig feucht und außen kross, es duftete nach Knoblauch und Majoran. Katriina hatte es mit echter Butter bestrichen, die golden zerlaufen war.

»Sieh an«, sagte Astra kalt. Allerdings rechnete sie schnell im Kopf aus, dass sie für diesen Tag noch 800 Kalorien frei hatte.

»Nun greif schon zu«, sagte Katriina versöhnlich. Sie schob das Tablett näher an Astra heran. »Ich habe ganz vergessen, dem Journalisten etwas anzubieten.«

»Gut, dass du es vergessen hast«, sagte Astra.

»Wieso?«

»Dieser Journalist verdient kein Brot.«

»Nicht?«

»Nein. Er ist der totale Clown.« Allmählich schlich sich

ein Lächeln in Astras Stimme. »Er fing mittendrin an zu schreien, als wir es taten.«

»Meine liebe Tochter. Man darf niemanden vorschnell verurteilen.« Jetzt schwang in Katriinas und Astras Stimme bereits der gleiche Humor mit. »Was kann ein Mann dafür, wenn er von Natur aus animalisch ist?«

»Du bist mir eine Mutter! Zwingst deine Tochter, sich in der Nähe animalischer Typen aufzuhalten!«

»Ich werde dich nie mehr zu so etwas zwingen«, sagte Katriina feierlich. »Ich reiche dir die Hand der Versöhnung.«

»Ich reiche dir den Finger der Versöhnung.«

Astra zeigte ihrer Mutter eine Grimasse, aber auf gut gelaunte Art, und berührte deren Zeigefinger mit ihrem. Katriina nahm auf der anderen Seite des Tisches Platz, beide nahmen sich ein Stück Brot.

Weit weg an einem Sandhaufen sah man Pelagias Matschhosensilhouette. Das Kind machte zuerst mit seinem Eimerchen Kuchen, aber dann legte es sich auf den Rücken und fing an, mit den Händen zu wedeln.

»Dirigiert Pelagia ein Orchester?«, fragte Astra.

»Vielleicht. Launo hat sie Anfang der Woche in ein Sinfoniekonzert für Kinder mitgenommen.«

»Pelagia kommt ganz nach ihm«, sagte Astra. »Beide stehen chronisch auf dem Schlauch.«

»Sprich nicht so über deinen Vater.«

»Ist doch so. Ich kann mich nicht einmal erinnern, wann er zuletzt einen ganzen Satz gesagt hat.«

»Na gut, er steht schon ein bisschen auf dem Schlauch«, gab Katriina zu und nahm sich noch ein Stück Brot. Sie kaute eine Weile und dachte an Launos verschiedene Varianten des Auf-dem-Schlauch-Stehens.

»Habe ich dir eigentlich je erzählt, wie wir in jungen Jahren mal an einem FKK-Strand waren?«

»Am FKK-Strand? Mama!«

»Da war es auch ein bisschen animalisch. Allerdings nicht zwischen uns.«

Astra nickte: erzähl! Und Katriina fing an zu erzählen.

»Na gut. Wir waren also ein frisch verliebtes Paar. Dein Vater war knapp unter dreißig und sah echt gut aus. Sämtliche Mädchen an der Sibelius-Akademie waren scharf auf ihn. Damals trug er die Haare noch ein bisschen länger, blonde Locken und so. Und wir sind auf die Idee gekommen, mal auszuprobieren, wie es an einem FKK-Strand ist.

Wir hatten Proviant dabei, Wein und so ein italienisches Brot. Parmesan war damals voll in Mode. Wir aalten uns dann auf einem Felsen, wo sonst niemand war. Schilf, Möwen, Sommeridylle.

Wie wir da so im Halbschlaf nebeneinanderliegen, da beschleicht mich, weißt du, so ein Gefühl, als würde mich jemand anglotzen. Also gucke ich mich um. Überall, wirklich überall nackte Männer. Nirgendwo Frauen. Und diese nackten Männer haben einen Kreis gebildet, wie es Möwen tun, wenn sie eine Fleischpirogge finden. Bewegt sich ein Vogel nach vorne, kommt es zum Durcheinander und zur Neuordnung. Dann bewegt sich ein anderer, und es passiert das Gleiche. Und so geht das wer weiß wie lang.«

»Hilfe!«, sagte Astra.

»Wir waren also an einem Schwulenstrand gelandet. Das waren die Stammschwulen, die gekommen waren, um den neuen Mann zu mustern. Und dein Vater liegt vollkommen unschuldig mit halb geschlossenen Augen und leuchtendem Arsch da. Und er war wirklich ziemlich attraktiv, mit langen Gliedmaßen und den Engelslocken und so.

Ich bin natürlich fast gestorben vor Scham. Wahrscheinlich war ich die einzige Frau in der gesamten Geschichte dieses Strands. Damals war das mit den Schwulen ja noch ein bisschen anders als heute, die waren nicht jeden Tag in der Zeitung oder im Fernsehen. Ich dachte, zum Glück bin ich dabei, sonst würden die sich alle auf Launo stürzen. Man hatte das Gefühl, dass immer mehr Männer aus dem Meer auftauchten, um sich der Runde anzuschließen.

Schließlich setzt es bei einem Schwulen, so einem jungen Mann, aus. Er kommt mit ein paar Sätzen angesprungen und geht vor Launo in echt obszöner Stellung in die Hocke.«

»Nein! Armer Papa!«

»Ich sag dir, bis heute habe ich keine so honig- und sirupsüße Stimme gehört wie bei diesem Schwulen. Er bittet um Feuer. Launo rauchte damals noch – du solltest übrigens damit aufhören – und gibt ihm Feuer. Der Schwule bleibt und zwitschert, und Launo antwortet so gelassen, wie wir es von ihm kennen. Und der Schwule betrachtet ihn dabei so lüstern, dass sich ein normaler Mensch schämen würde. Schließlich musste ich sagen, dass ich mit diesem Mann verlobt bin, und dem Schwulen mit dem entsprechenden Blick zu verstehen geben, dass er Leine ziehen soll.

Er geht dann auch, und Launo sucht in aller Ruhe die Stelle im Buch, an der er stehen geblieben ist, und macht eine Bemerkung übers Wetter.«

»Und er hat nix kapiert?«, fragte Astra.

»Nein. Auf dem Heimweg machte er sich ein paar Gedanken, von wegen weißt du, Katriina, man kommt nicht drum herum, die Hemmungen verfolgen einen sogar bis zum FKK-Strand! Erinnerst du dich an den Mann, der mich um Feuer gebeten hat? Ich hatte die Augen zu. Als ich sie aufmachte, schaute ich aus Versehen direkt auf sein Gemächt! Ich muss zugeben, dass mich das ein bisschen verlegen gemacht hat!«

8 ASTRA HAT FAST IMMER RECHT

Was jetzt kommt, geschah in dem Winter, als Astra sechzehn war.

Sie stand an der Bushaltestelle und war von dem düsteren Hass auf den Winter erfüllt, der für Stadtbewohner typisch ist. Ganz Finnland war erbärmlich. Astra hatte die Wollsocken vergessen, und auch wenn ihre Springerstiefel aussahen, als würde man damit sogar durch den Winterkrieg kommen, waren sie für trockenen Asphalt gedacht. Es fiel nasser Schnee.

Da bremste ein alter Kleinwagen vor Astra. Die Seitenscheibe senkte sich, und jemand fragte aus dem Auto heraus: »Brauchst du eine Mitfahrgelegenheit?«

Das kann gefährlich werden, dachte Astra und stieg ein. Es stank nach Benzin, Schweiß und heißem Staub. Auch ohne nachzuschauen, wusste man, was im Handschuhfach lag: Schlagerkasetten und Wichsblätter – es waren die letzten ehrenvollen Tage der Wichsblätter-Ära, kurz vor der Wichsrevolution durch das Internet. Astra blickte neugierig auf den Fahrer: ein Mann mittleren Alters, sehr gewöhnlich aussehend, hässlich eigentlich, aber irgendwie rührend. Echt kurze Arme.

Die Heizung war so stark aufgedreht, dass es den Staub versengte. Astra fand die Wärme wohltuend und gleichzeitig Übelkeit erregend, genau wie die Wärme, die der Hintern eines anderen Menschen auf einem Stuhl hinterlässt. Sie schnallte sich an und sagte: »Danke.«

Der Mann startete den Wagen und fuhr in die Dunkelheit hinein. Sie kamen mühelos ins Gespräch, denn der

Mann redete gern, und Astra war höflich. Was hast'n heut so gemacht, und wie alt bist du, wenn ich fragen darf, ziemlich mieses Wetter. Plötzlich rannte ein Tier über die Straße.

»Ein Hund«, sagte der Mann.

»Ein Hase«, sagte Astra. Astra hatte recht. Astra war eine, die eigentlich fast immer recht hatte.

Nach vier leeren, langen Geraden und gelb blinkenden Kreuzungen waren sie am Ziel. Astra öffnete den Sicherheitsgurt und zog den Rucksack zwischen ihren Beinen hervor.

»Warte«, sagte der Mann, »ich mach dir einen Vorschlag. Du kriegst dreihundert Euro. Meine Frau ist nicht daheim. Du kommst über Nacht zu mir, und wir bumsen.«

Astra überlegte. Nein. Aus zwei Gründen. Mama und Papa wären böse, wenn sie die Nacht über wegbliebe. Und der zweite, gewichtigere Grund: Astra wollte den Mann nicht ohne Kleider sehen und anfassen. Fremde Bettwäsche, die Haut des Mannes, die an ihrer Haut klebt, Schweiß, Sperma, Hautfalten, Mundgeruch, und das alles stundenlang, bis zum Morgen. So viel Geld gab es auf der ganzen Welt nicht.

»Nein, das geht nicht.«

»Und wenn wir auf einem Parkplatz bumsen und ich dir einen Hunderter gebe?«

Astra dachte nun ernsthaft nach. Sie brauchte eigentlich nicht unbedingt Geld, aber natürlich würde sie dafür Verwendung finden. Pizzaessen mit ihrem Freund, Zigaretten, Bier, Klamotten, Schmuck. Allerdings würde sie damit eine Grenze überschreiten, hinter der die Reue wartete.

»Dreihundert. Trotz Parkplatz«, sagte Astra.

Der Mann fand das zu teuer. Sie verhandelten und stellten fest, dass bei beiden die Schmerzgrenze bei zweihundert lag.

»Aber du musst dich ausziehen, wenn es ans Bumsen geht«, sagte der Mann. Astra konstatierte, dass es ihm gefiel, bumsen zu sagen. Wenn das Wort kam, wurde seine Stimme trotzig und naiv, wie bei einem Kind, das einen zu rühren versucht. Astra war nicht gerührt, sie war angeekelt, und sie hatte auch ein bisschen Angst.

Der Mann startete den Wagen. Astra fing an, auf ihrer Unterlippe zu knabbern. Sie fuhren in den Wald an der Stadtgrenze. Dort nahm der Mann die Geldscheine aus dem Portemonnaie und legte sie über dem Handschuhfach aufs Armaturenbrett.

Es war so heiß im Wagen, dass die Nacktheit befreiend wirkte. Astra überkam das gleiche affenhafte gute Gefühl, das sie als Kind hatte, wenn sie nackig über den beheizten Fußboden rennen durfte. Ach, ich Ärmste, dachte sie flüchtig. Arme Astra, wärst du nur klein und nackig daheim.

Astra sah den Penis des Mannes. Klein, tut bestimmt nicht weh, dachte sie. Und es tat auch nicht weh. Bald erlebte sie eine weitere positive Überraschung. Aufgrund der Sexualaufklärung hatte sie geglaubt, frühzeitige Ejakulation sei das Bier von Jugendlichen, aber nun stellte sich heraus, dass man auch im mittleren Alter sofort kommen konnte.

Anschließend zog sich Astra an und steckte das Geld ein. Der Mann fuhr auf der Stelle in die bessere Gegend zurück. Auf der gesamten Geraden war die Straßenbeleuchtung kaputt. Astra dachte an Pizza. Sie hatte vor, gleich am nächsten Tag mit jemandem, der echt nett war, in eine Pizzeria zu gehen und so viel zu essen, bis nichts mehr hineinpasste.

Im Winter war die Stadt traurig. Es fiel nasser Schnee, die Straße war glatt, aber das Auto blieb in der Spur, und es kam kein einziges Fahrzeug entgegen. Auch kein Fußgänger oder Hase.

Der Mann fragte Astra nach ihrem Namen. Erika, sagte Astra. Der Mann sagte, dann habe sie ja einen schwedischen Namen, so wie er auch.

»Sven und Erika«, sagte er.

9 SPADA VERZIEHT SICH

Ein paar Monate nach Astras Prostitutionserfahrung herrschte heller Frühsommer, und Launo und Katriina fuhren übers Wochenende nach Amsterdam, wo Launo das Sinfonieorchester dirigieren sollte, das seine Komposition »Nations of Silence« spielte.

In der Zeit brachten Astra und Silmu die ganze Wohnung in Unordnung und rauchten drinnen Zigaretten. Es stank, als die Eltern in der Nacht nach Hause kamen. In der Küche stapelte sich schimmeliges Geschirr. Alles war mit Brotkrümeln und Marmeladenresten übersät, in einer Kunstglasschale lagen Zigarettenkippen. Die Kinder schliefen im Wohnzimmer neben Pizzaschachteln, Bierflaschen und Astras Freund Spada.

Als sie die Tür hörten, kamen sie in den Flur und stammelten Erklärungen. Launos Augen weiteten sich, mit zitterndem Finger deutete er auf Spada, während seinem Mund ein Jaulen entwich: »Astra und Silmu, in eure Zimmer, und du gehst weg!«

Die Kinder huschten in ihre Zimmer, Spada ging, ohne sich die Schuhe zu binden, und Launo fing an, aufzuräumen. Stumm putzte er bis um sechs Uhr am nächsten Morgen.

Katriina versuchte ihm zu helfen, aber es gelang ihr nicht recht. Sie fühlte sich ebenso schuldig wie die Kinder. Jetzt war alles in die Binsen gegangen. Sie hätte schon in Amsterdam merken müssen, dass ihr Mann Probleme hatte. Sie machte sich Sorgen, und das Putzen ging ihr nur schwer von der Hand, obwohl sie normalerweise hervorragend putzte. Jetzt fiel ihr beim Umgang mit dem Putzlappen die ineffektive Wischerei in ihrem Elternhaus ein, wenn sie mit ihrer Mutter scheuernd über die Kunststoffflächen gegangen war und ihre Mutter anschließend traurig festgestellt hatte, es sei immer noch dreckig.

Katriina wusch das Kunstglas aus und bemühte sich, nicht an ihre Mutter zu denken. Stattdessen dachte sie an Amsterdam: an die Grachten-Fahrt, die sie allein unternommen hatte. Sie hatte ein schmales Haus gesehen. Es war eines der Sehenswürdigkeiten. Sie hatte in einem Café Bier getrunken und war durchs Rotlichtviertel gegangen und hatte sich dort über die Lasterhaftigkeit gewundert. Als sie ins Hotel zurückkam, saß Launo im Zimmer und las Zeitung. Als sie ihn fragte, was er unternommen habe, kam heraus, dass ihm nichts eingefallen war, was ihm Spaß gemacht hätte. Er hatte im Zimmer gesessen und Zeitung gelesen und war nicht mit der Crème de la Crème des holländischen Musiklebens zum Mittagessen gegangen. Das Konzert hatte in den Zeitungen gute, ja geradezu rühmende Kritiken bekommen, daran konnte es nicht liegen.

Als die Wohnung vor Sauberkeit blitzte, ging Launo ins Gästezimmer, zog die Vorhänge zu und schaltete das Licht aus.

»Willst du allein sein?«, fragte Katriina.

»Ja.«

Katriina sah, wie Launo sich ins Bett legte und mit der Hand wedelte: Geh weg! Katriina schloss die Tür. Die saubere Wohnung war still. Man hörte nur leises Schnaufen aus den Kinderzimmern. Katriina hätte am liebsten gegen Astras und Silmus Tür getreten.

Es wurde Morgen, die Kinder wachten auf und gingen

zur Schule. Launo kam nicht aus dem Gästezimmer. Katriina schaute nach. Im Halbdunkel sah sie eine große Erhebung, die sich im Atemrhythmus bewegte. Man sah gelbliches Haar, Launo hatte das Gesicht zur Wand gedreht.

So lag er noch da, als Katriina von der Arbeit nach Hause kam.

»Ist Papa sehr böse?«, fragte Astra.

»Ich weiß es nicht«, entgegnete Katriina.

»Wir sind mit den Tagen durcheinandergekommen«, sagte Astra. »Wir haben geglaubt, ihr kommt einen Tag später.«

»Ich habe Angst, dass er sich umbringt«, sagte Katriina.

Am Abend brachte Katriina Marmeladenbrote und ein Glas Wasser ins Zimmer. Als sie mit Silmu die Nachrichten schaute, schlurfte Launo durchs Bild wie ein Zombie, mit vernebelten Augen und ohne nach rechts oder links zu blicken. Es klapperte in der Küche, und wenig später schlurfte Launo mit drei Marmeladenbroten wieder zurück.

»Nun sag doch etwas, um Himmels willen«, sagte Katriina.

»Ich habe Kopfschmerzen«, sagte Launo.

Als Katriina am nächsten Tag von der Arbeit kam, wurde sie von Astra und Silmu im Flur empfangen.

»Komm mit, wir haben etwas Wichtiges zu sagen«, erklärte Astra.

Sie öffnete die Tür zum Gästezimmer, Silmu zog Katriina hinter sich her, und dann standen sie alle zusammen in dem halbdunklen Raum. Der Rumpf im Bett bewegte sich. Er verbreitete einen stechenden Geruch.

»Es tut uns echt leid, dass wir so eine Unordnung gemacht haben«, sagte Astra feierlich. Silmu fügte hinzu: »Wir haben die Tage verwechselt.«

»Darum haben wir beschlossen, euch ein Entschuldigungsgeschenk zu machen. Ihr habt doch immer vom Roten Meer gesprochen«, sagte Astra.

Sie zog einen Briefumschlag aus der Tasche und legte ihn vor Launos Gesicht aufs Kopfkissen. Launo tat so, als bemerkte er es nicht. Astra stupste eine Ecke des Kuverts in ein Nasenloch ihres Vaters. »He, schau mal. Hier.« Da fuhr Launo hoch und brüllte: »Hör auf, mich zu ärgern, verdammt!«

Wenn ein erwachsener Mann in einer Wohnung so laut schreit, wie er kann, hat man das Gefühl, die Farbe rieselt von den Wänden und das Dach fällt herunter. Astra erschrak und fing an zu heulen.

»Fahrt alle zur Hölle!«, brüllte der Rumpf. Sie gehorchten. Katriina nahm Astra im Flur fest in die Arme. Es sah entsetzlich aus, wie das Mädchen beim Heulen das Gesicht verzog. Astra hatte Angst, wenn jemand laut schrie. Schon als Baby war das so gewesen.

»Nun beruhige dich«, sagte Katriina.

Astra riss sich los, schnappte ihre Schuhe und rannte aus der Wohnung. Katriina dachte, sie habe ihre Worte falsch gewählt, aber in Wirklichkeit rauchte Astra schon ein Jahr lang heimlich und brauchte Nikotin, um ihre Gefühle zu glätten.

Der Briefumschlag der Kinder lag auf dem Fußboden. Katriina hob ihn auf und öffnete ihn. Er enthielt einen Gutschein für einen Tauchkurs in Eilat.

»Wenn ihr da hinfahrt, werden wir keine Unordnung machen«, sagte Silmu und klang, als wäre er ungefähr sechs.

Astra wusste nicht, wo sie hingehen sollte, darum ließ sie sich von ihren Füßen leiten, und die führten sie zum Einkaufszentrum. Astra sprang auf einen Müllcontainer, um eine zu rauchen. Sie stellte sich vor, fünf Kilo schlanker zu sein. Es war eine wunderbare Vorstellung. Dann würde sie jeden Kummer, den das Leben ihr brächte, ertragen, das wusste sie.

Ihr Herz hämmerte nicht mehr, aber nun hatte sie einen Kloß im Hals und fühlte sich noch schuldiger als zuvor.

Eine Katze lief an der Kirche vorbei. Eine alte Frau kam mit einer Mülltüte und war im Begriff, Astra vom Container herunterzuscheuchen, solche Frauen kamen immer mit Befehlen dieser Art, von wegen der Deckel kriegt eine Beule und von wegen Vorschriften, aber Astra zog eine Grimasse, und die Frau warf ihren Müll in den Behälter daneben.

Dann passierte nichts. Das Viertel war wirklich total öde. Die Sonne ging allmählich unter, der Himmel färbte sich rosa. Astra wurde ein bisschen kühl. Sie rief Spada an und bat ihn, zu kommen.

Während sie wartete, dachte Astra darüber nach, was sie Wildes tun könnte, etwas, das den Klumpen, der im dunklen Zimmer lag, aus den Gedanken verbannen würde.

Astra war vor allem deshalb mit Spada zusammen, weil Spada einen Brocken Haschisch in der Tasche gehabt hatte. Das war schick und in der Gegend selten. Genau genommen hatte auch er nie Haschisch, nur an dem einen Abend vor zwei Wochen hatte er zufällig etwas gehabt.

An Alkohol kamen sie nicht heran, weil sie erst sechzehn waren und auch so aussahen. Andere Drogen gab es auch nicht: Bei Spada zu Hause hatten sie kein Diapam, ja nicht einmal Medikamente auf Rezept, da war nur die Mutti, die Astra immer schon im Flur mitteilte, sie sei nicht der Hausfrauentyp, und dann gigantische Bottiche mit Speisen auftischte, denen sie selbst erfundene Namen gab.

Sex wäre eine schöne Beschäftigung, aber Spada war keine Person mit besonders großem sexuellem Antrieb und käme auf keinen Fall auf die Idee, Astra am Müllcontainer zu vögeln.

Sie mussten sich mit Kaffee und Zigaretten zufriedengeben. Vielleicht könnten sie an eine ruhige, schöne Stelle gehen, zum Beispiel am Meer, sich an der Tanke Kaffee kaufen, sich eine Überdosis Nikotin und Koffein reinziehen, zittern und mit tellergroßen Augen reden.

Spada kam und fragte Astra, was sie da im Gesicht habe. Astra hatte die Tränen vergessen, erinnerte sich wieder daran und wurde ärgerlich. Sah er das nicht?

»Was machen wir?«, fragte Spada.

»Wir schmeißen uns vor einen Laster«, entgegnete Astra.

Spada runzelte die Augenbrauen, zog eine Zigarette aus der Tasche und zündete sie an. Astra musterte ihn gereizt. Aus der Hose ihres Freundes guckte eine schäbige Unterhose heraus. Spada wuchs auch noch überhaupt kein Bart. Er rauchte die Kippe zur Hälfte und betonte seine Jugendlichkeit, indem er plärrte: »Gehen wir zu dir, *Unreal* spielen?«

Scheiße, dachte Astra. Mit was für einem Kindskopf häng ich hier eigentlich herum?

»Das gehört Silmu.«

»Der lässt uns schon spielen.«

»Wir können nicht hin. Mein Vater ist noch immer böse.«

Spada nickte, schaute Astra aufmerksam an und sagte plötzlich:

»Du hast geweint.«

»Scharf beobachtet.«

»Darf ich mal fragen«, sagte Spada und holte tief Luft. »Schlägt euer Vater eure Mutter?«

Jesus, dachte Astra. Was wird als Nächstes kommen? »Natürlich nicht.«

»Was ist dann eigentlich bei euch los? Deine Mutter ist total nervös. Schlägt er dich oder deinen Bruder?«

»Natürlich schlägt er uns nicht. Er ist Dirigent. Der berühmteste Scheißdirigent Finnlands. Wir ziehen von hier weg, in ein total edles Haus am Meer, weil er so berühmt ist.«

»Warum habt ihr dann Angst vor ihm?«

»Wir haben keine Angst vor ihm«, sagte Astra und schnippte ihre Zigarette weit auf die Straße. »Verzieh dich«, fügte sie hinzu.

»Was ist los mit dir?«

»Echt jetzt. Verzieh dich. Und tschüs, Spada.«

Spada wurde sauer und ging. Astra vermisste ihn kein bisschen. Sie wusste, dass die Trennung endgültig war, wenn sie am nächsten Tag nicht anrief. Sie beschloss, nicht anzurufen.

10 EIN GEISTERTIER IN BEDRÄNGNIS

Als Katriina am Morgen ins Bad ging, fielen ihr gelbe und graue Haare im Waschbecken auf. Launo war zur Arbeit gegangen.

Sie rief ihn von ihrem Arbeitsplatz aus an und lud ihn zum Mittagessen ein. Sie gingen in ein italienisches Restaurant mit weißen Tischdecken und großen Karaffen mit Quellwasser. Dort nahm Katriina seine Hand.

»Hör zu, Launo«, sagte sie leise, damit die anderen Gäste es nicht hörten, »wir sollten uns ein bisschen entspannen.«

»Ich habe furchtbaren beruflichen Stress.«

»So kann das nicht weitergehen.«

»Willst du damit sagen, dass du dich scheiden lassen willst?«

Katriina nahm einen Schluck Wasser. Jetzt nicht die Courage verlieren, dachte sie.

»Natürlich nicht.«

»Wenn du wüsstest, wie es bei mir beruflich aussieht.«

»Ja, es ist schrecklich. Ich weiß.«

»Deine Arbeit ist anders. Es ist keine richtige Arbeit, anderen Leuten Sofas in die Wohnung zu stellen. Über diese Sofas schreiben nicht alle Zeitungen.«

»Ja. Aber hör mal, was ich mir gedacht habe. Weil du doch immer so schön von dem Tauchkurs gesprochen hast.«

Die Bedienung brachte das Essen. Katriina hatte für beide Lasagne bestellt. Launo seufzte und fing an, sich mit hängendem Kopf eine Gabel davon in den Mund zu schieben. Es sah seltsam aus: Einerseits war der Mann der Inbegriff der Depression, das reinste Gespenst, so deprimiert, dass er kaum den Mund aufbekam, aber andererseits wurde die Lasagne immer weniger, weil sie so lecker schmeckte und weil der Mann wohl auch ein bisschen Hunger hatte. Katriina wartete ab, bis Bechamel und Käse ihre Wirkung entfalteten. Tatsächlich sagte Launo wenig später: »Was ist mit dem Tauchkurs?«

»Den Kindern hat das mit der Unordnung so leidgetan, dass sie uns einen Tauchkurs am Roten Meer geschenkt haben. Das war in dem Briefumschlag.«

Im selben Moment wurden Launos Augen groß und rund. Es klatschte, weil seine Lasagne auf dem Teller landete, und schepperte, weil auch die Gabel herunterfiel. Wie eine Totenmaske machte sich die Niedergeschlagenheit auf Launos Gesicht breit: Bechamel und Käse konnten nichts mehr ausrichten.

Er flüsterte: »Ein Tauchkurs ist einfach irrsinnig teuer.«

»Wir machen das natürlich nicht auf Kosten der Kinder«, sagte Katriina. »Wir geben den Gutschein zurück. Aber ihnen zuliebe gehen wir ein bisschen Fische gucken.«

Launo vergrub das Gesicht in den Händen. Katriina blickte sich um. Es sah bestimmt seltsam aus, wenn ein Mann beim Mittagessen so zusammenbrach. Und jemand am Nebentisch konnte Launo erkennen. Er sah so speziell aus, dass ihn sogar ganz normale Leute leicht erkannten.

»Was ist los, Schatz?«, flüsterte Katriina. »Nun sag schon!«

Mit erstickter Stimme drang zwischen den Fingern hindurch: »Das Geld kommt daher, dass Astra sich verkauft.« Katriina war so verblüfft, dass sie die anderen Gäste vergaß.

»Sie verkauft sich nicht!«, rief sie, fing aber innerlich an, die Nachbarn abzuklappern. Launo unterhielt sich immer mit ihnen! Jemand hatte es mit ihrem guten Mädchen getrieben. »Wer behauptet das?«

Launo wimmerte durch die Finger.

»Ich las Astras Tagebuch an dem Abend vor der Abreise nach Amsterdam. Rate mal, wie leicht es danach war, dieses Orchester zu dirigieren.«

Katriina war überrascht: Sorglosigkeit und Dummheit waren keine typischen Eigenschaften von Astra. Es war leichtsinnig von ihr, dass sie die Aufzeichnungen einfach so herumliegen ließ. »Was stand da genau drin?«, fragte sie.

»Mit so einem alten Kerl … mindestens … Im Winter im Auto … Astra hat geschrieben: ›easy money‹.«

Bei den englischen Wörtern brach Launos Stimme. Katriina griff nach seinem Handgelenk und drückte sanft zu. »Ich werde das klären«, sagte sie. »Mach dir keine Sorgen. Und lies nicht die Tagebücher von anderen Leuten!«

»Ich würde den Kerl am liebsten umbringen. Astra ist erst fünfzehn.«

»Sechzehn. Ich rede mit ihr. Iss jetzt. Bald bist du am Roten Meer. Wir gehen auch ins Tote Meer, da können wir uns treiben lassen.«

Launo hob den Kopf und griff nach der Gabel. Seine Augen waren groß und dunkelblau, voller Vertrauen. Als er jung war, hatte er Katriina an die schwedische Flagge erinnert, weil die Haare gelb waren, die Augen blau und weil der ganze Mann so sorglos flatterte. Aber inzwischen sah er immer mehr wie ein Geistertier aus. Er hatte so große Augen. Vor allem wenn er blass war und Augenringe hatte wie jetzt, sah er aus wie ein Geistertier, wie ein seltsames nächtliches Wesen aus dem Dschungel. Das war kein besonders menschliches Gesicht. Fremdartig. Niedlich. Aber fremdartig. Das Geistertier war Katriina nun dankbar, weil sie die Welt in Ordnung bringen würde.

Am Abend ging Katriina in Astras Zimmer. Sie lag mit ihrem Bruder bäuchlings auf dem Bett. Astra sah sich eine CD-Hülle an, Silmu las in einem Buch mit fliegenden Untertassen auf dem Umschlag. Über ihnen hing ein Bild von Akseli Gallen-Kallela, auf dem zu sehen war, wie ein Fahrer eine nackte Frau mit dem Auto zum Teufel brachte. Die Kinder waren bereits sichtlich entspannt: Ihr Vater ging wieder arbeiten, der Alltag kehrte in seine gewohnten Bahnen zurück.

Katriina fuhr Silmu über die Stoppelhaare. Sie standen ab wie die Borsten eines Ferkels. Der kleine Ferkeljunge. »Ich möchte gern ein bisschen mit Astra unter vier Augen reden«, sagte Katriina.

»Bring mir einen Apfel und das Schälmesser, bevor du gehst«, sagte Astra, als Silmu schon aus der Tür war.

Katriina setzte sich aufs Bett und betrachtete Astras Knie. Sie zeichneten sich spitz unter dem Jeansstoff ab. Das Mädchen war schön mit seinen großen Augen, sie kam nach ihrem Vater, war aber ein bisschen zu dünn. Silmu brachte Astra den Apfel und das Messer und ging wieder. Astra hobelte Späne ab und schob sie sich einzeln in den Mund.

»Ist das nicht ein bisschen umständlich?«, fragte Katriina. Die Streifen waren so dünn, dass man hindurchsehen konnte.

»Dauert länger«, erklärte Astra.

»Aha. Hör zu. Wegen deinem Vater. Er macht sich Sorgen. Du weißt ja, wie er ist.«

»Worüber macht er sich Sorgen?«

»Ich hoffe, du wirst jetzt nicht wütend, aber er hat in deinem Tagebuch gelesen.«

Astra sprang auf und vollführte unbestimmte Bewegungen, als wüsste sie nicht, in welche Richtung sie davonrennen sollte. Dann wandte sie sich nach rechts, lief im Zimmer umher wie ein Hamster im Käfig, biss große Stücke vom Apfel ab und sagte immer wieder Scheiße.

»Ja, das ist wirklich eine schreckliche Dummheit von ihm gewesen, aber du weißt ja, dass er es nicht böse meint.«

Astra blieb stehen und setzte sich an den Schreibtisch. Katriina schaute sie auffordernd an.

»Hör mir zu, mein Schatz. Launo hat anscheinend gelesen, dass du gegen Geld Geschlechtsverkehr hattest. Und deswegen ist er jetzt natürlich außer sich.«

»Scheiße.«

»Du verstehst sicher, dass er sich ganz fürchterliche Sorgen macht. Und du verstehst sicher, dass ich mir auch Sorgen mache.« Katriina legte Astra die Hand aufs Knie. »Kannst du es mir erklären?«

Astra leckte sich über die Lippen, griff wieder nach dem Apfel und aß den Rest auf. »Ja«, sagte sie. »Das war bloß so ein spontaner Einfall. Ist auch schon ewig her. Es hat eine Minute gedauert. Sonst mache ich so was nicht.«

»Waren da irgendwelche Drogen im Spiel?«

»Natürlich nicht!«, fuhr Astra sie an. »Du bist genau wie Papa! Es ... Es war einfach so ... Es war nichts Besonderes, und es gibt auch nichts darüber zu reden.«

»Was war das für ein Mann? Wie alt?«

»Ganz normal. Normal alt.«

»Habt ihr verhütet?«

»Na klar«, schnaubte Astra. »Aber im Ernst jetzt, das ist ein demütigendes und blödes Gespräch.«

»Kann sein, aber das musst du jetzt mal kurz aushalten. Du bist ein cleveres Mädchen, und ich vertraue dir, aber hör zu, Sex zu verkaufen ist keine gute Sache. Es ist schon ideologisch ziemlich zweifelhaft.«

Astras Wangen waren rot geworden.

»Es ist keine gute Sache, ja, ich bereue es und tue es nie wieder!« Sie blickte auf ihre Hände, dann auf ihre Mutter. »Könntest du Papa erklären, dass er sich keine Sorgen machen muss?«

Katriina stand auf, um Astra über die Haare zu streicheln.

»Ich werde es ihm erklären. Die glänzen schön. Ich mache dir ein Marmeladenbrot und einen Tee. Komm in die Küche.«

Erst an der Tür fiel ihr ein:

»Woher habt ihr eigentlich das Geld für den Tauchkurs?«

»Jetzt reicht's aber!«

»Es ist nicht das, was ich denke, aber sag mir, wo es herkommt.«

»Das ist das Geburtstagsgeld von Silmu. Er hat es über viele Jahren gespart. Wir haben es auf der Bank abgehoben.«

Bald wurde das Geld wieder auf Silmus Konto eingezahlt, und Astra vernichtete ihr Tagebuch. Katriina überlegte sich, wie sie das Ganze ihrem Mann beibringen sollte, und entschloss sich zu einer Notlüge. Sie tadelte ihren

Mann: Es war falsch, in den persönlichen Aufzeichnungen anderer Leute zu lesen. Auch Kinder hatten ein Recht auf Privatsphäre. Es waren Astras Übungen für Kurzgeschichten, und jetzt schämt sich das Mädchen ganz fürchterlich. Wehe, wenn Launo sie noch einmal daran erinnerte!

Zwei Monate später installierte Silmu ein PGP-Programm auf Astras Computer, ein hervorragendes Verschlüsselungsprogramm, das von der CIA einst als Waffe klassifiziert worden war.

Kartriina und Launo planten eine Reise nach Israel, zu den erstaunlichen Korallen.

11 DAS KRANKENHAUS DER SIEBENJÄHRIGEN

Nachdem Katriina Astra von den Schwulen am FKK-Strand erzählt hatte, stand sie auf, um Pelagia zum Abendessen zu holen. Auch die allein zurückgebliebene Astra stand auf. Sie ging sich Pelagias Bächesystem ansehen, nahm einen Stock in die Hand und zeichnete ein paar neue Furchen für das Wasser aus dem Flussbett in den feuchten Sand. »Ich helfe dem Frühling«, dachte Astra. Sie nahm den dünnen Geruch des aufgetauten Wassers und der lehmigen Erde wahr. Das Wasser war graubraun und sprudelte fröhlich. Die Sonne ging bereits unter, hatte aber noch Kraft; das ist der Frühling, wunderbar, und man kann Stiefel mit hohen Absätzen tragen.

Schon im Kindergartenalter mochte Astra klassisches Bondage. Sie hatte im Bücherregal die Umschläge alter Pulp-Krimis gesehen, und die waren so toll, sie hätte sie den ganzen Abend anschauen können. Eine schöne Frau im dünnen Kleid geknebelt und gefesselt, auf dem Fußboden oder auf dem Stuhl, stark geschminkt und die Augen vor Schreck geweitet.

Ziemlich viele andere Mädchen waren ebenfalls scharf auf Bondage. Astra hatte die Angewohnheit, zusammen mit anderen von der Vorschule nach Hause zu gehen und ihnen dabei erfundene Geschichten über Fesselungen zu erzählen. Die anderen Mädchen glaubten ihr nicht, taten aber so, als täten sie es, damit der Erzählstrom nicht versiegte.

Oft erzählte Astra von der Tagesbetreuung, zu der sie

nach dem Kindergarten musste. Die war geheim. Dort gab es eine Familie, zu der ein Vater und sieben Jungen unterschiedlichen Alters gehörten. Dort wurde Astra gequält. Wenn sie hinkam, wurde sie vom Vater an einen Baum gebunden und mit Boxhandschuhen malträtiert. Dann zog man Astra das Höschen aus, warf es in eine Pfütze und trampelte darauf herum.

Eine andere Geschichte war die vom Krankenhaus der Siebenjährigen. Astra erzählte ihrer Freundin Essi bei den Rosenhecken davon. Sie sagte, sie sei eigentlich sieben und nicht sechs und habe deswegen schon mal ins Krankenhaus der Siebenjährigen gemusst. Auf dem Weg ins Krankenhaus der Siebenjährigen wurde die Patientin urplötzlich auf der Straße überfallen, man fesselte ihr die Hände und schleifte sie in die Klinik. Dort wurde sie bewusstlos geschlagen, oder eigentlich eingeschläfert, und dann wurden Untersuchungen gemacht.

Jetzt war Astra zweiundzwanzig und wollte sich wirklich nicht von einem Frauenzeitschriftenredakteur bumsen lassen. Ständig wurde sie rot, wenn sie daran dachte, dass sie bei ihm gewimmert und geseufzt hatte wie eine Gehirnzwergin.

»Wenn man etwas wirklich will, darf man nicht auf leisen Sohlen gehen«, sagte Katriina immer. Das stimmte absolut. Astra müsste den entscheidenden Schritt wagen, wenn sie gefesselt, herumgeschleift und untersucht werden wollte. Es gab neben Kai noch andere Männer, bessere, solche, die ihr die Scham aus dem Leib foltern würden.

Sie ging ins Haus zurück und die Treppe hinauf in Silmus Zimmer. Silmu machte irgendwas vor dem Spiegel und wurde rot, als Astra hereinkam.

»Darf ich mal den Computer benutzen?«, fragte sie, setzte sich an den Tisch und schaltete den Apparat ein.

»Wofür?«

»Ich will auf einer Dating-Seite einen Meister suchen.«

»Einen was?«

»Einen Mann, der mich züchtigt.«

»Was? Mit der Peitsche oder wie?«

»Genau. Und der mich fesselt und vielleicht auch Brustwarzenklemmen anwendet.«

»Erzähl mir nicht so persönliche Sachen«, bat Silmu.

Silmu setzte sich aufs Bett und zog einen Strumpf aus. Er dachte an seine Schwester und die Brustwarzenklemmen. Was das war, wusste er nicht so genau. Astra hatte sein persönliches Revier nicht respektiert. Die Reinheit seines Herzens. Nun fühlte er sich irgendwie entehrt. Er erzählte Astra ja auch nicht solche Sachen.

Silmu nahm das Mathematikbuch zur Hand und fing an zu rechnen. Ab und zu kam ein Prusten vom Computer her, und ihm fielen wieder die Brustwarzenklemmen ein.

»He! Willst du mal hören?«, sagte Astra.

»Nein«, antwortete Silmu.

»Ich besuche dich daheim, mit einer Blume zwischen den Zähnen. Ohne etwas zu sagen, wirfst du dich in meine Arme. Ich schiebe dir den Blumenstiel in den Mund und streichle deinen Hintern. Dann gehen wir in die Küche, und du stellst die Blume in eine Vase. Wir denken beide an das Gleiche. Du merkst, wie meine Hose im Schritt spannt, und fährst zufrieden kurz darüber. Du trägst einen Rock, der bis zu den Knien reicht, und Strumpfbänder. Ich hebe dich auf den Tisch und streichle mit den Fingern deine Klitoris. Du kannst dich nicht mehr zurückhalten, der herrliche Genuss an deinem G-Punkt lässt dich erschauern. Du nimmst mein Ding in den Mund und liebkost es gierig mit der Zunge. Ich drehe dich um, und wir tun es so lange, bis wir gleichzeitig kommen. Das ist meine Fantasie. Willst du sie mit mir teilen, du wohlproportioniertes, humorvolles Mädchen?«

»Hast du vor, dich zu melden?«, fragte Silmu.

Astra klickte wieder mit der Maus. Silmu rechnete weiter. Aber er konnte sich nicht konzentrieren und zog den Strumpf wieder an. Als Nächstes nahm er sein Trainingsprogramm zur Hand und studierte es. Am nächsten Tag wollte er wieder hingehen. Drei Mal die Woche musste man das Programm absolvieren. Silmu verschränkte die Hände hinterm Kopf und dachte an das Fitnessstudio. Dort roch es außergewöhnlich, aber gut, nach Schweiß und Magnesium.

»Ach du Scheiße«, sagte Astra. Sie klang nun nicht mehr spöttisch, sondern fast schon entmutigt. »Meine Frau hat mir erlaubt, das ich mir meine SM-mäsigen Wünsche erfüllen darf, weil sie selbst nicht bei Peitschen Spielen mit machen will. Ich beherrsche gut die geistige und füsische Folter. Suche eine Sklavin, die am Peitschen und sonstigen SM-mäsigen Sachen interessiert ist. Alter 20-30. Auch goldene Dusche.«

»Was ist daran verkehrt?«

»Die Rechtschreibung.«

Silmu stand auf und verließ das Zimmer. Im Wohnzimmer tänzelte die Mutter nackt am Amphitheater vorbei, offenbar auf dem Weg in die Sauna. Als sie Silmu sah, breitete sie die Arme aus: Sie wollte ihn umarmen, unwahrscheinlich erleichtert über den Verlauf des Interviews, wie es schien. Plötzlich war sich Silmu der Nacktheit seiner Mutter peinlich bewusst. Er wandte sich ab und floh in die Küche. Er wusste, dass er der verklemmteste Mensch Finnlands war, aber er konnte nichts dafür.

Im Fernseher in der Küche kam eine Diskussion zur Wahl. Die Kandidaten waren äußerst angespannt. Silmu hätte es schön gefunden, sich mit jedem von ihnen in aller Ruhe zu unterhalten. Ein bisschen danach zu fragen, was denkst du so über dieses und jenes, sollte Finnland der Nato beitreten, sollte es in Schulen und Krankenhäusern besseres Essen geben.

Astra blieb über Nacht, denn sie hatte keine Lust, allein nach Hause zu fahren, und niemand hatte Lust, sie zu bringen. Sie nahm sich ein paar Wolldecken mit ins Amphitheater. Als die Sonne untergegangen und die Nacht gekommen war, verschwand die Gemütlichkeit des Amphitheaters, und das Weltall und das Meer gewannen die Übermacht. Astra stellte sich vor, wie sie sich mit fünf hart zupackenden Männern in einem Raumschiff befand. Aber diese Vorstellung machte nicht heiß, sondern still und wehmütig.

Als sie am nächsten Morgen aufwachte, saßen alle Plüschtiere Pelagias auf ihr, und es war wieder gemütlich.

12 WEHRDIENST UND LICHTFLÜGEL

Silmu erhielt eine Postsendung von der Staatsmacht. Der Zettel im Briefkasten teilte mit, dass auf der Post der eingeschriebene Musterungsbefehl auf ihn warte. Die Broschüre der Streitkräfte schilderte, wie es beim Wehrdienst ist: tolle Zeit, aber auch hart, wenn man nicht die richtige Einstellung findet. Manche bekommen Schwierigkeiten mit ihrer Freundin, aber darüber kann man mit dem Pfarrer reden.

Silmu wollte die Broschüre in seinem Schulrucksack verstecken, aber es war zu spät.

»Silmu hat den Musterungsbescheid bekommen«, sagte Katriina beim Frühstück, und alle lachten.

»Großer Gott, ich sehe es vor mir: Silmu in Uniform, wie er ein Gewehr zusammensetzt«, sagte Launo.

»Wieso?«, fragte Silmu.

Katriina und Astra hörten auf zu kauen. Man hörte ein Plitschen, weil Marmelade von Pelagias Brot auf den Tisch tropfte.

»Was ist?«, fragte Silmu, obwohl er es wusste.

Katriina brach die Stimme.

»Du bildest dir doch nicht ein, dass du dahin gehst?«

Nun gewann auch Astra die Sprechfähigkeit zurück.

»Kapierst du nicht, Silmu? Als Zivi kannst du lauter wichtige Sachen machen. Ein Freund von mir ist gerade als Beleuchter am Theater. Er hat sich schon immer fürs Theater begeistert. Das ist hundert Mal angenehmer. Man kann die Arbeit machen, für die man sich interessiert. Denk doch mal nach. He, in echt jetzt, Silmu! Zur Armee?«

»Ist das dein Ernst?«, fragte Launo. »Du bist doch fett.«

»Nein. Ist es nicht«, sagte Silmu, riss eine silberne Packung Proteinpulver auf und verrührte den Inhalt in einem Glas mit Wasser.

»Was ist das für eine Brühe, die du dir da machst?«, wollte Katriina wissen.

»Proteinpulver. Unterstützt das Muskelwachstum«, sagte Silmu. Er hatte die Probe am Empfangsschalter vom Aivo Gym bekommen. Auf der Packung stand: *Are you a Man or are you a Beast?*

»Willst du große Muskeln haben?«, fragte Katriina. »Warum?«

Astra rief Kai an, während sie zu Fuß zur Universität ging.

»Hallo«, sagte Kai, »du heißt also gar nicht Erika.«

»Es ist jetzt so«, entgegnete Astra, »dass wir uns nicht mehr sehen können. Du bist echt ein guter Typ, aber ich interessiere mich mehr für eine etwas andere Art von Beziehung.«

Kai sagte: »Vielleicht wird mit der Zeit mehr daraus. Wir könnten zum Beispiel mal zusammen ins Kino gehen. Immerhin habe ich jetzt auch deine Eltern kennengelernt und weiß, wo du wohnst. Du bist tatsächlich Astra Silola. Und ich dachte, du bist irgendeine Pflegehelferin oder kaufmännische Angestellte.«

»Ich wohne da nicht. Und überhaupt«, sagte Astra, »was hast du gegen die unteren sozialen Schichten? Wir werden uns nicht mehr sehen. Ich will eine andere Beziehung. Eine, in der härter zugepackt wird.«

»Härter zugepackt?« Es folgte eine kurze Pause am anderen Ende der Leitung. »Warum redest du nicht offen darüber? Erpressen ist nicht fair.«

»Ich meine es ernst.«

»Hat es damit zu tun, dass ich Redakteur bei einer Frauenzeitschrift bin? Weißt du eigentlich, wie schwer es ist, heutzutage im Journalismus einen anspruchsvollen Job zu finden?«, sagte Kai.

»Das weiß ich nicht. Tschüs«, erwiderte Astra und legte auf.

Dann ging sie in eine Vorlesung, in der von der Bedeutung der Zelle als Grundeinheit des Lebens gesprochen wurde. Der Stoff kam an, und Astra ging anschließend etwas essen. Die Märzsonne schien in die Cafeteria, als Astra ihre Mahlzeit wählte. Sie nahm eine kleine Portion Gemüseauflauf und dachte an die Freaks, die behaupteten, über unsichtbare Flügel Nahrung vom Sonnenlicht aufzunehmen. Astra war am Abnehmen, das tröstete sie jetzt, da sie Sehnsucht nach Kai hatte. Bald würde man über sie sagen, »ein hübsches Mädchen, bisschen zu dünn, aber sonst echt schön«. Sie stellte sich vor, dass Kai das sagte und sich an sie erinnerte.

Silmu hatte die Schule geschwänzt und trocknete sich im Umkleideraum des Fitnessstudios ab. Im Spiegel sah er einen nassen Körper, der unbestreitbar übergewichtig war, aber diesmal betrachtete Silmu ihn optimistisch. Er fühlte sich gut an nach dem Training, er sah den Athleten, der sich im Wurm verbarg.

Ein Muskelprotz, der auf der Drückbank alles gegeben hatte, schnaufte durch. Ansonsten war es still.

Da ging die Tür auf. Es war Aivo, der den Boden fegte. Silmu stand noch immer unter so starkem Endorphineinfluss, dass er keinen Schamhaftigkeitsanfall bekam. Er beeilte sich nicht, das Handtuch um die Hüften zu binden. Er hoffte, Aivo würde zu ihm herschauen und einen Fortschritt bei ihm feststellen.

»Grüß dich«, sagte Aivo, »haben sie dich ohne Drogentest aus dem Kindergarten rausgelassen?«

»Ja«, sagte Silmu, »aber sie haben mir Pädophilie vorgeworfen.«

»Der ist ein bisschen so, dieser Kindergarten«, sagte Aivo. »Wie schlägt das Training an?«

»Ganz gut. Ich glaube, die Bewegungsbahnen innervieren sich langsam«, sagte Silmu. Er hatte das Vokabular im Internet studiert.

»Ja, ja, deine Bewegungen haben schon ganz sauber ausgesehen, als ich mal geguckt habe.«

Aivo fegte mit kräftigen Zügen. Der Mann hatte viele Dimensionen, auch die Arme waren lang, der Besen bewegte sich in einem großen Radius. Die wurmartige Narbe im Gesicht löste inzwischen keinen Schauder mehr aus. Man gewöhnte sich daran, wenn man ein paar Mal hingeschaut hatte.

»Bist du bei der Armee gewesen?«, fragte Silmu.

»Nein«, sagte Aivo. »Ich bin Este und kein Finne. Musst du hin?«

»Ich habe den Musterungsbescheid gekriegt.«

»Versuch, irgendwo hinzukommen, wo du mit dem Training weitermachen kannst. In manchen Kasernen rauchen sie nur und essen Krapfen.«

Der Muskelprotz räusperte sich und mischte sich ganz natürlich ins Gespräch ein:

»Am besten geht man immer, wenn man frei hat, ins Studio und ändert sein Programm ein bisschen, so dass es zur

Situation passt. So lässt sich eine schlimme Trainingsunterbrechung vermeiden. Es kann sogar ganz gut sein, weil die Märsche ja im Prinzip aerobisch sind. Wenn du vorher eine Massephase einlegst, kannst du da Fett loswerden.«

Als Silmu ging, gab ihm Aivo eine Body-Builder-Zeitschrift.

»Da ist ein guter Artikel über Rückentraining für Anfänger drin.«

Silmu ging zur Schule und dachte an Muskeln und an Aivo und an den Wehrdienst. In der Pause las er in der Zeitschrift. Einige Lehrer und Mitschüler stichelten deswegen, aber er kümmerte sich nicht darum. Er aß Quark direkt aus der Packung.

»Kapierst du das nicht?«, sagte ein Mädchen aus seiner Klasse. »Frauen halten solche aufgepumpten Männer für Volldeppen.«

Silmu hatte den Mund voller Quark und konnte nicht antworten. Er nickte.

Die Bar befand sich im Souterrain eines alten Hauses. Sie hieß Katakombe, und man musste wissen, wo sie war, denn es stand nichts an der Tür.

Das Interieur stimulierte. Die Wände waren weiß, und im Licht von kleinen Spots waren eine gekreuzigte Puppe, Stacheldraht und Schwarzweißfotos von Zähnen und düsteren Landschaften zu erkennen. Aus den Lautsprechern kam leises Industrial-Gerumpel.

Astra war zum ersten Mal in der Katakombe, tat aber so, als hätte sie Routine. Sie blickte sich um und verstand als Tochter einer Wohndesignerin, dass die grabartige Wirkung der Wände daher kam, dass sie bloß mit Grundfarbe gestrichen waren. Astra trank einen Schluck Weißwein. Sie war so aufgeregt, dass sie ihren Puls in den Ohren hörte.

Der Mann kam von der Tür direkt an Astras Tisch. Er war mindestens zehn Jahre älter als sie, trug eine schwarze Lederjacke, hatte dunkle Haare und starke Augenbrauen. Mit seinem kräftigen Händedruck quetschte er Astras Finger.

»Du bist also Anfängerin?«

Astra nickte. Der Mann hatte in seiner E-Mail geschrieben, er sei erfahren und bewandert. Die Erfahrung merkte man sogar dem festen Blick an: Der Mann schaute einem in die Augen, dass man das Gefühl hatte, im Nu gehorchen zu müssen wie ein Zirkushund. Er setzte sich, lehnte sich zurück und lächelte Astra charismatisch an.

»Warum willst du dich unterwerfen?«, fragte er. Auch seine Stimme war ausgesprochen charismatisch.

»Das will ich nicht sagen«, erwiderte Astra. »Das ist ein Teil der Idee, dass man will und nicht will.«

»Ich frage nur, weil ich will, dass du weißt, worauf du dich einlässt.«

Astra nickte.

»Wenn man die Hosen voll hat, hilft auch kein Stirnrunzeln.«

Astra kannte das Sprichwort nicht und zuckte zusammen, als sie es kapierte. Herrgott. Was für ein *plumper* Spruch!

Der Mann redete weiter.

»Wenn du verschnürt bist, ist es zu spät, zu denken, Sein oder Schrein, das ist hier die Frage. In dem Moment, in dem ich dir zeige, aus welcher Richtung die Hühner …«

»Pissen. Ja«, sagte Astra. »Entschuldigung, ich muss mal aufs Klo.«

Astra stand auf, ging auf die Toilette, sah im Dunkeln die Schwelle nicht und stolperte fast. Sie schloss die Tür ab, blickte sich um, bemerkte das Belüftungsfenster und traf einen raschen Entschluss. Sie öffnete das Fenster und wand sich ins Freie.

Sie schlängelte sich bäuchlings aufs Pflaster im Hof, stand auf und klopfte sich die Kleider ab. Das Klo war eindeutig mit Absicht so gemacht, dass Feiglinge, ohne das Gesicht zu verlieren, leicht entkommen konnten. Nicht einmal die Stay-ups waren kaputt.

An der Wand stand eine Salzgurkendose. Ástra trat dagegen. Nasse Zigarettenstummel schossen über den Hof.

13 FAZERS BESTE

Katriina war bei der Arbeit. Ihre Firma befand sich im Turm eines Hauses aus dem 19. Jahrhundert. Durch die Fenster blickte man auf eine alte Kirche, eine von edlen Laubbäumen umrahmte Rasenfläche und weit aufs Meer hinaus. Unten rumpelten die Straßenbahnen, die aussahen wie grüne, vitale Raupen. Von oben konnte man gerade so die Fugen im Straßenpflaster erkennen.

Katriinas Kunden schmolz schon im Entree das Herz. Alles war hell, so wie es sich in Finnland gehörte, aber das kühle Birkenholzdesign war von romantischen Elementen und alten Stilmöbeln durchsetzt. Man hatte kleine Tische, Kommoden und Stühle restauriert und weiß gestrichen, manche auch mit rosa Rosenknospen und hellgrünen Blättern bemalt. Wenn man die Knospen genauer betrachtete, merkte man, dass jede anders war. In den Vasen standen frische Rosen, und weiße Tonschalen enthielten ein Potpourri aus Düften, in dem sich getrocknete Rosenblätter, Apfelsinenschalen und Kräuter mischten.

An der Decke drehte sich sommers wie winters der Rotor eines Ventilators. Katriina war auf ihrer Hochzeitsreise in New Orleans auf die Idee gekommen, Ventilator und Blumen zu kombinieren, denn dort hatte es in jedem öffentlichen Raum frisch und süß geduftet. Der Ventilator verteilte den Duft auf kühle Art im Raum, so dass die Luft wunderbar angenehm und wohltuend wirkte.

Neun von zehn Kunden stießen gleich beim Eintreten Worte der Bewunderung aus.

Vom Entree kam man ins Büro. Es war achteckig und

voller Erker und Fernster in verschiedenen Formen. Durch die Fenster fiel das Licht auf die Schreibtische, an denen Katriinas Angestellte vor schimmernden Computern saßen. Die Wände waren cremeweiß, auf dem alten Parkett lagen Orientteppiche. Die umlaufenden Regale füllten Ordner und große Bücher, Stoffballen und Farbkarten.

Die Beratungen über die Umsetzung der Kundenwünsche wurden in einem kleinen Nebenraum geführt, man saß dort an einem antiken Mahagonitisch, der vor einer Wand stand, die mit einem japanischen Stoff bespannt war, der ein Pferd zeigte. Den Kunden war seltsam feierlich zu Mute, wenn sie in diesem Raum über ihre eigene Einrichtung verhandelten: Lieber hätte man mit dem Finger über die glatte Tischplatte gestrichen. Der ganze Raum roch nach dem Tisch. Alt, kostbar, holzmehlig.

Katriina Silola bildete den Mittelpunkt all der Schönheit. Sie bot ihren Kunden Konfekt an und lächelte zart. War der Kunde mit seinem Dasein als alter, trockener Mensch zufrieden, bekam er das Konfekt in einer Rauchglasschale. Wirkte er so, als hinge er wehmütig der Jugend und dem Leben der Bohème nach, bekam er das Konfekt in einer mexikanischen Holzschachtel, in deren Deckel ein Totenschädel eingeritzt war. In beiden Fällen handelte es sich bei dem Konfekt um Fazers Beste.

Dann unterhielt man sich. Katriina hörte zu, hob die Augenbrauen, nickte und lächelte. Ein bisschen im funktionalistischen Stil? Sollen die Böden komplett neu gemacht werden? Teppichboden? Na, warum nicht, das wäre jedenfalls individuell.

Am Tag nach dem Termin besuchte Katriina den Kunden zu Hause. Mit klappernden Absätzen drang sie in jeden Winkel vor, ohne Skrupel, aber freundlich, so wie der Hausarzt in die Falten und Vertiefungen des Körpers. Der Kunde fing an, sich für seine alten, hässlichen Möbel zu schämen, doch Katriina begegnete ihm mit Empathie. Auch unausgesprochen war klar, dass der Kunde ein erschütternd hässliches Zuhause hatte, aber das machte nichts, denn jetzt wurde das Ganze korrigiert. In diesem Stadium folgte auf Katriinas Fersen eine Mitarbeiterin, die Maß nahm, Kreuzchen auf der Farbkarte machte und mit ihrer Kamera Fotos knipste.

Katriina Silolas Kunden redeten hinter Katriinas Rücken nur gut über sie. Der Name Silola war einer, der, wenn man ihn laut aussprach, in jeder Gesellschaft einen guten Eindruck hinterließ, und allein die Tatsache, dass man auf seiner eigenen Couch saß und dachte, die aus der Zeitung bekannte Katriina Silola, die Frau von Launo Silola, hat sie ausgesucht, sorgte für innere Zufriedenheit.

Die Kunden hätten ihren Ohren nicht getraut, wenn sie gehört hätten, wie man in anderen Kreisen über Katriina Silola redete. Es gab Gegenden in der Stadt, wo über sie viel Schlechtes gesagt wurde. In billigen Kneipen, Sozialwohnungen und Cafés von Einkaufszentren wünschte man ihr einen qualvollen Tod. Ein Junge, der gerade seine erste Woche im Ferienjob als Laufbursche hinter sich hatte, konnte am hintersten Tisch einer Schänke sitzen und in Tränen ausbrechen: Auf der Arbeit war es furchtbar, eine knallharte Schlampe hatte die ganze Woche mit ihm den Boden gewischt, woher hätte er wissen sollen, dass der und der Zettel da und da hingebracht werden sollte. Die hatte auch schon so einen schmalen und viel zu roten Mund, glaubte die vielleicht, sie wäre gutaussehend, wahrscheinlich hassen die auch ihr Mann, die Kinder und der Hund.

In irgendeinem Pausenraum konnte eine Putzfrau wieder mit dem Rauchen anfangen und mitten im Qualm schwer seufzen. Waren die anderen nicht der gleichen Meinung? Am schlimmsten war es, in den Innenstadtbüros zu putzen. Auch heute wieder hatte eine dumme Kuh getobt, weil eine Grünpflanze ein braunes Blatt hatte, obwohl eine andere Firma für die Zimmerpflanzen zuständig war. Die Kuh hatte gesagt: »Herrjessas, Schätzchen, wenn du jetzt mal den Kopf aus dem Arsch nehmen würdest, könnte dir die anspruchsvolle Arbeit der Putzfrau vielleicht mit Ach und Krach sogar gelingen.«

Katriina folterte auch Verkäuferinnen, Busfahrer und die Stimmen, die sich an Servicetelefonen meldeten. Zu ihrer Verteidigung kann man vielleicht anfügen, dass sie sich ihres Handelns nicht voll bewusst war. Es war ein bisschen so wie bei Leuten, die andächtig in der Nase bohrten und das so gewohnt waren, dass sie nicht merkten, wenn sie es im Beisein anderer Leute taten.

An dem Tag benahm sich Katriina gegenüber der Redakteurin einer Zeitschrift schweinisch. Sie hielt sich gerade mit einem Kunden im Verhandlungsraum auf, als das Mädchen aus der Redaktion von *Wohnen und Essen* anrief.

»Ich wollte nur kurz fragen, was Sie in der Handtasche haben«, sagte die Redakteurin.

Katriina fragte: »Warum, in Gottes Namen?« Die Redakteurin klang jung und unsicher und wurde noch unsicherer. »Wir haben da so ein Format. Könnten Sie nicht mal kurz nachschauen?«

»Dafür habe ich jetzt wirklich keine Zeit, Schätzchen.«

»Ich muss das aber heute machen, ginge es vielleicht nicht doch irgendwie?«

Katriina schaute in ihre Handtasche.

»Einen Skorpion.«

»Haben Sie Skorpion gesagt?« Die Redakteurin klang fast weinerlich.

»Das habe ich gesagt. Ciao.«

Katriina drückte das Gespräch weg und lächelte den Kunden an. Entschuldigen Sie die Unterbrechung!

14 FALSCH GESPIELT

Alle Arbeitskollegen von Launo Silola hatten erstaunlich schreckliche Menschen als Lebenspartner. Sogar ihre Kinder waren schrecklich. Sie erzählten Launo nicht von ihren familiären Sorgen, aber in der Kaffeepause drangen die Familienhöllen an sein Ohr, wenn sich die Musiker unterhielten.

Für Launo war die Kaffeepause eine Oase inmitten der Arbeit, so genussreich, dass er bei seinem Amtsantritt beschlossen hatte, daran in guten wie in schlechten Tagen festzuhalten. Besonders mochte er die Kaffeestunde, wenn bei der Arbeit etwas Außergewöhnliches passierte, wenn eine neue Komposition richtig gut oder schlecht klang oder eine alte ganz neu. Dann trank er seinen Kaffee und beruhigte seine Gefühlswallungen.

Launo nahm den Kaffee aus seiner eigenen Dose, auf der stand: »Launo Silola, Chefdirigent des Staatlichen Sinfonieorchesters – Zugriff verboten«. Er mochte den Kaffee für alle nämlich nicht, diese helle Röstung mit dem bitteren Geschmack. Seine eigene Sorte hieß *Brasil Brutal* und war teuflisch stark. Er löste immer zwei Zuckerstückchen in der Tasse auf. Als brauner Würfelzucker auf den Markt kam, probierte er ihn aus und ging dann zu ihm über. Er dachte, dass seine kleine Kaffeetasse das Keuchen des nächtlichen Dschungels von Brasilien enthielt. Es war das gleiche Keuchen und Schnaufen wie zwischen den Becken, kurz bevor sie zusammenschlugen.

Zum Kaffee kaufte sich Launo auf dem Weg zur Arbeit in der Konditorei ein Bebé. Er genoss den Kontrast zwischen harter Hülle und weicher Füllung. Die Farbe wählte er je nach Stimmung, rosa an leichtsinnigen Tagen, kamelfarben an ausgeglichenen. Launo nahm den Kaffee und das Gebäck an einem kleinen Tisch neben der Spüle ein, an den nur ein Stuhl passte. So war er für sich.

Die Musiker kamen lärmend herein und nahmen am großen Tisch Platz. »Teilchen vom Discounter!«, sagte jemand und reichte eine Papiertüte herum. Dann gossen sie sich aus der allgemeinen Kanne Kaffee ein und unterhielten sich. In Launos Ohren war der Lärm ein Summen, so schnell und verstimmt wie falsch gespielte Musik. Nur selten hörte er auf den Inhalt, wenn er es tat, wunderte er sich und wurde depressiv. Die Musiker redeten immer über ihr Zuhause, und bei allen war es zu Hause fürchterlich.

»Die Kleinen haben das Kotzen«, konnte ein erster Geiger zum Beispiel sagen. »Ich kapiere nicht, wie viel Kotze es auf dieser Welt gibt. Und am anderen Ende kommt es auch raus. Und wenn man sich in ihre Nähe wagt, kratzen sie einem die Augen aus. Die kommen alle nach ihrer Mutter.«

Die anderen nickten verständnisvoll. Launo nahm einen Schluck brasilianischen Dschungel und dachte bei sich: Kratzen einem die Augen aus dem Kopf?

Der Klarinettist hatte eine Scheidung laufen. Über seine Frau sagte er: »Diese verdammte Psycho-Schlampe lässt kein Mittel aus.« Launo dachte an Katriina. Niemals könnte er so hässlich über seine Frau reden. Bei ihnen wurde nicht gekratzt. Bei ihnen gab es keine Psycho-Schlampen. Wenn Pelagia krank wurde, rief Katriina auf der Arbeit an, teilte mit, dass sie nicht kommen konnte, und pflegte das kranke Kind. Außerdem erinnerte sich Launo, wie Astra oder Silmu, er wusste nicht mehr, wer von beiden, mit ungefähr fünf Jahren Grippe gehabt und er dem kranken Kind *Das Geheimnis der Pinguine* vorgelesen hatte. Es war rührend gewesen: Der kleine Patient war ganz heiß und schwach gewesen, hatte sich aber sehr gefreut, und das Buch war auch drollig gewesen. Niemand hatte jemandem die Augen auskratzen wollen.

15 KONFETTI LEHMAKE

Pelagias beste Freundin im Kindergarten hieß Kylli. Die beiden hatten sich vorigen Frühling bei der Verteidigung von Marienkäfern kennengelernt. Ein paar Jungen hatten die Tierchen im Gras hinter dem Spielzeugschuppen absichtlich auf den Rücken gedreht. Kylli und Pelagia hatten die Jungen vertrieben und die Marienkäfer wieder richtig herumgedreht. Kylli brachte es Pelagia bei: Einen Marienkäfer durfte man nicht mit dem Zangengriff anfassen, weil man ihn dabei zerquetschen konnte. Man musste ihm den Finger leicht auf den Bauch legen, dann griff der Marienkäfer selbst mit seinen Füßen danach. Anschließend konnte man ihn bewegen, wie man wollte.

Die Mädchen freuten sich, als die Marienkäfer an den ausgestreckten Fingern emporkletterten und von der Fingerspitze aus losflogen. Als alle Marienkäfer davongeflogen waren, brachte Kylli Pelagia ein Gedicht auf Estnisch bei, das mit Marienkäfern zu tun hatte.

Am nächsten Tag brachte Pelagia Kylli ein Bild mit, das sie gemalt hatte und auf dem Marienkäfer drauf waren. Einer von ihnen war gelb, die anderen waren rot, denn manchmal kann ein seltener Marienkäfer gelb sein. Kylli brachte eine Tüte Süßigkeiten mit. Kylli hatte zu Hause eine Menge davon, weil ihre Oma immer welche mitbrachte, wenn sie zu Besuch kam. Auf dem Einwickelpapier war eine Kuh abgebildet. Drin war Schokolade.

Zu den wichtigsten Regeln des Kindergartens gehörte, dass man dort keine Süßigkeiten essen durfte, aber Pelagia und Kylli wagten es, sich im Schatten des Spielzeugschuppens ein Stück Schokolade zu genehmigen. Danach merkte Kylli, dass sie braune Mundwinkel hatten, und sie rieben sich die Gesichter mit Sand ab, damit es nicht mehr zu sehen war. Die restliche Schokolade versteckte Pelagia in ihrer Tasche.

Zu Hause präsentierte sie die Tüte mit den Süßigkeiten. Ihre Mutter bereitete gerade das Essen zu, ihr Vater war in die Küche gekommen, um sich einen Kaffee zu holen.

»Wo sind die her?«, fragte die Mutter und linste in Pelagias Tüte.

»*Konfetti Lehmake*«, sagte Launo und tätschelte Pelagias Kopf, als er die Küche verließ. »Die sind aus Estland.«

»Hat mir Kylli gegeben«, erklärte Pelagia. »Die hat daheim ganz viele davon.« Mit den Händen zeichnete sie die Form eines Haufens, spürte aber, dass gerade etwas schiefging. Sie formte mit den Händen einen zweiten Haufen.

Da fing ihre Mutter an zu schreien: »Hast du Unselige etwa Süßigkeiten von anderen Kindern angenommen?« Die Mama stand jetzt aufrecht und bedrohlich da und sonderte einen wütenden Geruch ab. »Was denken sich die Eltern von dieser Kylli, dass sie ihrem Kind so einen Sack mitgeben? Dass du daheim nichts zu essen bekommst? Dass Pelagia Silola Unterstützung braucht?«

Pelagia ließ den Kopf hängen. Sie wünschte, ihre Mama hätte ihre Strafpredigt abgeschlossen, wusste aber, dass noch etwas kommen würde.

»Heute ist kein Geburtstag, Pelagia! Hast du das verstanden? Heute ist nicht Weihnachten!«

Pelagia tat es so leid. Wie dumm sie gewesen war, was für einen Fehler sie gemacht hatte! Was für eine Unwissenheit! Die Mutter riss ihr die *Konfetti Lehmakes* aus der Hand.

Da konnte Pelagia nicht mehr an sich halten und fing an zu weinen.

»Man darf nie die Sachen von anderen nehmen! Du musst sie zurückbringen!« Das Schreien war nun in einen Kommandoton übergegangen, der genauso schlimm war. Und dann wurde wieder geschrien: »Und wer ist diese Kylli überhaupt? Was sollen ihre Eltern jetzt denken!«

In der Küche herrschte ziemlicher Lärm, weil Katriinas Schreien sich mit Pelagias Weinen mischte. Über allem erscholl die Stimme des Vaters aus dem ersten Stock: »Sordino, verehrte Damen! Ich studiere gerade die Partitur von *L'amour de loin.*«

Katriina versetzte Pelagia einen Schubser in den Rücken, trieb das Kind so aus der Küche. Pelagia ging in ihr Zimmer, wollte aber nicht spielen. Sie hatte Bauchschmerzen vor lauter Schuldgefühlen. Auch vor Enttäuschung: Sie hätte das *Konfetti Lehmake* gern gegessen. Sie zog ein *Konfetti-Lehmake*-Papierchen aus der Tasche, das einzige, dessen Inhalt sie vertilgt hatte. Sie strich es auf dem Fußboden glatt und betrachtete es genau. Die Kuh war weiß-braun gescheckt und spazierte über eine Wiese. Eigentlich müsste Pelagia das Papierchen ihrer Mutter bringen – aber das traute sie sich nicht, dann käme wieder das Schreien – oder es vielleicht zerreißen. Sie überlegte lang. Mit den Schuldgefühlen zu leben war schwer, aber es wäre auch schwer, ohne die Erinnerung an die Süßigkeiten zu leben. Pelagia versteckte das Papier ganz unten im Spielzeugschrank und legte Spielsachen, die sie selten benutzte, darauf.

Am nächsten Morgen hatte die Mutter die *Konfetti Lehmakes* in eine selbst gemachte Schachtel mit aufgeklebten gepressten Birkenblättern auf dem Deckel gefüllt. Außer den *Konfetti Lehmakes* enthielt die Schachtel eine große Tafel Schokolade.

»Das gibst du Kylli und sagst, sie soll es mit nach Hause nehmen«, sagte die Mutter.

Pelagias Herz pochte im Kindergarten den ganzen Vormittag. Falls eine Kindergärtnerin diese Menge an Süßigkeiten in ihrer Tasche fand, würden die Schwierigkeiten kein Ende finden. Als es Zeit war, ins Freie zu gehen, schlüpfte sie mit der Schachtel unter dem Arm hinter einer Kindergärtnerin hinaus und rannte zum Sandkasten, nahm Kylli an der Hand und zog sie mit sich hinter den Geräteschuppen.

»Nimm«, flüsterte sie und hielt ihr die Schachtel hin. Kylli linste hinein und gab einen Laut der Verwunderung von sich.

»Leise!«, flüsterte Pelagia. »Solche *Konfetti Lehmakes* darf man niemandem geben. Da gibt es eine Regel. Hat meine Mama gesagt. Darum kriegst du sie zurück und eine Tafel Schokolade dazu.«

Kylli las in den Augen ihrer Freundin, dass diese es ernst meinte. Sie verstand. An dem Tag waren beide erleichtert, als der Kindergarten aus war. Am nächsten Tag war alles wieder schön. Sie saßen sich auf dem Schaukelreifen gegenüber, und Kylli sagte, wie welches Wort auf Estnisch hieß.

16 DRECKSAU, HURE, DRECKSAU, HURE

Das Aivo Gym war das billigste in der Innenstadt, darum gingen dort viele Studenten, Arbeitslose, Rentner und ambulante Patienten hin. Jede Besuchergruppe hatte ihr Lieblingsgerät. Die Rentner mochten das Rudergerät am liebsten, weil sie es für ein gutes Trimm-Gerät aus der alten Zeit hielten. Vor allem die Morgen gehörten den Alten: Pausenlos hörte man das Schwirrgeräusch des Rudergeräts, und im Radio wurde ein Schlagersender eingestellt. Auf der Fußhalterung stand ein Turnschuh aus Leder, in dem, von einem weißen Strumpf verhüllt, ein runzliger Fuß steckte. Auf grauen Schläfen standen Schweißperlen und auf runzligen Lippen ein entschlossenes, weises Lächeln.

Mittags kamen die arbeitslosen Mütter. Sie mochten die Abduktor- und Adduktorgeräte. Aivo stellte den Hausfrauen zwar am Anfang ein Programm zusammen, aber sie gravitierten um die Abduktor- und Adduktorgeräte und ließen die anderen links liegen. Ewig saßen sie auf den Abduktor- und Adduktorgeräten, spreizten die fetten Schenkel und lasen Zeitschriften wie *Alibi*. Die pubertären Jungen beäugten das Training der Mamas hypnotisiert. Einige der Frauen trugen Trikots, die an Strumpfhosen erinnerten und durch die man jede Cellulite-Delle und bei jedem Schenkelspreizen die prächtige Form der Scham sehen konnte.

Die pubertären Jungen bevorzugten die Zehn-Kilo-Hantel, mit der Bizepsübungen gemacht wurden. Die Mutigsten wagten sich auch ans Bankdrücken.

Die Verrückten hatten kein Lieblingsgerät. Sie nutzten den ganzen Fitnessraum kreativ für ihre Zwecke. Sie konnten auf den Gängen merkwürdige Sprungtritte vollführen, in den Ecken Schattenboxen machen und ihren Gegner dabei pausenlos anfauchen: »Drecksau, Hure, Drecksau, Hure!« Oder sie absolvierten ein zackiges Zirkeltraining von Gerät zu Gerät. Die Verrückten erkannte man auch an der Kleidung: Langlaufgarnituren und Mützen.

Die aeroben Geräte im Aivo Gym waren miserabel. Die Trimmräder schepperten, und das einzige Laufband war schon ewig nicht mehr benutzt worden, aber dafür gab es jede Menge Eisen. Und darum kam es im Studio zu einer eindrucksvollen Ansammlung richtig starker Männer. Unter Gewichthebern, Feuerwehrmännern, Türstehern und Sicherheitskräften hatte das Aivo Gym einen legendären Ruf. Die Fleischberge mochten Stangen, Scheiben und Hanteln und trainierten so streng, dass ihnen ächzende Geräusche aus dem Mund und Fett und Schweiß aus den Poren drangen. Betrachtern, die den Anblick nicht gewohnt waren, konnte das Training dieser Männer, die Masse machten, unheimlich erscheinen, wesentlich unheimlicher als das Drecksau-Hure-Drecksau-Hure-Boxen. Empfindliche Neulinge kamen normalerweise kein zweites Mal, so dass die Fleischberge das Studio für ihren Hof hielten und ungehemmt die Eisen scheppern ließen, ächzten und furzten.

Aivo unterstützte die verschiedensten Formen der Fitness, war tief in seinem Inneren jedoch etwas bekümmert wegen seiner Kundschaft. Er war selbst ehemaliger Mister Estland, und seine Einstellung zur Fitness beruhte auf ästhetischen und gesundheitlichen Prämissen. Er hätte gern auch ein paar Davids von Michelangelo bei sich gesehen, aber er konnte es sich nicht leisten, das Studio so aufzupolieren, dass die Schönheiten sich wie zu Hause fühlten. Ihm fehlten die Mittel für neue aerobische Geräte, für einen Yogaraum oder eine effektive Belüftungsanlage. Morgens und abends versprühte er Duftspray aus der Dose, aber das machte es nur schlimmer. Dann mischte sich süße Rose mit dem Geruch von Schweiß, Eisen, Magnesium und Kerlen.

Anfangs hatte Silmu beim Training die Liste dabei, die Aivo ihm gegeben hatte, und hielt sich genau daran, obwohl er spürte, dass die Bewegungen anders liefen, als es sein sollte. Das Eisen belastete die falschen Stellen, die Handflächen oder die Ellbogen, statt Rücken oder Brust. Die groben Griffe der Hanteln scheuerten, und es bildeten sich Blasen. Die Muskeln schmerzten.

Beim fünften Mal wurde Silmu belohnt. Es passierte, als er den oberen Rücken machte. Er hatte nach der Stange über sich gegriffen und sich gesetzt. Er war leer, etwas zerstreut, kam nicht auf die Idee, an sich zu denken. Langsam holte er Atem, zog die Stange hinter den Nacken und ließ die Luft langsam durch den Mund ausströmen. Er dachte an den oberen Rücken. In dem Moment ging das Gewicht von den Handflächen und den Armen in die Schulterblätter. Die Knochen bewegten sich kontrolliert, befehlsgemäß, in einem gleichmäßigen Bogen wie die Schwingen eines großen, mechanischen Vogels. Es war eine vollkommen andere Bewegung als zuvor. Sie auszuführen brachte große Freude.

Silmu machte die gesamte Serie auf diese Weise. Und als er anschließend auf Aivos Liste schaute – allmählich konnte er sie auswendig – und zur nächsten Bewegung überging, wusste er, was er tun musste. Er musste an den Muskel denken. Er musste sich konzentrieren.

So machte das Training Spaß. Silmu spürte eine große Stille in sich, wenn er die Bewegungen ausführte. Seine Art zu trainieren wurde kontrolliert und ruhig. Er dachte an den Muskel. Der Muskel arbeitete. Silmu wusste, wie. Er hörte auf, nach rechts und links zu schielen, er hörte auf, sich die Hosen hochzuziehen und die anderen Leute zu bespitzeln.

Zwischen den Serien sah er sich allerdings schon um. Ihm fiel auf, dass die starken Männer genau so trainierten wie er. Das Ächzen und Schnaufen war nach innen gerichtet. Es war konzentriert. Es sollte nicht der Kommunikation dienen. Aber diese Männer waren viel weiter als Silmu. Sie bereiteten sich auf die Bewegungen vor, indem sie heftig keuchten, nicht vor Angst, sondern von gesundem Respekt ergriffen: Da lag so viel Eisen, dass es einen zerquetschen konnte. Wenn sich das Gewicht hob, hörte man ein hartes, langes Ächzen, das Gesicht des Mannes wurde rot, und ihm brach der Schweiß aus. Manche Männer hatten Streifen an Schultern und Armen – die wachsenden Muskeln hatten irgendwann die Haut aufgerissen –, und beim Pumpen leuchteten die Narben rot.

Einmal nahm einer der jüngsten und kleinsten Männer, die Masse machten, eine Serie mit Kniebeugen außergewöhnlich ernst in Angriff. Die Stange lag auf der Halterung, drei große Scheiben waren aufgelegt. Silmu hatte schon gesehen, wie größere Eisenmengen gestemmt worden waren, so große, dass sich die Stange bog, aber er hatte inzwischen einen Blick dafür und erkannte darum, dass der Junge vorhatte, seinen persönlichen Rekord zu brechen.

»Also dann, Antti«, sagte sein Kumpel, ein kahler Fleischberg mit Schwangerschaftsstreifen. »Bist du bereit?«

Der junge Mann nickte, hüpfte ein paar Mal auf der Stelle, schüttelte Arme und Beine aus. Der große Mann trat vor den Jungen hin, verpasste ihm eine Ohrfeige und zischte: »Du verdammter Wichser, du schwule Sau.« Sobald es in Anttis Augen aufloderte, trat der ältere Fleischberg zur Seite. Antti ging unter die Stange, platzierte sie im Nacken und erhob sich langsam. »Geht schon«, brüllte der große Mann, aber Antti hörte und sah nichts. Er zitterte, aber er hielt das Gewicht. Dann schnaufte er wie eine Lokomotive und legte eine saubere Kniebeuge hin. Anschließend fiel er zu Boden. Sein Gesicht war kreidebleich und wie mit einer Folie aus Schweiß überzogen. Es sah aus, als wäre er ohnmächtig geworden.

Dann wurde applaudiert. Überall im Saal standen die Masse-Männer und jubelten. Antti schlug die Augen auf und kotzte auf den Fußboden.

Dann stand er auf, bat Aivo um einen Lappen und machte sauber. Nach und nach kehrte das Blut in sein Gesicht zurück. Er setzte sich kurz auf eine Bank, trank Wasser und führte sein Training zu Ende.

Ein großer Glatzkopf hieß Köde, und eines Tages bat dieser Köde Silmu, beim Bankdrücken für ihn zu sichern. Zuerst glaubte Silmu, er habe etwas falsch verstanden, aber als er sich umblickte, begriff er, dass er Ködes einzige Möglichkeit war. Außer Silmu hielten sich nur eine Mama und drei Rentner im Studio auf. Die Übermacht der Rentner war so groß, dass ein Schlager von Virve Rosti aus dem Radio kam.

»Aber mach keinen Scheiß und heb das Ding nicht für

mich hoch«, warnte Köde, als er sich auf den Rücken legte. »Höchstens ein bisschen, wenn das Scheißding gar nicht hochkommt. Und laber nicht rum, wenn ich mich konzentriere.«

»Ich laber nicht rum«, sagte Silmu.

»Es gibt nämlich so Schwuchteln, die labern rum.«

Es lag so viel Eisen auf der Stange, dass Silmu sie keinen Millimeter hätte bewegen können. Er stellte sich hinter die Bank und beobachtete genau, wie Köde stemmte. Beim letzten Mal hielt er die Hand unter, berührte aber auch da die Stange nicht.

»Sänks«, sagte Köde, als er aufgestanden war. Die Narben an Schultern und Armen schienen hellrot. Man sah sie unter dem ärmellosen Hemd, sie erinnerten an einen Tiger. »Ich sicher dann auch mal bei dir.«

An dem Tag machte Silmu keine Brust, aber in der nächsten Woche, und da bat er Köde, zu sichern. »Geht klar«, sagte Köde und stand auf. Am anderen Ende des Raums setzten sich zwei junge Männer in Bewegung.

Silmu legte sich auf die Bank. Köde stellte sich ans Kopfende. Die jungen Männer nahmen einen halben Meter neben der Bank Aufstellung und verschränkten die Arme. Silmu riskierte einen kurzen Blick. Der eine war Antti, klein und breit. Der andere war größer und schmäler und hieß, soweit Silmu wusste, Mikkis. Silmu begriff, dass er jetzt ein Testobjekt war. Vor allem Antti wirkte kritisch. Mikkis schien eine Spur gelassener zu sein. Er trug sogar ein kleines Lächeln auf den Lippen.

Silmu warf noch einen Blick auf den Empfangsschalter. Aivo notierte etwas. Dabei fielen ihm die Haare in die Augen. Gedankenverloren wischte er sie beiseite. Ganz gleichmäßig, dann machst du es richtig, hatte Aivo gesagt, du wirst noch gut werden. Silmu richtete den Blick auf die Stange und holte Luft.

Es ging gut. Die Gewichte waren erbärmlich klein, aber er machte die Serie richtig und sauber und ging bis an die Grenze.

»Wie alt bist'n du?«, fragte Köde, als sich Silmu aufsetzte.

»Achtzehn.«

»Jau«, sagte Köde, »wenn du richtig weitermachst, bist du mit fünfundzwanzig ein guter Heber. Du isst und schläfst doch genug?«

»Man soll gut und gern zehn Stunden schlafen«, sagte Mikkis. »Mach nicht denselben Fehler wie ich und bau in den ersten zwei Jahren lauter Scheiße mit Essen und Pennen.«

»Genau, und check auch gleich deine Zusatznahrung«, sagte Antti.

17 DAS GLÜCKLICHSTE MÄDCHEN FINNLANDS

Die Gastgeberin der Party machte die Tür auf, sah Astra und wurde düster. Astra bemerkte, dass ihrem Gegenüber das Gesicht herunterfiel, und ärgerte sich. Warum mochte sie niemand? Sie war ohnehin schon schlecht gelaunt, weil sie den ganzen Tag nur Süßigkeiten gegessen hatte.

»Hi«, sagte Astra. Sie hielt eine Weinflasche in der Hand, überreichte sie aber nicht, sondern beschloss, sie komplett allein zu trinken.

»Hi.« Die Gastgeberin ließ sie den Flur betreten.

Sie hatte ihre Zöpfe aufgerollt. Glaubte sie, sich auf einem Vorkriegsviehbetrieb zu befinden? Hoffte sie, dass ein Junge auf die Schnecken abfuhr? No hope. Bestenfalls ginge das mit zwei Rattenschwänzchen, falls man die Pädophiliekarte spielen will. In Pornos sieht man nie Schnecken, aber immer Rattenschwänzchen.

Astra trug die Haare offen und leicht gewellt. Auch sonst sah sie korrekt aus, in ihren sauberen, gebügelten Klamotten. Nur die Stiefel waren edel und sexy.

Im Flur lag ein alltäglicher Geruch, einer, der verriet, dass hier jeden Tag der Backofen benutzt wurde für solchen Eier-Milch-Gemüse-Mischmasch. Astra hängte die Jacke an die Garderobe, ließ die Stiefel aber an, denn die an- und auszuziehen war wirklich zeitraubend.

Die Gäste saßen auf Sofas, Stühlen und Teppichen und tranken ihren Wein aus Gläsern, die nicht zusammenpassten. Aus der Anlage kamen Stücke, deren Texte mit den Gefühlen finnischer Männer zu tun hatten. Die Gastgeberin hatte Windbeutel gemacht. Einer meinte, Sansevierias wären gerade Retromode.

Astra setzte sich in einen Sessel. Die Gäste, die um sie herumsaßen, blickten kurz auf sie, einige sagten hallo, aber alle senkten dann den Blick und taten so, als wäre Astra gar nicht da. Sie beschloss, die Weinflasche aufzumachen. »Hat jemand einen Korkenzieher?«, fragte sie zwei Mal, sah das Werkzeug auf dem Couchtisch liegen und streckte die Hand danach aus. Sie öffnete die Flasche, trank ein bisschen und stellte fest, dass alle anderen die Schuhe ausgezogen hatten.

Diese verdammten Pornostiefel! Die erstickten die Plauderlust bei dem Schneckenköpfchen und ihren Gästen!

Astra trank und überlegte, ob sie gleich wieder gehen sollte, entschloss sich aber, die Entscheidung hinauszuzögern, indem sie eine rauchen ging. Sie ging ins Treppenhaus und hörte die Raucherinnen auf dem Lüftungsbalkon im Zwischengeschoss oben reden. Sie taten ihr zutiefst leid.

»Die ist nichts anderes als eine Hure, direkt gesagt. So eine mit harter Schale, aber du merkst, dass sie voll verloren ist.«

»Ihre ganze Erscheinung schreit vor schlechtem Selbstwertgefühl, vor allem die Stiefel.«

Astra überlegte, ob sie einfach einmal rauchen und später die Freunde der Raucherinnen anmachen sollte. Aber irgendwie hatte sie absolut keine Lust dazu. Sie hatte Hunger und war müde und noch kein bisschen betrunken.

Sie schlug die andere Richtung ein, verließ das Haus und machte sich auf den Heimweg durch die dunklen Straßen. Sie erinnerte sich, wie wahnsinnig gern Kai die Stiefel gehabt hatte. Er war sowieso der einzige Mensch, den Astra noch sehen wollte.

Kai ließ Astra keine Ruhe. Sie dachte in der Nacht, am nächsten Morgen und tagsüber in den Vorlesungen an ihn. Sie wollte keinen anderen. Sie wollte keinen anderen Mann, sie wollte nur Kais ruhige Stimme und seine gleichgültigen Augen.

Eine ähnlich starke Sehnsucht hatte sie seit der zweiten Klasse nicht mehr empfunden, als die Lehrer den Hauptengel fürs Krippenspiel auswählten. Astra wäre damals fast verrückt geworden, so groß war ihr Wunsch gewesen, der Hauptengel zu sein. Sie hatte sich vorgestellt, wie sie mit der Kerze in der Hand dastand, reglos, ernst, vor sich hin starrend, das ganze Krippenspiel von Anfang bis Ende, und das war lang, die anderen Mädchen hinter sich, und sie hatte gewusst, dass sie alles dafür geben würde, wenn sie dieses eine Mal bekäme, was sie sich wünschte.

Als Hauptengel wurde ein Mädchen aus der dritten Klasse ausgewählt, größer als Astra und mit mehr Haaren. Das Mädchen nahm die Aufgabe gelassen und zufrieden an.

Noch nach der Wahl versuchte sich Astra in der Nähe der Lehrer engelhaft zu geben. Wider besseres Wissen konnte sie nicht von der Hoffnung lassen, dass die Lehrer in letzter Minute einen Rollenwechsel vornahmen. Zu Hause stand Astra starr wie ein Engel allein in ihrem Zimmer und stellte sich vor, wie die anderen Mädchen hinter ihr standen.

Bei der Generalprobe wurde die Kerze des Hauptengels entzündet. Dem Mädchen lief Wachs auf die Hände, und es zuckte zusammen. Außerdem wimmerte der Hauptengel so sehr, dass auch die Lehrer es merkten und die Stirnen runzelten. Astra erkannte ihre Chance und schrie: »Gebt mir die Kerze! Mir macht das nichts aus!« Die Engelkolonne hatte noch nicht einmal kapiert, was geschah, als eine Lehrerin Astra schnappte und an die erste Stelle zerrte, dem Hauptengel die Kerze entriss und ihn in die hintere Reihe stieß.

Astra wäre vor Glück fast zerflossen. Sie hielt die Kerze mit festen Händen, drehte den überirdischen Ernst auf ihrem Gesicht weiter auf und richtete den Blick auf die gegenüberliegende Wand der Turnhalle.

Die Kerze tropfte. Das Wachs landete in brennenden Tropfen auf Astras Händen. Die Hände fingen vor Schmerzen an zu glühen und waren bald von einer harten Schicht überzogen. Astra sah nicht einmal hin: Die Aufgabe des Hauptengels bestand darin, gerade nach vorn zu schauen. Der Gesichtsausdruck sollte eher traurig als fröhlich sein, und man durfte nicht einmal zucken.

Es war so wunderbar als Hauptengel, dass Astra den ganzen Tag wie eine Schlafwandlerin ging, mit geröteten Händen und singender Seele. Noch wunderbarer, falls überhaupt möglich, war es am nächsten Abend, als die Zuschauerreihen voller Menschen waren. Astra schlief später als glücklichstes Mädchen Finnlands ein; sie hatte das beste Zeugnis, und bald war auch noch Weihnachten.

Sie hatte sich damals versprochen, nie mehr etwas zu verlangen, wenn sie der Hauptengel sein durfte, aber es ist nun einmal so, dass die Ansprüche der Menschen nicht weniger werden, und jetzt wollte Astra Kai haben. Es brodelte in ihr, fast wären ihr die Tränen gekommen.

18 DIE STADT DER FISCHE

Und der Jahre zurückliegende Tauchurlaub in Israel? Was passierte da? Folgendes:

»Alle fragen nach der Sicherheit«, sagte der Reiseführer im Bus vom Flughafen zum Hotel. »Ich persönlich gehe nicht im Dunkeln durch Helsinki. In Eilat gibt es weder Räuber noch Taschendiebe, hier kann man auch nachts in aller Ruhe auf die Straße gehen. Sicherheit ist so eine zweischneidige Sache. Wenn Soldaten in eure Tasche gucken wollen, dann lasst sie das in Ruhe tun.«

Durchs Fenster sah man eine staubige Wüstenlandschaft in verschiedenen Gelbtönen. Launo deutete auf etwas, das Katriina lustig fand: Eine Ziege war in einen kümmerlichen Strauch geklettert.

Die irdischen Aussichten waren karg, aber als sie am nächsten Tag den Kopf ins Wasser tauchten, hatten sie das Gefühl, auf einem anderen, schöneren Planeten gelandet zu sein. Das Wasser war blau, und an sonnigen Tagen konnte man viele Meter in die Tiefe sehen. Die Fische sahen aus wie die buntesten und teuersten Aquarienfische in Zoohandlungen, aber sie waren groß wie Lachsforellen oder Hechte, und es wimmelte von ihnen. Wohin man auch schaute, hatte man einen fantastischen Fisch oder einen ganzen Schwarm davon vor sich.

Zehn Meter vom Strand entfernt, wo das Geplansche der Badenden die empfindlichen Korallen noch nicht zerstört hatte, befanden sich die Städte der Fische. Um die bunten, zerklüfteten Korallen herum schwammen die Kreaturen in mehreren Etagen, große, kleine, schnelle, langsame, allesamt leuchtend wie Regenbögen. tig still unter Wasser, aber manchmal, v hinhörte, konnte man einige Fische dum geben hören. Aus den Atemreglern stie und schwebten der Wasseroberfläche entge

Bei einem Tauchkurs muss schon etwas Außergewöhnliches passieren, damit die Teilnehmer enttäuscht sind.

Auf dem trockenen Land gab es ebenfalls ein Wunder: Tom, der Tauchlehrer. Er war in Finnland geboren, aber schwer international geworden, ein großer Kerl, der keinen ordentlichen Beruf ausübte, sondern nichts anderes wollte als tauchen und leichte Drogen nehmen. Er hatte gelbes, gelocktes Haar und braune, lebhafte Augen, trug stets eine Wollmütze, Handschuhe mit abgeschnittenen Fingern und Klamotten wie ein armer Snowboarder. Sein Lächeln war so sympathisch, dass die Frauen daran hängen blieben. Die kleinen Vorderzähne standen auf entwaffnende Weise kunterbunt schief.

Von Anfang an achteten alle sorgfältig auf ihre Ausrüstung und befanden sich in einem Dauerzustand der Erregung, denn Tom erzählte ständig Geschichten von Gefahrensituationen und Todesfällen unter Wasser. Seine Bemerkungen über Haie, Stickstoffnarkose und Taucherkrankheit schärften den Überlebenstrieb der Schüler.

»Dann verlor der Typ die Nerven«, konnte Tom zum Beispiel lächelnd sagen. »Kam zu schnell hoch, und da riss ihm die Lunge. War nichts mehr zu machen. *End of story!*« Er saß auf einer ungestrichenen Bank, die Hände im Nacken verschränkt, und ließ einen schmalen Streifen Haut sehen. Die Sonne schien ihm auf den Bauch. Niemand konnte den Blick abwenden.

triina starrte hin und dachte, dass Launo als junger ann genauso schön gewesen war, sich aber schon damals bewegt hatte wie ein Professor, der auf seine Knochen aufpasste. Tom hingegen bewegte sich affenartig und fabelhaft. Er stand nie vollkommen still. Und jede Bewegung war nichts als lässige, reine, sympathische Energie. Launo trank seinen Morgenkaffee mit Milch, Tom seinen mit Amphetamin, aber Letzteres wusste Katriina natürlich nicht.

Sie ging zu einer lässigeren Haltung über, machte sich einen Pferdeschwanz und trug weder Make-up noch Ohrringe. Die Sonne war freundlich zu ihrem Gesicht. Tom wusste nichts von ihr. Tom sah nur ihr Lächeln, er sah eine schöne Frau, die ihr Leben genoss und keine Angst vor Abenteuern hatte.

Nach der Hälfte des Kurses brachte Tom seinen Schülern bei, wie man Sauerstoff teilte. »Wenn euch die Luft ausgeht, was müsst ihr dann tun? Zuerst macht ihr so« – Tom fuhr sich mit der Hand quer über den Hals –, »dann lässt euch euer Kamerad zwei Atemzüge aus dem eigenen Atemregler machen, macht selbst zwei und immer so weiter. Ihr kommt hoch wie sonst auch. Entscheidend ist es, nicht in Panik zu geraten. Wenn man in Panik gerät und zu schnell hochkommt, stirbt man. *End of story!*«

Die Kursteilnehmer übten in Ufernähe, wo man noch stehen konnte. Das Sauerstoffteilen war die einzige Übung, die nicht angenehm war: Man sah keine Fische, sondern nur große Augen hinter der Taucherbrille, Haare, die wie Algen schwangen, und Lippen, die sich um den Atemregler spannten.

Es löste Beklemmungen bei Katriina aus, die Luft zu teilen. Launo nahm sich mit einem langsamen, tiefen Zug einen Mundvoll. Träge drangen die Blasen aus dem Loch des Atemreglers. Als Katriina diesen in den Mund nahm, holte sie so heftig Luft, dass sie auch Salzwasser mit einsog.

Anschließend unterhielten sich die Kursteilnehmer in der Bar des Tauchklubs. Ginny und Pete aus England meinten, die Übung wäre gut und wichtig gewesen, aber der unangenehmste Teilnehmer, Hans van Derjeen, ein Geschäftsmann aus Holland, lenkte das Gespräch auf ein anderes Thema, nämlich auf seine Angewohnheit, die Fische unter Wasser zu berühren. Dann erzählte er, wie er als Kind im Sommer mit Quallen Federball gespielt hatte.

»Was hast du da am Ohr?«, unterbrach ihn Ginny.

Es stellte sich heraus, dass sich die Natur am Ende doch an Hans van Derjeen gerächt hatte, denn sein Ohr wies den Stich eines giftigen Fisches auf. Tom brachte ihm ein in Essig getunktes Stück Klopapier und forderte ihn auf, es auf das Ohr zu drücken.

Launo und Katriina gingen ins Hotel, duschten und aßen mit nassen Haaren und müden Gliedern im Restaurant. Dort gab es ein thailändisches Menü, dessen Höhepunkt eine Teighülle in Hühnerform darstellte, die dampfendes Hühnerfleisch enthielt.

Als der Kurs zu Ende ging, machte Tom einen tollen Vorschlag.

»Wir leihen uns den Jeep vom Tauchclub und fahren nach Ägypten. Wir schlafen am Strand und tauchen. Dagegen wird alles verblassen, was ihr bisher gesehen habt. Die Korallenriffe dort sind einfach unglaublich.«

Ginny und Pete hatten vorgehabt, nach Jordanien zu fahren, um sich die rosenfarbene Felsenstadt anzuschauen.

»Tut das nicht«, sagte Tom und stupste Ginny mit dem Zeigefinger an. »In Jordanien gibt es gefährliche Beduinen, die besonders auf Blondinen stehen.«

Katriina spürte einen Stich der Eifersucht. Ginny war jünger als sie, aber es war Geschmackssache, wer von ihnen schöner war, und Ginny hatte *eindeutig* blondierte Haare.

»Fahren wir mit?«, fragte Katriina ihren Mann.

»Wir wollten doch einen Tagesausflug nach Jerusalem machen«, sagte Launo.

Tom lehnte in dem Raum, in dem die Tauchanzüge hingen, am Tisch und schob eine Hüfte nach vorn.

»In Ägypten haben wir bestimmt mehr Spaß«, sagte Katriina.

Tom dehnte die Arme. Katriina begriff, dass sie vergessen hatte, wie akut sich Lust anfühlte. Das war nicht mehr bloß Spaß. Sie hatte das Gefühl, nicht mehr an sich halten zu können. Es kribbelte, sie hatte Durst, es war schwer, sie hätte laut schreien können. Sie starrte auf Toms jugendliche, affenartige Hüfte und war sich fast sicher, dass er es merkte. Er musste es einfach merken.

Das Gespräch über Ägypten wurde unterbrochen, weil der Fotograf seine Kamera funktionstüchtig gemacht hatte. Die Fotos für den Tauchpass wurden in einer Ecke des Klubs gemacht. Katriina bekam ihres als Erste und kehrte zu dem Raum mit den Tauchanzügen zurück. Tom lümmelte dort noch immer herum.

Der Schatten des Dachs zog eine scharfe Grenze zur Helligkeit der Sonne, zum glitzernden Sand und zu den glitzernden Wellen. Die Tauchanzüge strahlten Schlüpfrigkeit und Gummigeruch aus. Es war wie in einer Höhle. Tom war Katriina so nahe, dass sie seine Körperwärme spürte.

»Ihr kommt doch mit nach Ägypten?«

»Wenn Launo einverstanden ist.«

»Warum bist du so viel cooler als Launo?«

»Ich bin halt so.«

»Entschuldige, falls ich irgendwie aufdringlich bin, aber warum hast du so einen alten Mann geheiratet? Wo du doch eindeutig wild und fürs Abenteuer praktisch wie geschaffen bist.«

»Der Altersunterschied zwischen mir und Launo beträgt nicht mal zehn Jahre.«

»Jetzt lüg mal nicht«, sagte Tom, legte Katriina die Hand mit dem Wollhandschuh in den Nacken und küsste sie.

Noch nie war Katriina so gut geküsst worden. Es fühlte sich genauso frivol und herrlich an wie der erste Stoß beim Koitus. Es war ein Kuss, der die Zeit stillstehen, die Wellen des Roten Meeres erstarren und Wüstenstürme aufwirbeln ließ.

Tom leckte Katriina über die Unterlippe, dann löste er sich von ihr und lächelte. Katriina lächelte auch. Launo kam aus dem Tauchklub und lächelte ebenfalls.

»Schaut mal, wie brutal ich aussehe«, sagte Launo und zeigte sein Foto.

Es sah eine Spur, einen Hauch, eine Liliputanerfingerspitze brutal aus. In natura sah Launo von vorne bis hinten rührend aus, mit seinen wehenden Haaren und dem blauen Polohemd, das im heißen Wind flatterte. Die großen Augen blickten aus schwarzen Ringen heraus auf die Welt.

In Toms kleiner Wohnung roch es nach feuchtem Gummi, von der Sonne aufgeheizten Kleidern und leicht nach Räucherstäbchen. Die Vorhänge waren undurchdringlich dick, verhüllten die Fenster aber nicht richtig. Es gab helle Stellen im Dunkeln, so wie im Wald der Schatten des Laubs von Lichtflecken durchsetzt war. Ein Bett gab es nicht, bloß eine Matratze und darauf Klamotten und Zeitschriften.

Der Fußboden war mit Tauchzeug, Kleidungsstücken, Handtüchern und Kleinkram übersät. An den Wänden hingen Snowboardposter und Reklamebilder, die mit Tauchen zu tun hatten und auf denen junge Frauen Tauchgeräte auf dem Rücken trugen. Ein Bild war vom Meeresboden aus nach oben fotografiert worden, zwischen den Flossenbeinen eines Mädchens hindurch, das mit einem Fischschwarm aufstieg, der von der Sonne bestrahlten Oberfläche entgegen.

Katriina stand mitten im Zimmer und lauschte auf das Plätschern. Tom war auf der Toilette. Sie waren gekommen, um ein Tauchvideo zu holen, das den Kursteilnehmern gezeigt werden sollte.

Katriina ließ den Blick durchs Zimmer schweifen und kam sich vor wie eine Frau mittleren Alters. Wären Silmu oder Astras Zimmer in einem solchen Zustand, würde sie ihnen befehlen, aufzuräumen. Tom passte besser zu einem Mädchen in Astras Alter. Astra wüsste, wie er einzuordnen wäre, was sein Status war, wie seine Welt aussah. Würde er ihr gefallen? Vielleicht. Vielleicht auch nicht. Katriina gefiel er, aber jetzt war sie so nervös, dass sie wünschte, sie wäre nicht mitgekommen.

Tom kam von der Toilette, machte eine Schleife in das Band an seiner Hose und lächelte. Die schiefen Zähne blitzten auf. Sein Lächeln bewegte sich für Katriinas Geschmack hart an der Grenze zum Spöttischen. Aber dann schaute sie ihm in die Augen: Darin lag ein warmer Hundeblick, der sagte, dass Katriina jetzt nichts zu denken brauchte, sondern einfach nur da sein durfte. So wie Tom einfach nur hier war. Seine Freiheit war so groß, dass er sie leicht mit anderen teilen konnte.

»Schade, dass das Rote Meer so kalt ist. Ich fänd's schön, wenn du auch im Bikini schwimmen würdest, Katriina.« Tom strich Katriina über die Schulter. »Setz dich, Katriina. Ich mache uns einen Tee.«

Kartriina setzte sich auf einen Plastikstuhl und beobachte den Jungen heimlich. Er bewegte sich schnell und gewandt. Die gebräunten Finger griffen nach dem Geschirr, schalteten die Herdplatte ein, drehten den Wasserhahn auf; die Schultern waren entspannt, die Locken im Nacken ein bisschen fettig, die Hüfte schmal und biegsam. Toms Bewegungen gefielen Katriina so sehr, dass sie sich insgeheim schamlos vorkam, so wie manchmal beim Friseur, wenn der ihr zärtlich die Kopfhaut wusch. Es war herrlich, Tom zuzuschauen.

Er drehte sich um und sagte: »Nimmst du Zucker, Katriina?« Und dann: »Aber wenigstens einen Schluck Whisky, Katriina.«

Wenn Tom ihren Namen aussprach, spürte Katriina einen Druck in der Brust. Toms Stimme klang wie Toffee klingen würde, wenn es sprechen könnte: glücklich, glatt und kleben bleibend. Den Gebrauch des Vornamens hatte Tom wahrscheinlich von seinen ausländischen Freunden gelernt, denn ein Finne würde nicht so ungeniert einen fremden Namen schmettern. Katriina stellte sich Tom beim Sex vor, wie er dabei »Katriina« flüsterte. Sie wollte an so etwas nicht denken. Es kam ihr von selbst in den Sinn.

»Wie lange wohnst du schon hier?«, fragte sie, als sich Tom ihr gegenüber auf den Stuhl setzte.

»Ein halbes Jahr«, sagte Tom. »Und was machst du in Finnland, Katriina?«

»Ich bin Wohndesignerin.«

»Was macht eine Wohndesignerin?«

»Ich suche Möbel aus und reiße überflüssige Wände ein.«

»Was würdest du hier tun?«

»Nichts. Es passt zu dir.«

Tom nickte, zog einen Fuß auf den Stuhl hoch und fing an, spannende Geschichten aus seinem Leben zu erzählen. Katriina wurde nicht klar, wo er geboren wurde oder aufgewachsen war, weil es in dem, was er sagte, nur so wimmelte von Orten und Menschen. Und von Jobs: Tom war Skilehrer, Tauchlehrer, lebende Statue, Jongleur und Clown gewesen. Die Namen mancher Menschen waren finnisch, aber die meisten ausländisch: Mitbewohner, Freundinnen, weibliche Freunde und männliche Freunde, Kollegen, verrückte Typen, gefährliche Typen. Tom schien bereits jahrelang durch die Welt zu ziehen, obwohl er mit Sicherheit näher an den zwanzig als an den dreißig war.

»Woher kriegst du das Geld, dass du so um die Welt reisen kannst?«, fragte Katriina.

»Von hier und da«, sagte Tom, »ab und zu übernehme ich einen Job, so wie hier jetzt als Tauchlehrer.«

»Wo hast du tauchen gelernt?«

»Auf den Malediven. Sag niemandem, dass ich den Schein, den ihr heute Abend bekommen habt, selbst gar nicht gemacht habe. Ein Typ namens Kem hat es mir beigebracht. Eines Tages will ich reich werden. Dann kaufe ich mir eine eigene Insel und gründe dort einen Tauchklub.«

Tom erkundigte sich nach Katriinas Leben. Sie erzählte von ihrem Büro und von den getrockneten Rosen dort.

»Ich finde es toll, mir vorzustellen, dass du jeden Tag von lauter Rosen umgeben bist«, sagte Tom. »Aber es ist auch traurig. Du sitzt in dem Turm wie eine Gefangene. Du solltest zum Tauchen auf meine Insel kommen. Die Insel ist der großartigste Ort der Welt. Im Dschungel springen die Affen, überall wachsen wundervolle Blumen, nackte Schönheiten trinken bunte Cocktails, und das Meer ist so warm wie Menschenblut.«

»Aber du hast so eine Insel nicht«, sagte Katriina betrübt.

»Noch nicht«, sagte Tom.

19 DER STANDARDAUßERIRDISCHE

Während Launo und Katriina tauchten, las Silmu, der damals dreizehn war, Science-Fiction-Bücher zweiter Klasse. Er mochte sie unbändig, im Gegensatz zu Astra, die nur selten las, dann aber niveauvolle Bücher, und die auch verstand, wovon darin die Rede war. Silmu mochte Monster, Raumschiffe und Helden, vor allem Helden.

Beim Cornflakesessen las er einen verlockenden Artikel über die internationale Ausstellung *Aliens and Monsters*, die in die Stadt kam. Den ganzen Sommer über hatte er allein seine Cornflakes gegessen, die Sonne hatte heiß durchs Fenster geschienen, Astra war von morgens bis abends weg gewesen, niemand hatte mit Silmu gesprochen, und er hatte drinnen in der Hitze Weltraumgeschichten gelesen und dabei ständig den Schulbeginn erwartet und gefürchtet. *Aliens and Monsters* munterte ihn auf: Er bekam einen Aktivitätsanfall und ging unter die Dusche.

Danach zog er sich Shorts und ein weißes T-Shirt an. Guter Dinge dachte er an die Aliens und Monster. Er suchte nach Geld und ging zur Bushaltestelle.

Der Sommer befand sich in dem hellen Stadium, das die Finnen zu mögen versuchten, unter dem sie in Wahrheit aber litten. Das Licht war weiß und kam von oben, nirgendwo gab es Schatten, die Geranien und die kleinen blauen Blumen, die immer bei ihnen waren, vertrockneten. Die Menschen bekamen leicht Migräne und, wenn sie auf leeren Magen Eis aßen, Durchfall.

Die Ausstellung war groß, ein oranges Zelt mitten auf dem in der Herrlichkeit Gottes erstrahlenden Marktplatz.

Silmu wurde aus dem Zelt nicht schlau. Die Leute gingen davor auf und ab, und als er eintrat, glaubte er zuerst, den falschen Eingang genommen zu haben. Drinnen war es dunkel und heiß, und es roch nach Käse. Der Schweiß auf Silmus Haut fühlte sich wie ein Film an.

Als ihn die Kartenverkäuferin auf Englisch ansprach, bekam Silmu einen Schock und fing an zu stammeln. Er wünschte schon, er wäre nicht gekommen, aber dann holte er mit der Eintrittskarte in der Hand tief Luft und rief sich in Erinnerung, warum er hier war: Lichtschwerter, blaue Lichter, Raumschiffmodelle, lauter faszinierende Sachen, die er betrachten und bedenken könnte.

Er trat näher und merkte sofort, dass die Ausstellung ziemlich trostlos war. Die schleppten tatsächlich Klingonenköpfe aus Plastik von einem Land zum anderen und stellten sie in fleckige Vitrinen. Hier und da leuchteten Lichter, die Laserstrahlen von Raumschiffen darstellen sollten. In einer Vitrine lagen die Ohren eines Vulkaniers. Sie sahen geschwollen aus, als wäre der Vulkanier an den Ohren fett gewesen.

Die größte Vitrine zeigte einen standardisierten Außerirdischen. Er hatte graue Haut und große, schräge Augen. Er war ein bisschen kaputt und mit Isolierband geflickt.

Silmu sah ihn sich an und erblickte überraschenderweise auf der anderen Seite der Vitrine ein Gesicht, das er kannte: Joona. Joona war schon immer mit ihm in einer Klasse gewesen und fungierte stets als rechte Hand der Sadisten. Er war sportlich und dumm, aber wortgewandt und erfand die idiotischsten und demütigendsten Ausdrücke für Silmu.

Silmu war schon immer gepiesackt worden und hegte

gegenüber den schlimmsten Arschlöchern keinen Groll. Das waren einfach unmenschliche Naturkräfte. Aber kleine Täter wie Joona waren aus Fleisch und Blut, aus ätzendem Fleisch und Blut, das einen zur Raserei bringen konnte. Silmu hatte Tagträume, in denen er sie zerfleischte. Auch jetzt schossen ihm entsprechende Bilder durch den Kopf. Er stellte sich vor, Joonas Gesicht an der Vitrine zu zerquetschen. Blut und Glassplitter! Gehirnmasse!

Seit zwei Jahren hatte Joona kein korrektes Wort an Silmu gerichtet, aber jetzt nickte er und sagte hi. Silmu schloss daraus, dass auch Joona die ganzen Ferien über niemanden getroffen hatte: Sein Blick war sanft und sehnsüchtig.

»In Area 51 gibt es so einen in echt«, sagte Joona, »hast du das gewusst? Also in Amerika. So einen in echt und tot. Wär geil, das mal zu sehen.«

Silmu überlegte. Er wusste ziemlich viel über Area 51. So viel, dass sie nach der Ausstellung vielleicht zum Kiosk gehen, sich ein Eis holen und sich bis zum Ende der Sommerferien miteinander abgeben könnten. Es lag sogar im Rahmen der Möglichkeiten, dass Joona ihn im Herbst nicht mehr mobbte. Andererseits, überlegte Silmu, war es das wert? Den ganzen restlichen Sommer Joonas Visage und Joonas Skateboard?

»Du bist echt scheißblöd«, sagte Silmu und verließ das Zelt.

Draußen blendete ihn das Licht, und er hatte Schwierigkeiten, die Nummer der Straßenbahn zu erkennen. Er stieg ein, sie fuhr zur Bibliothek. Drinnen war es weitläufig und weiß, die Belüftung funktionierte gut, und die Schritte hallten. Silmu suchte sich ein Fantasy-Buch aus und ging in die Cafeteria. Er kaufte sich eine Fleischpirogge und eine Cola und las in dem Buch, rülpste hin und wieder lautlos und dachte, wie toll Drachen eigentlich waren und dass er von Science-Fiction auf Fantasy wechseln könnte.

Seine Finger hinterließen Fettflecken auf den Buchseiten, aber die waren sowieso schon voller Essensreste. Die Flecken waren Spuren von Mädchen und Jungen, die lieber aßen und lasen, als Untermenschen beim Skaten zuzusehen.

20 DAS BODENLOSE LOCH

Zur gleichen Zeit in Israel: Alle beschlossen, zur Tauchsafari nach Ägypten aufzubrechen. Katriina, Launo, Hans van Derjeen, Ginny, Pete, Tom und außerdem ein Mann namens Ariel, der wie eine Ente ging, weil er einen Granatsplitter im Kreuz hatte. Er war angeheuert worden, um die Ausrüstungen zu tragen und die Zelte aufzubauen, aber Ginny sah den Entengang und forderte ihren Mann auf, die körperliche Arbeit zu übernehmen.

Sie fuhren mit dem Jeep über die Grenze, auf staubigen Straßen in die Wüste und direkt zu einem verlassenen Strand. Dort zwängten sie sich in ihre Tauchanzüge, schnallten sich die Geräte um und gingen in einer Reihe in die Wellen hinein. Unter Wasser war auch Ariel geschmeidig wie ein Delphin.

Die Unterwasserwelt versetzte die Taucher in kindliche Freude. Das war nicht irgendeine Stadt der Fische. Das war eine Megalopolis der Fische, voller Korallen in unterschiedlichen Formen und Farben, voller Betrieb und sonderbarer Wesen. Auch Unheimliches gab es: Meeresungeheuer unter den übergroßen Aquarienfischen. An den Rändern der Korallen lauerten Feuerfische, deren Stachelrücken ein Gift absonderten, gegen das kein Essig half.

Im Korallenboden gab es außerdem ein unermessliches Loch, eine große, von Korallen eingefasste Schlucht, deren Tiefe manchmal mit neunzig Metern angegeben wurde, manchmal mit buchstäblicher Bodenlosigkeit. So hatte Tom davon erzählt: »Meine Damen und Herren, über dem bodenlosen Loch zu tauchen ist besser, als Sex zu haben oder mit einem Ferrari zu fahren. Es fühlt sich an, als würde man fliegen. Aber! Auch wenn man noch so gern möchte: Man darf nicht hineintauchen. Letzten Sommer sind zwei Jungs aus unserem Klub rein, beide echt erfahrene Taucher. Unten hat sie offenbar der Stickstoffrausch erwischt, und sie kamen nicht mehr rechtzeitig hoch, sondern blieben unten und staunten. Zwei Tage später hat man sie hier in der Nähe tot aufgefunden. Beiden war der Atemregler aus dem Mund gerutscht. Beide hatten noch Sauerstoff in den Flaschen. So hielten sie sich gegenseitig.« Und Tom hatte sich selbst umarmt.

In einer Reihe tauchten sie über das bodenlose Loch hinweg. Katriina war die Letzte. Sie schaute auf die Flossen von Launo. Über dem Loch fasste sie allen Mut zusammen und richtete den Blick nach unten.

Der Abgrund war schön, das Wasser in den Klüften tiefblau, nach unten hin wurde es immer dunkler und schöner blau und am Ende ganz schwarz. Im Blau bewegte sich etwas. Dort kreisten Lebewesen. Katriina schlug langsam mit den Flossen. Es fühlte sich tatsächlich an, als würde man fliegen.

Dann geschah das Schlimmste: Kein Riemen dieser Welt ist vollkommen zuverlässig. Die Halterung der Sauerstoffflasche gab nach.

Die Flasche glitt an Katriinas Rücken hinab, der Atemregler schlug ihr gegen die Zähne und löste sich. Sie versuchte mit den Beinen die Sauerstoffflasche in den Griff zu bekommen, aber diese stieß nur gegen den Oberschenkel und prallte sanft davon ab. Katriina zögerte kurz, und schon war es zu spät. Sie konnte der Flasche nur noch hinterherschauen. Langsam kreisend sank sie ins Blau und verschwand in der Dunkelheit. Bis zur Wasseroberfläche waren es zwanzig Meter.

Katriina hatte als Kind von ihrer Mutter gehört, wie es ist, zu ertrinken. Es ist eine schreckliche Art, zu sterben. Der Mensch führt vor seinem Tod einen Kampf mit sich selbst. Jede Zelle schreit nach Sauerstoff, die Lunge steht in Flammen, aber der Verstand versucht zu beteuern, dass keine Luft vorhanden ist. Schließlich, unweigerlich, siegt der Körper. Der Mensch saugt sich die Lunge mit Wasser voll, und das ist eine schreckliche Erleichterung. Man sieht Rot und vor dem Tod dann Schwarz.

Wann würde Launo es merken? Was würde er dann tun? Würde er vom Hotel aus die Kinder anrufen? Wer von beiden würde sich melden?

Katriina sagte sich: »Hab keine Angst, Katriina.« Dann machte sie einen kräftigen Schlag mit der rechten Flosse. Die letzten Luftblasen drangen aus ihrem Mund. Schon jetzt spürte sie das Bedürfnis, zu atmen. Rechte Flosse, linke Flosse, rechte Flosse, noch ein ordentlicher Schlag, und sie hatte Launo erreicht. Katriina zog an seinem Fuß. Launo drehte sich um, Katriina fuhr sich mit der Handkante quer über den Hals.

Launo begriff schnell, nahm den Atemregler aus dem Mund und hielt ihn Katriina hin. Katriina holte tief Luft. Ihr Brustkorb blähte sich. Das Ein- und Ausatmen ging schnell. Sie befanden sich nun einander gegenüber, aufrecht wie Tänzer, mit den Flossen wackelnd, beide eine Hand am Atemregler. Launo deutete mit dem Daumen nach oben.

Nach zehn Metern gaben sie sich ein Zeichen, hielten an und warteten den Druckausgleich ab. Katriina ging innerlich die Anweisungen und Regeln durch, die sie im Tauchführer gelesen hatte oder die ihnen von Tom erklärt worden waren. Sie vermutete, dass Launo das Gleiche tat. Sie sahen sich in die Augen: Sie waren sich einig, sie waren vorsichtig, achtsam, genau. Und weil sie alles gut machten, würde niemand sterben müssen.

Zehn Meter vom Strand entfernt tauchten Launo und Katriina auf. Von einem Wellenkamm aus sahen sie den Jeep und die Zelte. Nach einigen Zügen berührten sie mit den Füßen den Boden, und da merkte Katriina, dass sich ein merkwürdiges Gefühl einstellte.

»Gleich kommt es«, sagte sie zu Launo.

Am Strand riss sie sich den Tauchanzug herunter und setzte sich im Badeanzug darauf. »Setz dich neben mich!«, bat sie. Sie zitterte jetzt am ganzen Leib. Auch die Zähne klapperten. »Jetzt kommt es«, sagte sie. Launo nahm sie in den Arm und hielt sie fest. »Ach Schatz, nicht weinen. Aber das war auch schrecklich.«

Nun tauchten die anderen nacheinander aus den Wellen auf. Katriina und Launo bekamen Umarmungen und tröstende Worte. Ginny legte Katriina eine Wolldecke über die Schultern, Tom brachte beiden einen Pappbecher mit Rotwein. Katriinas Hände zitterten so sehr, dass sie etwas verschüttete. Sie lachte, weil ihre Gliedmaßen keine Ruhe gaben.

»Das ist das Adrenalin, das aus dem Kreislauf ausscheidet. Echt gut agiert, Launo und Katriina, echt gut«, sagte Tom.

Pete sagte etwas, das Katriina nicht verstand. »Lasst uns Abendessen machen«, wiederholte Ginny.

Als das Lagerfeuer entzündet wurde, gingen die ersten Sterne am Himmel an. Katriina hockte auf ihrem Platz und ließ die anderen das Essen zubereiten. Es gab Bohnen, Frikadellen und Kartoffelpüree aus der Tüte. Das war ein tröstendes Essen, vor allem zusammen mit dem Wein. Allmählich fühlte sich Katriina besser. Es war angenehm, zwischen Launo und Tom in der Wüste zu sitzen. Die Wellen rauschten, machten ihr aber keine Angst. Sie waren einfach ewig und groß, traurig, sie reichten um den ganzen Erdball.

Katriina legte sich auf dem kühler werdenden Sand auf den Rücken. Inzwischen waren alle Sterne aufgegangen. Sie waren näher als in Finnland, wie in Samt gestochene Löcher. Sie hörte, wie Tom die Gitarre stimmte und Ariel anfing zu singen. Die Sterne bewegten sich langsam auf der Stelle, und wenn Katriina auf das Dunkel zwischen ihnen schaute, kamen immer mehr neue zum Vorschein. Der Strand mit seinen vielen Steinen roch alt und staubig, irgendwie so, als wüsste er über alles Bescheid.

»Ich spüre, wie sich die Erde dreht«, flüsterte Katriina.

Launo stand auf, ging neben ihr in die Hocke und nahm sie auf den Arm.

»Dieser Dame wird kein Alkohol mehr serviert«, sagte er und trug Katriina zum Zelt. Katriina hörte wohlwollende Pfiffe hinter sich. Im Zelt zog ihr Launo die Schuhe aus und half ihr in den Schlafsack.

»Ich liebe dich«, sagte Katriina. »Wir werden uns nie trennen.«

»Ich dich auch«, sagte Launo. »Wir trennen uns nicht.«

Katriina schlief ein und wachte davon auf, dass der Reißverschluss ihres Schlafsacks geöffnet wurde. Hände zogen ihr das Shirt aus und streichelten ihre Haut. Sie spürte einen gelenkigen, jungen Körper über sich. Lippen drückten sich auf ihre Lippen, und eine Zunge drängte in ihren Mund.

Katriina kam kurz der Gedanke in den schläfrigen Sinn, dass sie sich jetzt wehren müsste. Aber sie wollte es nicht. Es war leichter und süßer, es zuzulassen. Eine internationale Tauchsafari, die mit dem Vorwurf der Vergewaltigung endet? Echt peinlich. Außerdem hatte sie eine solche Lust, dass sie nicht einmal befürchtete, dass Launo ins Zelt kam. Tom hatte sicher dafür gesorgt, dass Launo abgelenkt war. Und außerdem: vielleicht schlief sie ja. Einigen wir uns darauf, dass dies ein Traum ist.

Auf der Rückfahrt nach Eilat war es stiller als auf der Hinfahrt. Das Auto hüpfte, der Fahrtwind strich Katriina die Haare glatt. Sie blickte unverwandt auf die Wüste, wo sich nur Echsen wohlfühlten.

Tom saß vorne zwischen Ariel und Hans van Derjeen und gestikulierte mit der Zigarette in der Hand. Er sah aus wie immer – Baumwollklamotten, Mütze, kräftige Schultern –, aber sein Wert war abgestürzt. Wer will schon in einen Klub, in dem jeder Mitglied werden kann? Niemand. Und schon gar nicht Katriina.

Tom war simpel, gedankenlos und auch ein bisschen gemein. Gerade erzählte er wieder eine Geschichte von einem unglücklichen Taucher. Was war diesmal passiert? Der Kopf geplatzt oder eine Hand abgerissen? Und dann Katriinas Sauerstoffflasche. Was war das für ein Lehrer, der vor dem Tauchgang nicht die Ausrüstung seiner Schüler überprüfte? Außerdem hatte sich Katriina mit den Anzeichen, die auf Drogenkonsum hindeuten, beschäftigt, als Astra ins Teenageralter gekommen war. Nun, da sich das Begehren aufgelöst hatte, begriff sie, dass Tom mit seinen Selbstgedrehten nicht bloß Tabak rauchte. Das britische

Ehepaar hatte es auch bemerkt: Die beiden deuteten auf Tom und kicherten.

Katriina bekam Mitleid mit Launo, mit seinen großen Augen, seinem Polohemd und seinem gelb-grauen Stoppelbart. Sie waren Opfer eines Betrugs geworden. Launo war so froh über den Urlaub und die Rettung, auch jetzt schaute er Katriina voller Wärme an und streichelte ihren Handrücken. Die Falten auf seiner Stirn hatten sich geglättet, er sah aus wie ein zutrauliches Geistertier. Die Augen waren groß, die Stirn war breit und blass, aber in den großen Augen lag weder Besorgnis noch Verwirrung. Launo war eben doch stark.

Katriina hatte ihr ganzes gemeinsames Leben hindurch unrecht gehabt. Launo war stark, er konnte sie retten, sie tragen und zu Bett bringen. Sie ärgerte sich, es ausgerechnet in so einer Nacht mit einem blöden Bürschchen getrieben zu haben. Aber allzu schlimm ärgerte sie sich dann doch wieder nicht: Es war ein Moment der Verwirrung gewesen, und jetzt würde sie es vergessen.

Die letzten Urlaubstage verliefen friedlich. Sie gingen Hand in Hand spazieren. Katriina hatte fast das Gefühl, in nicht allzu ferner Zeit mit Launo über etwas Wichtiges reden zu können. Vielleicht über Astra, vielleicht sogar über ihren Vater.

In den letzten Minuten des Urlaubs saß Katriina allein in der Bar der Hotellobby am Tresen. Im Glas hatte sie ein bitteres Getränk, darin steckten ein Sonnenschirm und ein Strohhalm. Sie dachte an ihre Kinder. Es war schön, nach Hause zu fahren und mit Astra und Silmu zum Beispiel ein Eis essen zu gehen.

Da schwang die Glastür auf.

Toms Schritte waren elastisch und lautlos auf dem Teppichboden. Außerhalb des Tauchclubs wirkte seine Mütze lächerlich.

»Hi, Katriina!«

Im Nu war er neben ihr und versuchte sie zu küssen.

»Hör auf! Launo kann jeden Moment herunterkommen«, sagte Katriina. »Wir warten auf das Taxi zum Flughafen.«

Tom vollführte eine halbe Drehung, drehte sich wieder zurück, setzte sich Katriina gegenüber auf einen Barhocker, stand auf, setzte sich wieder, nahm sich eine Erdnuss aus dem Glasschälchen und aß sie auf. Kratzte sich die Stirn. Klopfte mit den Fingern auf den Tresen. Nahm sich eine zweite Nuss.

Wenn Katriina nichts sagte, ging er vielleicht wieder.

»Wie geht's?«, fragte Katriina, als sich die Stille dämlich in die Länge zog. Wenn Launo herunterkam, wäre es gut, zu zeigen, dass hier nur ein unverfängliches Gespräch im Gange war.

Tom seufzte tief.

»Ich liebe dich.«

»Na, na«, sagte Katriina. In ihr erwachten mütterliche Gefühle. »Ich werde dich nie vergessen. Du hast einen besonderen Platz in meinem Herzen.«

»Kommst du heute Abend zu mir?«, bat Tom. »Ich kann Falafel machen.«

»Das geht nicht. Wir reisen ab.«

Tom stand auf, biss sich auf die Lippe, setzte sich, wand sich, stand auf, setzte sich. Nahm eine Nuss. Katriina musste an Astra und Silmu im Alter von drei Jahren denken, als sie noch zu klein waren, um ohne Aufforderung zur Toilette zu gehen. Sie nahm einen Schluck von ihrem Drink und wartete auf die Fortsetzung.

»Du hast Launo doch erzählt, was im Zelt passiert ist?«, fragte Tom. »Von ihm aus ist es doch okay, was seine Frau tut?«

Die mütterlichen Gefühle verschwanden. An ihre Stelle trat etwas sehr Trockenes und Raues.

»Eigentlich geht dich das nichts an.«

Toms Zähne zerbissen knirschend die Nuss.

»Ach ja? Na, ich hätte da eine Bitte.«

Katriina fragte nicht, worin die Bitte bestand. Sie ahnte es auch so.

»Mein Freund muss operiert werden. Könntest du mir Geld leihen?«

Katriina seufzte. Nun ging auch der letzte süße Rest der Liebesnacht das Klo hinunter.

»Wie viel brauchst du?«

Tom ließ ein breites Lächeln aufblitzen. Diese bescheuerten Zähne. »Warum hatten ihm seine Eltern keine Spange gekauft?«

»Fünftausend Euro.«

»So viel habe ich auf keinen Fall.«

»Wir können es mit deiner Kreditkarte abheben. Ganz in der Nähe ist ein Geldautomat.«

Katriina schüttelte den Kopf und befahl Tom, zu verschwinden. Tom ergriff ihr Handgelenk. Seine Hand war klein und hart. Die Wolle der Handschuhe fühlte sich klamm an, die Knochen drückten durch.

»Katriina, ich meine es ernst.«

Katriina befahl ihm, loszulassen.

»Okay. Ich lasse los und erzähle deinem Mann, mit was für einer Frau er verheiratet ist.«

Katriina schloss die Augen und holte Luft. Sie war so wütend und so beschämt, dass die Schweißdrüsen unter ihren Armen aufgingen und juckten.

»Holen wir das Geld«, sagte sie.

Sie verließen gemeinsam das Hotel. Draußen wuchs Efeu, aber die Blätter sahen weiß aus in der Helligkeit. Das Straßenpflaster war eben, Katriina ging schnell, ohne auf Tom zu achten. In ihren Augen schwammen kleine schwarze Punkte, das kam von der Helligkeit. Der Polizist, der neben dem Geldautomaten Wache stand, wollte einen Blick in Katriinas Handtasche werfen.

»Da, du verdammter Kindermörder«, sagte Katriina auf Finnisch und drückte dem Soldaten die Tasche in die Hand.

Sie hob das Geld ab und gab Tom die Scheine. Tom bedankte sich schön, legte Katriina die Hand in den Nacken und zog sie an sich. Katriina befreite ihren Kopf mit einem Ruck. Der Soldat sagte etwas Energisches auf Hebräisch, da ließ Tom los und rannte davon.

Katriina sah das Rückenteil seines Kapuzenpullis, es hatte Löcher und eine Aufschrift, und dann verschwand Tom in der Menschenmenge und im blendenden Licht.

Katriina und Launo kehrten nach Finnland zurück. Eine Geschichte war echt unangenehm, nämlich die, dass Katriinas Tage nicht kamen, als sie kommen sollten.

ZWEITER TEIL

1 DER GIFTWURM

Astra wand sich auf ihrem Platz im großen Auditorium. Ihre Fantasie war von maskierten Terroristen und Großschwanzgöttern aus dem Dschungel bevölkert. Sie machte sich Notizen in ihr Heft, zeichnete grimassierende Masken an den Rand, litt wie die anderen Zuhörer der Vorlesung an leichtem Sauerstoffmangel und grämte sich, weil sie Kai nicht mehr sehen durfte.

Die Langsamkeit des Dozenten entsprach der eines Durchschnittsstudenten. Man hätte das alles auch in zehn Minuten sagen können. Astra fand, dass der Dozent zu viel Chuzpe hatte: Er laberte und ging davon aus, dass die anderen wohlwollend zuhörten.

Astra hatte im Nu vergessen, dass Kai Redakteur bei einer Frauenzeitschrift war. Stattdessen erinnerte sie sich, wie nüchtern seine Kommandos waren, wie entschieden seine Bewegungen, wie flink und fest die Hände, als wäre Astra ein Gegenstand und kein Mensch. Kai hatte sie nie gefragt, ob es so gut sei und nicht etwa wehtue. Astra hatte sich zu jeder Berührung und zu jedem Wort die gewaltsame Nebenhandlung vorstellen können, die sie gewollt hatte.

Warum musste es auch dieses blöde Interview mit ihrer Mutter geben! Jetzt wusste Kai, wer sie war, und wollte nicht mehr. Er wollte was Nuttiges, eine dumme, junge Versaute und nicht so eine wie Astra, die ihre Bildung und ihr hohes Niveau nicht verbergen konnte.

Nun schnappte die Powerpoint-Präsentation des Professors über. Sie raste so schnell vorwärts, dass man keine Texte und Pfeile mehr erkennen konnte. Anscheinend gab es ein Gesetz, dass besagte, dass Professoren grundsätzlich mit der Projektionstechnik Mist bauen, denn das passierte in fast jeder Vorlesung.

Der Professor schaltete den Beamer aus und erklärte ohne Hilfsmittel, dass man Würmer in eine Lösung geben und in der Lösung dann den Gehalt von Umweltgiften messen konnte. Durch den Sauerstoffmangel bekamen die Studierenden Kopfschmerzen und erhitzte Haut. Das Publikum kam sich selbst wie ein giftiger Wurm in einer Lösung vor.

Astras Handy piepste. Das Piepsen hallte von allen Wänden wider. Die Augen des Professors wurden schmäler. Sie hatte vergessen, es auszuschalten. Auf dem Display stand: »Astra, komm sofort her.« Kai hatte das geschickt.

O welche Freude! O ja! Astra schaute auf die Uhr. Die Vorlesung war in zehn Minuten zu Ende. Aber sie würde sofort gehen!

2 EISERNE FLITTERWOCHEN

Jeder Mann, der Masse macht, denkt gerührt an den Anfang seines Hobbys zurück. Die ersten Monate im Fitnessstudio sind die Flitterwochen von Muskeln und Eisen.

Die Entwicklung ist unausweichlich. Männliche Teenager müssen die Hanteln nur riechen und anfassen, und schon erwachen ihre Muskeln und schreien und baden im üppigen Testosteronstrom. Das Eisen wird gestemmt, die Muskeln reißen an Tausenden, Millionen kleinen Stellen, werden über Nacht geflickt und wachsen so schnell, dass man zuschauen kann. Die Haltung wird besser, der Schritt fester, die Schultern breiter. Bizeps und Brust schwellen an, der Schmerz ist gesund und herrlich.

Fast bei jeder Trainingseinheit kann man die Gewichte erhöhen. Die Jungen fühlen sich nur dann unterlegen, wenn sie die Kniebeugen der großen Typen mit den Pizzagesichtern sehen. Ansonsten ist ihr Selbstwertgefühl so groß wie nie zuvor. In diesem Stadium sind viele so gut gelaunt, dass sie eine Freundin finden und von den älteren Damen in der Verwandtschaft Kommentare hören, die fast schon zu persönlich sind.

Das Glück hält vier bis sechs Monate an. Dann sind die Flitterwochen vorbei. Ende. Bis dahin war es schön. Die Muskulatur wächst nicht mehr, und man kann sich beim Bankdrücken nicht mehr steigern. Der erste Schock der Muskeln ist aufgezehrt. Es wird frustrierend.

An diesem Punkt hören die meisten auf. Es wird öde, ins Studio zu gehen, die Welt ist voller anderer interessanter Dinge, und jetzt ist ja auch die Freundin da.

Silmu gehörte zu der kleinen Minderheit, die fast von Anfang an weiter dachte. Er wusste, dass er mehr wollte. Er fand die 150-Kilo-Monster faszinierend. Wenn er alle Mühe hatte, siebzig Kilo von der Bank zu stemmen, wie konnte Köde dann zweihundert heben? Da musste es eine Methode geben. Wie lange würde es dauern? Was musste man tun?

Silmu sah seinen Vater an, der mit ausgestreckten Armen ein Handtuch vor sich hielt.

»Was, in Gottes Namen, ist das?«, fragte Launo. Das Handtuch war schwarz, und darauf stand in weißen Buchstaben geschrieben: *»I'm an animal. This is my jungle. I will fight you if you bother me. I will kill you if I have to. Beast protein and supplements.«*

Silmu hatte nicht nachgedacht. Er hatte das Handtuch einfach in den Wäschekorb geworfen.

»Das ist mit dem Proteinpulver gekommen.«

»So, so, ein *animal*. Da ist wieder mal ein Werbetexter mit besonders gutem Geschmack am Werk gewesen.«

»Na und?«, meinte Silmu. »Es war kostenlos.«

»Wir haben Handtücher genug. Nimm dir eins aus dem Schrank. Katriina! Hör mal, was auf dem Handtuch deines Sohnes steht. Was hältst du als Mutter davon?« Launo kniff die Augen zusammen und wiederholte den Werbetext. Katriina kicherte, bis sie das Handtuch genauer in Augenschein nahm und routinierte Gereiztheit in ihre Augen trat.

»Das stinkt einfach fürchterlich. Wäschst du dich auch ordentlich in deinem Fitnessstudio, Silmu?«

»Ich wälze mich da in menschlichen Exkrementen.«

»Aha«, sagte Katriina. »Silmu Silola, 18 Jahre.«

Silmu ging in die Küche und untersuchte gründlich alle Schränke. Er fand nichts Nahrhaftes, außer einer Flasche Olivenöl, aus der er dann auch einen Schluck nahm. Die Schränke waren deprimierend. Sie enthielten so beschissene exotische Kohlenhydrate wie Bulgur, Couscous und Polenta und papierdünn eingetrocknete Kräuter. Brot gab es und natürlich Marmelade.

Silmu musste Launo um Geld bitten, damit er sich Hühnerbrust, Thunfisch und einen Kübel Quark kaufen konnte. Er trug die Lebensmittel in zwei Plastiktüten und einem Rucksack nach Hause, legte eine Tabelle über ihren Proteingehalt an und fing an zu essen.

Seine Resultate auf der Drückbank waren mittlerweile so viel besser geworden, dass ihn die älteren Kerle im Studio grüßten. In der Schule wurde er Steroidkopf genannt, aber Silmu merkte, dass ihn vor allem die kleineren Jungs in Ruhe ließen. Die Clowns aus den unteren Klassen, an denen vorbeizugehen er seit Jahren hasste, weil die Clowns ihn mit Papierkugeln bewarfen, die sie zuvor im Mund eingeweicht hatten, wurden ganz still, wenn er jetzt an ihnen vorbeiging.

»Glaubst du, du kannst mit Muskeln Frauen rumkriegen?«, fragten die Mädchen.

»Das glaube ich nicht, das weiß ich«, antwortete Silmu, weil er annahm, dass die Mädchen diese Antwort am widerlichsten fänden. Sie fanden sie so widerlich, dass auch sie sich fernhielten. O himmlischer Friede!

Silmu wendete beim Training eine Hybridmethode an, die aus der Heavy-Duty-Technik heraus entwickelt worden war und in der Body-Building-Zeitschrift folgendermaßen vorgestellt wurde: »Achtung! Wird diese Methode konsequent durchgezogen, verbessert sich das Resultat mit hundertprozentiger Sicherheit und bringt freakmäßiges Wachstum. Aber sie ist nicht für hundert Prozent aller Männer gedacht. Sie ist nur für solche Männer gedacht, bei denen das Tier ganz dicht unter der Oberfläche schläft und bei denen Härte eine Selbstverständlichkeit ist. Für Männer, die verstehen, dass das Fleisch nur der Züchtigung gehorcht und dass kein Opfer zu groß ist, um das Ziel zu erreichen. Die letzte Wiederholung der Übung bringt den erwachsenen Mann zum Heulen wie ein Schulmädchen.«

Das war natürlich ein bisschen übertrieben, geheult hat man nicht gerade, aber es brannte zweifellos. Nach dem Training war Silmu jedes Mal so kaputt, dass er zitterte.

Einmal saß er anschließend im Umkleideraum auf der Bank und sog gierig die Vanilleessenzen seines Regenerationsgetränks in sich ein.

»Was ziehst du dir da rein, Junge?« Der Frager war Köde, der ihn nun zum ersten Mal ohne Grund ansprach. Seine ungeheuerliche Gestalt ragte wie ein Berg in der Ecke auf.

Silmu konzentrierte sich darauf, möglichst natürlich zu klingen.

»Da ist Milch und Kreatin drin.«

»Ja, ja«, sagte Köde. »Ne Kur machst du noch nicht?«

»Ich nehm nix«, sagte Silmu.

»Schon gut, ich seh bloß, dass es ganz gut angefangen hat bei dir. Du würdest zett be mit Metas ziemlich gute Filetstücke kriegen.«

»Ah ja. Danke.«

»Frag mich, wenn es im Training nicht vorwärtsgeht.«

Silmu spulte das Gespräch innerlich immer wieder auf Anfang, in den langweiligen Schulstunden, daheim vor dem Fernseher, abends im Bett. Wenn sogar Köde dachte, dass er eine Kur machte, dann hatte er sich richtig, richtig gut entwickelt. Er ließ sich das Gespräch in Erdkunde, Schwedisch, Geschichte wie einen Bonbon im Mund zergehen, es kam ihm gleich nach dem Aufwachen am Morgen in den Sinn, er dachte vor dem Spiegel daran, drehte sich hin und her und murmelte: »Es hat ganz gut angefangen bei dir.«

3 FREIE HÄNDE

»Härter zupacken, ja?«, fragte Kai. Astra fiel vor Verblüffung die Kinnlade herunter. Kai hatte ihr gerade mit der flachen Hand eine Ohrfeige verpasst.

Er schlug erneut zu, diesmal fester. Astra stieß mit dem Hinterkopf an die Wand.

Kai zog ein Stück Stoff aus der Tasche und verband Astra die Augen. Sie ging davon aus, dass er sie jetzt ins Schlafzimmer führen würde: Handschellen, weiche Kissen, ein paar Schmerzen, einigermaßen Genuss und mit Sicherheit Weichspülerduft.

Aber Kai öffnete die Wohnungstür, führte Astra ins Treppenhaus, holte den Aufzug und stieß Astra hinein. Und unten wieder hinaus. Sie hörte eine Autotür aufgehen. Kai drückte sie auf den Beifahrersitz und ließ das Gurtschloss klicken.

Dann startete er den Wagen, und sie fuhren so weit, dass Astra das Zeitgefühl verlor.

Als sie anhielten, roch es nach Meer. Eine Möwe schrie, und man hörte es plätschern. Die Sonne war untergegangen, denn die Luft fühlte sich kühl an. Unter Astras Schuhen knirschte Kies. Kai führte sie am Arm auf harten Boden – bestimmt eine Brücke – und auf eine schwankende Unterlage – bestimmt ein Boot. Irgendwo wurde gesprochen, aber einzelne Wörter waren nicht auszumachen.

Der Boden gab nach, Astra geriet ins Stolpern, und die Hand umklammerte ihren Oberarm noch fester. Man hörte eine Tür aufgehen. »Da ist eine Schwelle.« Und dann befand sie sich in einem Innenraum. Jenseits der Wand lief leise ein Motor. Kai ließ sie los. Dann hörte man ein Klimpern. Jemand – Astra hatte den Eindruck, dass es nicht Kai war – packte ihre Handgelenke und fixierte sie über dem Kopf. Und dann die Füße, so dass sich Astra in X-Form befand und sich nicht mehr bewegen konnte. Sie leckte sich über die Unterlippe. Sie musste sich ein bisschen konzentrieren, damt sie keine Angst bekam.

Jemand schob ihr den Rock hoch. Metall berührte ihren Oberschenkel, und eine Schere schnitt ihr den Slip herunter.

»Dieser Raum hier ist voller Männer«, sagte Kai. »Und ich habe ihnen freie Hand gegeben.«

Astra schluckte. Ihr Mund war trocken. Das war bereits die Angst. Jemand packte ihre Pobacken, zog sie auseinander und knetete sie wie Teig und schlug dann mit der flachen Hand darauf, dass das Fleisch zitterte. Etwas wurde ins Loch hineingeschoben, wahrscheinlich ein geölter Stab. Er war hart und der Druck so dicht am Schmerz, dass Astra kurz schwindlig wurde und ihr Mund Speichel absonderte wie kurz vorm Erbrechen. Der Stab bewegte sich hin und her. Kalter Schweiß trat Astra aufs Gesicht. Nun traf ein Peitschenschlag ihren Hintern. Sie fing an zu weinen, aber es waren heiße und gute Tränen, die ihr kamen, voller belebenden Salzes. Der Schweiß war nicht mehr kalt, sondern warm und vermischte sich mit den Tränen und dem Öl.

Als Astra die Augenbinde abgenommen wurde, registrierte sie nicht die Gesichter oder die Anzahl der Männer, sie sah nur undeutliche Formen und Farben, einen Kronleuchter, altes Holz. Jemand drückte sie gegen einen Tisch. Die Tränen verstopften ihr Nase und Kehle, den ganzen Kopf, aber es kamen immer mehr Männer, alle waren hart und schweißig, Astra war rot und glühend und alles klebte. Es brannte in den Augen, vor Schweiß oder Sperma, Sperma enthält Säure oder Base, eines von beiden, auf jeden Fall brennt es.

4 TANZ AUF DEM SEEROSENBLATT!

Pelagia mochte Gärten. Die Feuchtigkeit und das Schattige faszinierten sie. Sie stellte sich oft vor, in einem großen Garten zu spielen, in dem es viele Irrgänge gab, wo man sich verlaufen konnte. Einmal hatte sie in der Zeitung ein Bild von einer Riesenseerose gesehen, auf der ein kleines Mädchen und ein Junge saßen. Katriina hatte ihr vorgelesen: »Die Riesenseerosen sind im Botanischen Garten die Sehenswürdigkeit Nummer eins.«

»Wo ist der Botanische Garten?«, hatte Pelagia gefragt.

»Die gibt es an vielen Orten.«

»Können wir in einen davon gehen?«, fragte Pelagia.

»Irgendwann vielleicht.«

Pelagia glaubte, dass Eltern sich an alles erinnerten. Sie glaubte, die für den Besuch der Seerosen relevanten Faktoren befänden sich in einem fortschreitenden Prozess, bis eines Tages die Entscheidung fiele: Jetzt fahren wir.

Also fing Pelagia an zu warten. Sie träumte davon, auf einem Seerosenblatt zu stehen und zu sitzen. Sie stellte sich alle großen, runden Formen auf der Erde und auf dem Fußboden als Seerosenblätter vor. Sie vermutete auch, dass das Lied »Wir tanzen, labadu«, das im Kindergarten gesungen wurde, mit Seerosenblättern zu tun hatte. Sie hatte die Angewohnheit, es beim Spielen vor sich hin zu singen und zwischen den Strophen auszurufen: »Tanz auf dem Seerosenblatt!« Sie glaubte, dass sei die noch offiziellere Version des Liedes.

Und dann hörte sie von einem Buch mit einem Titel von

unvergleichlicher Schönheit: *Der geheime Garten*. Sie hoffte, bald lesen zu lernen.

»In welchem Alter kann man *Der geheime Garten* lesen?«, fragte sie.

»Das weiß ich nicht«, antwortete Katriina.

»Ich habe es mit neun gelesen«, sagte Astra.

Pelagia empfand tiefe Enttäuschung. Bis neun war es ein so weiter Weg, dass bis dahin alles anders sein würde.

»Aber kann man es denn auch lesen, wenn man jünger ist?«, fragte sie verzweifelt.

Da hatte Astra sie umarmt und gesagt: »Na klar, kann man das.«

5 DIE KOLLEKTION

Es war ein Abend im April, und durch die großen Wohnzimmerfenster sah man das ruhige Plätschern des Meeres und hellgrüne Halme, die am Ufer aus der Erde ragten. Katriina schaute gerade hinaus, als Launo angeschlichen kam und sagte, in Pelagias Kindergarten habe es offenbar Probleme gegeben. Katriina erschrak. »Die Kindergärtnerinnen sind ein bisschen komisch«, sagte sie, »ich hole Pelagia morgen ab und erkundige mich, was los ist.«

Katriina ahnte, worin das Problem bestand. Vor Nervosität drehte sich ihr der Magen um. Wochenlang hatte sie Pelagia Klamotten zum Wechseln eingepackt. Sie hatte sogar neue Hosen, Strumpfhosen und Röcke gekauft, weil sie mit dem Waschen nicht hinterhergekommen war, aber trotzdem hatte Pelagia manchmal am Ende des Kindergartentages fremde Kleider an. Wie es aussah, pinkelte sie inzwischen überhaupt nicht mehr in die Kloschüssel.

Am nächsten Tag marschierte Katriina mit blanken Nerven und klappernden Absätzen zum Kindergarten. Man schickte sie direkt zu Elisabet Pylkki, der Leiterin. Die saß in ihrem Büro und schaukelte mit dem Stuhl.

»Tag«, sagte Katriina und streckte die Hand aus.

Elisabet Pylkki gab ihr nicht die Hand, sondern sagte zur Begrüßung nur: »Pelackia.« Ihre Stimmbänder waren so porös, dass es wie der Stoßseufzer einer Märtyrerin klang. Katriina hatte sich schon immer über die Garderobe der Kindergartenleiterin gewundert, und sie wunderte sich auch jetzt. Die Frau trug Kleinkindkleidung in Erwachsenengrößen. Die Farben waren grellgrün und -gelb, und der Rock kurz und a-förmig. Auch die Strumpfhose war dick und grün. Katriina fragte sich, welcher hinterhältige Mensch solche Kollektionen entwarf. Elisabet Pylkkis Gesicht war rein, hell und gleichmäßig, der Pagenkopf ebenfalls, der Gesamteindruck erinnerte an geschnitztes Holz.

»Es kommt inzwischen mehrmals täglich vor, dass sie auf den Fußboden pinkelt«, sagte Elisabet Pylkki.

Ihr reines Gesicht zeigte einen äußerst beleidigten Ausdruck, als hätte Katriina ihr etwas angetan, was sie echt gemein fand, aber zu verzeihen und zu ertragen gedachte. Anscheinend war der Nacken der Kindergartenleiterin verspannt, denn ihr Gesicht richtete sich schräg nach oben. Es war, als schaute sie beleidigt auf den himmlischen Vater. »Hat Pelackia was mit der Mumu?«

»Zu Hause uriniert Pelagia nie auf dem Fußboden«, sagte Katriina.

Elisabet Pylkki seufzte. Man sah ihr an, dass sie es nicht glaubte. Katriina wurde zornig. Was quälte diese Frau sie und ihr kleines Mädchen?

»Und das psychische Wohlbefinden? Ist bei euch daheim alles gut? Ist der Vater nicht ein bisschen besonders?«

Inwiefern besonders? Was war Besonderes daran, der berühmteste Dirigent Europas zu sein? Nicht alle Menschen waren Kindergartentanten oder Ingenieure! Manche waren Dirigenten, und Elisabet Pylkki hatte garantiert schon mal irgendeine Zeitschrift und ein Interview mit Launo oder wer weiß was für blödsinnige Tourneereportagen über ihn gelesen. Katriina spürte, wie ihr die Röte ins Gesicht stieg. Sie hätte am liebsten die Augen zugemacht, um Elisabet Pylkkis leidendes Gesicht nicht sehen zu müssen. »Inwiefern besonders?«, fragte sie.

»Ich hätte hier die Telefonnummer von einer Kinderpsychologin.«

»Danke, kein Bedarf.«

»Ich muss darum bitten, dass Pelackia von jetzt an Windeln trägt, wenn sie morgens in den Kindergarten kommt.«

»Pelagia spricht man mit einem weichen g«, sagte Katriina, »danke und auf Wiedersehen.«

Plötzlich hatte Katriina starke Sehnsucht nach ihrem Mädchen. Als sie Pelagia an der Garderobe sah, lief sie zu ihr, ging in die Knie und nahm sie in den Arm. Auf dem Heimweg trug sie Pelagia Huckepack und blieb immer wieder stehen, um ihr die Namen von Bäumen und anderen Pflanzen zu nennen. Das Kind erzählte, sie hätten im Kindergarten Chorprobe gehabt. Die besten Kinder dürften in Tallinn auftreten, aber noch sei nicht entschieden worden, wer die besten Kinder waren.

»Du bist das beste Kind«, sagte Katriina.

»Noch ist es nicht entschieden«, betonte Pelagia.

»Für mich bist du das beste Kind.«

Pelagia war irrsinnig lieb, aber niemand verstand das. Dabei war sie einfach nur eigensinnig. Wäre Katriina an Pelagias Stelle gewesen, hätte sie auch auf den Fußboden gepinkelt, schon allein um diese entsetzliche Frau zu ärgern. Aber es nützte nichts, wenn Pelagia peinliche Aufmerksamkeit im Kindergarten erregte. Bald würde man Katriina wer weiß was für schlechter Erziehungsmethoden verdächtigen, und sie wusste jetzt, dass Kindergartentanten nichts Besseres zu tun hatten, als sich den ganzen Tag lang das Maul zu zerreißen. Nicht nur die Kindergartentante, alle Leute schienen Katriinas Familie besonders unter die Lupe zu nehmen, um Fehler zu finden.

Am nächsten Morgen wollte sie Pelagia eine Windel anziehen, aber Pelagia weigerte sich. Als Katriina sie ihr mit Gewalt anzog, fing Pelagia an zu weinen.

»Keine Windel«, schluchzte sie. »Keine Windel.«

»Aber die stört doch nicht«, sagte Katriina. »Die Frauen im Kindergarten wollen, dass du eine Windel trägst, damit du nicht auf den Boden pinkelst.«

»Keine Windel.«

Katriina sah, dass Pelagia von echtem Kummer ergriffen war. Die Tränen liefen ihr in gleichmäßigen Rinnsalen übers Gesicht.

»Warum keine Windel?«

Pelagia ließ sich auf den Bauch plumpsen, berührte den in Windel und Strumpfhose verpackten Po und brach in einen neuen Tränenfluss aus.

»Babys haben eine Windel! Ich bin vier!«

Katriina verstand sie. Sie wollte sie nicht zwingen.

»Komm her, mein Schatz«, sagte sie. »Wir ziehen sie wieder aus.«

Katriina zog Pelagia die Windel aus und brachte das Kind auf ein Marmeladenbrot in die Küche. Dann rief sie ihre Mitarbeiter an, teilte ihre eigene Arbeit für diesen Tag unter ihnen auf und meldete dem Kindergarten, Pelagia sei krank. Pelagia spielte mit ihren Plüschtieren Chor, und Katriina überlegte, was sie tun sollte. Sie konnte Pelagia nicht mehr in den Kindergarten bringen, das stand fest.

6 DIE WEINEN NICHT VOR SCHMERZEN

Was geschah mit der Familie Silola nach dem Tauchurlaub? Das hier:

Tom hinterließ in Katriina einen Fleck, der mit Weißwein wegging, sich aber innerhalb von vierundzwanzig Stunden wieder ausbreitete. Katriina fing an, nachts am Küchentisch Wein zu trinken, während die Familie im gesunden Ferkelschlaf lag.

In den ersten beiden Nächten blätterte sie in einer Gourmet-Zeitschrift und dachte, das sei jetzt ihr stilvoller Moment der Entspannung. Aber dieser Selbstbetrug war so obszön, dass sie es wieder sein ließ. Danach trank sie, ohne etwas zu tun, ohne etwas anzuschauen, ohne etwas zu denken, Schluck für Schluck, und wartete geduldig, bis sie im Alkohol ertrank. Sie saß im Dunkeln wie ein Gespenst.

Ansonsten lief es wie immer. Launo ging auf Tournee, festigte seinen Ruf und wollte ans Meer ziehen, in den schönsten Teil der Stadt. Eine Party wurde veranstaltet, und die Gäste fühlten sich ziemlich wohl. Silmu war zu fett, aber dafür war Astra klug und schön.

Katriina verdrängte es lange (eine Flasche Wein war jedes Mal fällig), dann dachte sie, außergewöhnlich früh in die Wechseljahre gekommen zu sein oder sich bei Tom mit einer Geschlechtskrankheit angesteckt zu haben. Schließlich zwang sie sich, zum Gynäkologen zu gehen.

Der Gynäkologe war nett, er sagte, das Instrument heiße mit wirklichem Namen tatsächlich Entenschnabel, und wärmte den Entenschnabel mit den Händen, bevor er ihn in Katriinas Vagina schob. Er schaute und untersuchte und sagte: »Hier liegt ein klassischer Grund vor. Herzlichen Glückwunsch!« Katriina sagte: »Ich habe eine Spirale.« Der Gynäkologe sagte, die sei rausgefallen, geradeso, als wäre das eine gute Sache.

Katriina bedankte sich und flüchtete. Sie ging nach Hause, nahm die Gelben Seiten zur Hand und suchte sich ein Ärztezentrum heraus, in dem weder sie noch jemand, den sie kannte, je gewesen war. Sie bekam sofort einen Termin und fuhr mit dem Taxi hin.

Das Ärztezentrum war durch und durch erbarmungslos. Im Zeitschriftenständer lagen zerlesene Blätter, die von menschlichem Unglück berichteten, zum Beispiel von gestorbenen Familienmitgliedern oder von Brustkrebs. Auf den Tischen lagen Broschüren über komplizierte Krankheiten. An der Wand hing die eingerahmte Zeichnung eines braunen Klumpens. Darunter stand: »Vom Alkohol ruinierte Leber.«

Plötzlich spaltete ein unerträglicher Laut den Gang. Ein Kind im Matschanzug schrie wegen einer Ohrenentzündung. Katriina kamen die Ohrenentzündungen ihrer Kinder in den Sinn. Das Weinen zerrte so stark an einem tief vergrabenen Nerv, dass ihr selbst die Ohren wehtaten.

Als Katriinas Name aufgerufen wurde, erhob sie sich und ging ins Behandlungszimmer. Dort roch es nach Ei. Katriina ordnete den Gestank dem Parfum der Ärztin zu.

Die Ärztin gab ihr die Hand. Katariina drückte sie, ließ los, setzte sich und sagte, sie wolle eine Abtreibung. Die Ärztin sagte aha, und fragte Katariina nach privaten Dingen. Ihre Stimme war so trocken, dass man an das mehlartige Eigelb eines zu lange gekochten Eis denken musste.

Keine Spur von Sympathie. War Katriina zu gut angezogen? Sie hatte an diesem Tag noch einen Termin mit einem Kunden, sie musste Blazer und Schuhe mit Absätzen tragen!

»Das ist keine geplante Schwangerschaft«, sagte Katriina, als die Fragen gar nicht mehr aufhören wollten.

Die Ärztin schaute etwas im Computer nach. Ihre Brille reflektierte das Licht des Bildschirms.

»Die Ethikkommission des Gesundheitswesens kennt meines Erachtens keine Gründe, die für einen Schwangerschaftsabbruch bei Ihnen sprächen.«

Katriina kam Launos Haus mit Meerblick in den Sinn. Sie dachte an die vielen Gläser Wein, die sie getrunken hatte. Sie erinnerte sich, gehört zu haben, dass die Spermien von Haschischrauchern einen gegabelten Schwanz hatten.

»Diese Schwangerschaft muss unterbrochen werden«, sagte sie.

Die Ärztin blinzelte hinter ihrer Brille.

»In Ihrem Fall liegen weder Minderjährigkeit noch Krankheit oder soziale Probleme vor.«

Die Ärztin schaute noch etwas im Computer nach, richtete den Blick wieder auf Katriina und sagte: »Ich habe nicht vor, eine Befürwortung zu schreiben, und ich glaube auch nicht, dass sonst jemand in unserer Klinik oder anderswo dazu bereit ist.«

Katriina versuchte sich ein Herz zu fassen, spürte aber nur, dass sie zu viel Lippenstift aufgetragen hatte. Sie schlug ein Bein über das andere und sagte so nüchtern, wie sie konnte: »Ich habe Wein getrunken und bin für eine Geburt zu alt.«

Die Ärztin verschränkte die Arme auf dem Tisch.

»Wäre Ethanol so gefährlich, wie behauptet wird, wären 90 Prozent der finnischen Bevölkerung behindert und deformiert. Und was das Alter betrifft, sage ich immer, dass Kinder mit Down-Syndrom positive Menschen und Botschafter der Liebe sind.« Sie machte eine Pause, spielte mit ihren Fingern, sog ihren eigenen Parfumgeruch ein. »Die wenigsten Frauen, die sich haben schwängern lassen, wissen, dass sich die Schmerzrezeptoren des Fötus bereits in der siebten Schwangerschaftswoche entwickeln. Ich habe schon erlebt, dass mich eine Krankenschwester gefragt hat, was zu tun ist, wenn der abgetriebene Fötus weint.«

Katriinas Stimme geriet ins Stocken und kam nur ungleichmäßig aus der Kehle. »Die weinen doch wohl nicht vor Schmerzen?«

»Darüber kann sich jeder seine eigenen Gedanken machen.«

Katriina stand auf und bedankte sich. Die Ärztin reichte ihr die Hand, Katriina ergriff sie, und als sie hörte, wie die Knochen knackten, spürte sie, dass sie sich übergeben musste.

»Wiedersehen.«

Lauf!

Katriina kotzte auf der Toilette im Flur, bis dem Magen der Sauerstoff ausging. Die Spitzen der Krämpfe waren so heftig, dass die Gedanken einen Kolbenfresser kriegten. Es war wie eine blitzschnelle Bewusstlosigkeit.

Dann stand Katriina auf, wusch sich das Gesicht und die Hände, spülte den Mund aus, tupfte sich mit einem Papierhandtuch trocken und öffnete die Handtasche.

Sie war von guter Qualität. Wer etwas davon verstand, erkannte ihren sicheren, dezenten Geschmack. Aus ihrem

Inneren stieg ein leichter Duft von Leder und Parfum auf, Katriinas Duft. Sie nahm einen Kaugummi aus der Tasche und steckte ihn in den Mund.

Dann legte sie eine Hand auf den Bauch, und unverhofft kam ihr das Bild eines glücklichen Babys in den Sinn, das mit geschlossenen kleinen Lidern auf ihrem Arm schlief, die gebogenen Wimpern ganz ruhig, der kleine Atem leicht und gleichmäßig, der kleine Mund wie eine Rose. Ein Lächeln schlich sich auf Katriinas Gesicht, sie jagte es davon. Sie hatte einen Fehler gemacht, und dieses Kind wäre auf jeden Fall eines von der falschen Sorte, womöglich gar eines ohne Arme, Beine oder Gesicht.

Sie würde die gesamte Schwangerschaft über, vielleicht ihr ganzes Leben lang sehr genau aufpassen müssen. Sie würde noch beherrschter sein müssen als bisher. Das könnte ihr gelingen. Sie hatte schon öfter gute Laune vorgespielt. Sie hatte Übung darin.

Ein neues Lächeln legte sich auf ihr Gesicht. Es saß wie ein mit Seide gefütterter Lederhandschuh.

Auf dem Heimweg lehnte Katriina den Kopf ans Busfenster und dachte an ihren Vater. Er war tot, weil ihre Mutter nicht genug unter den Teppich gekehrt hatte. Katriina hatte in ihrer Ehe immer viel unter den Teppich gekehrt, aber sie wusste, dass sie es von nun an sicherheitshalber noch gründlicher tun musste.

Als Katriina aus ihrem schäbigen Elternhaus auszog, um ein neues, besseres Leben in der Großstadt anzufangen, beschloss sie, einen starken Mann zu heiraten. Launo war ihr stark vorgekommen, aber das war natürlich eine Fehleinschätzung gewesen, die mit ihrer Jugend und ihrer Unerfahrenheit zu tun gehabt hatte. Launo war gut gelaunt, weil er begabt, reich und schön war und geliebt wurde, aber gute Laune ist etwas anderes als Stärke.

Schon am Anfang hatte Katriina gemerkt, dass Launos Beobachtungsgabe zu wünschen übrig ließ, aber das war ihrer Meinung nach nur positiv: Er machte sich nie darüber Gedanken, dass Katriina ursprünglich aus armen und primitiven Verhältnissen stammte.

Mit den Jahren stellte sich heraus, dass auch Launo die Kinder und Rückschläge und Rechnungen und die scharfen Kanten des Lebens nicht ertragen konnte. Katriina begriff, dass Empfindlichkeit ein Teil des männlichen Wesens war. Alles sprach dafür: Männer fielen bei Blutproben in Ohnmacht, wurden depressiv, bekamen leicht Tobsuchtsanfälle. Es musste wirklich viel unter den Teppich gekehrt werden.

Katriinas Schlüsselbund klimperte an der Haustür. Ihr Lächeln wirkte echt, aber es war kein echtes Lächeln, es war ein Lächeln, wie man es normalerweise nur auf den Gesichtern von Psychopathen sieht. Launo saß in seinem Arbeitszimmer, hörte eine Oper und überprüfte deren Partitur. Katriina eilte zu ihm und stellte sich ganz und gar mädchenhaft neben den Schreibtisch.

»Was ist?«, fragte Launo.

Katriina drehte die Nibelungen leiser. Auf ihrem Gesicht ließ sie abwechselnd schwer zu beherrschende Euphorie und selbst auferlegte Andacht aufscheinen.

»Ich bin letzten Endes glücklich«, sagte sie. »Du hoffentlich auch.«

»Worüber?«

Katriina kniete sich hin, legte den Kopf in Launos Schoß und schlang die Arme um die Knie ihres Mannes. Eindringlicher Ton, aber auch einen Hauch quasselig. Ja, Katriina war süß, nach all den Jahren noch, Launos Frau war süß wie ein Katzenjunges mit Schlagsahne auf dem Näschen.

»Meine Spirale hat sich gelöst. Wir bekommen ein Kind.«

»Was?«

»Ich bin schwanger, Schatz.«

»Aber wir haben doch gar nicht … aber wir haben doch gar nicht …«

Katriina runzelte die Stirn. Das Katzenjunge war verdutzt.

»Wovon redest du?«

»Wir … haben doch gar nicht.«

»Bei der Tauchsafari.«

»Bei der Tauchsafari … Da haben wir doch nicht.«

Katriinas Lippen öffneten sich einen Spaltbreit. Das Katzenjunge verwandelte sich in ein Reh, dessen Augen vor Besorgnis glänzten.

»In dem Zelt in der Wüste. An dem Abend, an dem du mich gerettet hast.«

»Ich hab doch nicht …«

»Ach, Liebster!«, rief Katriina aus. »Wie kannst du das vergessen? Wir haben beide gelacht, und danach mussten wir weinen. Es war so sonderbar und so wunderbar, weil wir am Leben waren, weil ich fast gestorben wäre, weil du mich gerettet hattest.«

Launo geriet bereits ein wenig in Panik. Er griff nach Katriinas Hand und machte den Mund auf und zu wie ein Fisch in der Tiefe des Roten Meeres. Er tat Katriina sogar ein bisschen leid, aber es ging nicht anders.

»Es ist nicht gefährlich«, sagte Katriina. »Bestimmt nicht. Vielleicht fällt es dir später wieder ein. Mir kommt es so vor, als hätte ich von dem Abend auch Gedächtnislücken. Das ist der posttraumatische Stress. Wir wären ja um ein Haar gestorben.«

Launo drehte sich auf seinem Stuhl, sagte immer wieder »so was, so was« und »wir haben miteinander geschlafen?«. Katriina ließ ihn sich eine Weile drehen, dann stand sie auf, leierte in schneller Abfolge verwirrende Mütterberatungsvokabeln und Detailwissen zum weiblichen Körper herunter, weil sie wusste, dass Launo das verlegen machte. Dottersack, Nackenfalte, Gebärmutteröffnung, Fruchtwasserpunktion. An der Tür hielt sie kurz inne und sagte in flirtendem Ton: »Schade, dass du dich nicht erinnern kannst. Es war richtig toll.«

Pelagia wurde im Frühling geboren und war absolut makellos.

Katriina lag müde und glücklich im Kreißsaal. Die über und über schleimige Pelagia schnappte mit dem Mund nach Nahrung. Das Baby war warm und machte keine einzige unnötige Bewegung, so müde war es, auch die Augen hielt es geschlossen. Katriina freute sich, dass es ein Mädchen war. Es wäre der Moment gewesen, sich in Tränen aufzulösen, aber sie hatte keine Lust mehr dazu.

Als Pelagia ein Jahr alt war, wechselte ihre Augenfarbe von blau zu braun. Astra machte Katriina darauf aufmerksam.

»Die braune Iris ist eine dominante Eigenschaft. Bald wird es auf der ganzen Welt keine Blauäugigen mehr geben.«

»Tatsächlich«, sagte Katriina.

Sie kauerten im Amphitheater und gaben dem Flammenden Käthchen Erde. Gerade waren sie in das vornehme Haus in der teuren und einsamen Gegend gezogen, wo die Grundstücke so viel kosteten, als gäbe es auf ihnen Silberminen, und wo die Nachbarn Leute waren, mit denen Launo über alles Mögliche plauderte, während Katriina stumm über ihre Garderobe und ihr Make-up nachdachte. Es war Samstag, und der Tag verging so: Astra lernte für die Abiturprüfung, Silmu aß Käseflips, Pelagia lernte laufen, und Launo hörte Opern.

7 ANSTIEG DES TAGESPFLEGESATZES

Katriina hatte eine Entscheidung getroffen: Sie wollte Pelagia nicht mehr in den Kindergarten geben, damit sie dort von Elisabet Pylkki beäugt wurde.

»Ich dachte, wir nehmen uns für Pelagia ein Kindermädchen«, sagte Katriina zu Launo.

»Und der Kindergarten? Das ist in ganz Finnland der einzige Kindergarten für kreative Erziehung mit Schwerpunkt Musik für hochbegabte Kinder«, sagte Launo. Er hockte zwischen Plüschtieren und trank Kräutertee. Man sah, dass er Kopfschmerzen hatte: Vielleicht hatten die Musiker danebengehauen, oder der Mond stand gerade ungünstig.

Katriina knallte rasch Daten aus ihrem Kopf auf den Tisch. »Schatz, im nächsten Kalendermonat tritt doch diese Geschichte in Kraft, über die ständig etwas in der Zeitung steht«, sagte sie. »Bei Haushalten mit einem Jahresnettoeinkommen von mehr als 50000 Euro im Jahr steigt der Tagespflegesatz bei der Kinderbetreuung von Kategorie 2A auf 3A.«

Launo geriet wie auf Knopfdruck in Verwirrung. Katriina sagte: »Es ist sinnlos, Geld zum Fenster hinauszuschmeißen, wenn man viel günstiger eine gute Tagesmutter bekommt.«

Launos Gesicht zeigte nun einen Zug von Unbehagen, als würde er einen schlechten Geruch wahrnehmen. Er mochte Mathematik, aber persönliche Geldangelegenheiten widerten ihn an.

»Ich könnte eine Anzeige aufgeben.«

»Wir nehmen so eine nette und kinderliebe Person.«

Zum ersten Bewerbungsgespräch kam eine Studentin, die am Telefon erstaunlich lebhaft gewirkt hatte. Sie war auch munter und mutig und druckste kein bisschen herum, obwohl Katriina ihr Kekse, Kuchen und mit allen möglichen Kräutern bestreute Brote anbot. Es gelang der jungen Frau, vollkommen natürlich gleichzeitig zu essen und zu reden. Katriina bekam Scheu vor ihr; sie war so tüchtig, dass sie womöglich bald schon Katriina unter die Lupe nehmen und Mängel feststellen würde.

Die lebhafte junge Frau erzählte, sie habe viel Arbeitserfahrung und Geschwister und ein Grundstudium in Früherziehung absolviert, aber dann fing sie von einem Hund an, der bei ihnen im Haus vom Balkon gefallen und zu Mus geworden war. »Unreif und barbarisch«, dachte Katriina erleichtert. »Können wir nicht nehmen.«

Die übrigen Interessenten waren noch unmöglicher: Langzeitarbeitslose, die sich nicht vorstellten, sondern mit korrekturbedürftigen Diphthongen ins Telefon blökten, oder junge Mädchen, die sofort nach dem Geld fragten. Es wurde schwierig. Katriina ging dazu über, abends zu arbeiten. Tagsüber blieb sie zu Hause und bat Silmu und Astra, abends auf Pelagia aufzupassen, aber die Kinder wollten ihre eigenen Sachen nicht aufgeben. Die älteren Geschwister waren abends entweder nicht da oder lagen mit glasigen Augen auf der Couch. Und Katriina konnte nicht länger von der Arbeit wegbleiben. Es gab viel zu tun, es gab Besprechungen und Präsentationen, alle wollten ein schönes Heim.

Eines Abends kam Launo nach Hause und teilte mit, er habe einen Babysitter gefunden. »Wo?«, fragte Katriina.

»An der Bushaltestelle! Und es ist auch noch eine Freundin von dir! Ich fuhr vorbei, und da stand deine Freundin, diese Piia, die damals diesen Kummer hatte, und da nahm ich sie mit. Wir kamen dann über alles Mögliche ins Gespräch. Bei ihr war gerade Schluss mit der Arbeit an der Supermarktkasse, und ich erzählte ihr von unserer Situation.«

Katriina hätte lieber eine Studentin genommen, die Hunde zu Brei schmiss, als Piia.

8 ECHT SCHLIMM DRAN

Manchmal trafen sich Kai und Astra in der Bar, die keine Fenster hatte und in der all die unheimlichen Dinge an den Wänden hingen. Astra trank Weißwein, und dann brachte Kai sie mit dem Auto zum Schiff. Beide redeten nicht viel.

Anfangs waren die Abende auf dem Schiff großartig. Astra erwartete die Männer unter Deck auf einem Barhocker, in dünnen Strumpfhosen, die Füße über Kreuz, die Haare zusammengebunden. Sie versuchte sich mit den Augen der Männer zu sehen. Ein echt nettes Mädchen, aber echt schlimm dran. Bald wird uns die kleine Nutte ausgeliefert sein; schlecht für sie, dass wir heute nicht viel Gnade zu vergeben haben.

Auch der Raum war großartig, mit einer Bar aus altem, dunkelbraunem Holz. Zwischen den runden Fenstern hingen russisch aussehende Wandleuchten und an der Decke ein Kronleuchter. Die Diwane und Sofas waren mit rotem Samt bezogen und am Fußboden festgeschraubt. An den Wänden und an der Decke gab es allerhand Erregendes: Haken und Ösen, an denen man Fesseln befestigen konnte.

Astra hatte nie Angst, aber ihr Körper fürchtete sich immer. Sie musste pinkeln gehen. Auf der Toilette hing ein kleiner Spiegel, und o, wie schön sie aussah. Die Augen vor Entsetzen geweitet, die Pupillen groß und schwarz, die Lider von starkem, grauem Make-up umschattet.

Als die Männer kamen und das Schiff weit weg vom Ufer an einer ruhigen Stelle vor Anker ging, wurde es allmählich unangenehm. Irgendwann in der Nacht erkannte Astra jedes Mal, dass sie beim besten Willen nicht bis zum Schluss durchhalten würde. Ein Ende war nicht in Sicht, und sie fühlte sich überhaupt nicht mehr wohl. Die Schmerzen nahmen zu. Schließlich musste sie den Schmerz annehmen. Sie musste in den Schmerz hineingehen und das Unangenehme veratmen. Dann ließ die Umklammerung nach. Astra hörte auf, zu lachen und zu posieren, alle Gedanken wurden ausgeschaltet, es gab danach nichts mehr, keinen Klub, keine Männer, keine Astra.

Später, wenn die Blessuren heilten und Astra zu Hause oder in der Uni war, veränderten sich die Erinnerungsbilder. Die Gesichter hüllten sich in Nebel, plumpe Stellungen wirkten geschmeidig, die schlimmsten Momente wurden zu den besten.

Sie musste die Abende im Nachhinein etwas aufhübschen, denn die meisten Männer verstanden nichts von gründlicher Erniedrigung. Vielleicht von Erniedrigung, aber nicht von gründlicher. Astra wollte sehnsüchtige Blicke, sich vor Lust verzehrende Gesichter und grausame Zwangsvorstellungen. Die Männer wollten osteuropäische Mädels, denen Sperma übers Gesicht lief.

Astra gefiel die Direktheit der Männer und die Tatsache, dass alles überraschend und schnell vonstattenging, aber manchmal plagte sie der Verdacht, dass die Männer zu direkt an die Sache herangingen. Manche schauten sie nicht einmal richtig an. Sie war nur Möse und Arsch. Im Prinzip war das natürlich ein erregender Gedanke – aber letztendlich konnten Möse und Arsch jeder gehören. Astra hatte den Verdacht, dass sich manche Männer, die auf das Schiff kamen, in Pornofilmen nur die Ejakulationsszenen anschauten. Denen genügten die kostenlosen Samples im

Internet vollkommen, in denen man zehn Sekunden lang sehen konnte, wie sich ein Schwanz in einen Anus schob. Solche Männer bumsten Astra, sobald sie an die Reihe kamen, und verschwanden dann nach oben, um zu saufen. Vermutlich wunderten sich diese Männer, warum das alles kostenlos war, dachte Astra.

Aber noch mehr verabscheute sie die Männer mit dem Herdentrieb, die nichts für Sex übrig hatten, aber vor ihren Kumpels so taten, als würden sie unwahrscheinlich darauf stehen. Wenn das meine Frau erfährt, auf was habe ich mich da eingelassen, ich hätte besser daheim bleiben und fernsehen sollen. Solche Dinge hallten in den Schädeln dieser Männer wider. Sie redeten hässlich über Frauen, und jedes Wort dröhnte vor Leere.

9 GEWICHTHEBEN GEFÄLLT

Im Freilicht-Fitnessstudio *Muscle Beach* in Los Angeles trainieren inzwischen nur noch die Mitarbeiter zur Freude der Touristen. Die Sonne Kaliforniens scheint, vom Pazifik her weht eine leichte Brise, und der Tourist kann sich den jungen Arnold Schwarzenegger vorstellen, der lächelt und immer mehr an großer, ausbalancierter Muskulatur zulegt. Arnold plaudert mit den Mädchen, die auf Rollerskates vorbeikommen. Alle zeigen ein offenes, eifriges Lächeln, sie finden die Muskeln spannend. In ganz Los Angeles gibt es nichts als Muskeln, Filmstars, Palmen, Träume und jugendliche Zuversicht.

Aber heutzutage ist das alles kaputt. Die Mister Olympia der Nullerjahre sind deformiert, und das Publikum bei den Wettbewerben ist überschaubar und höhnisch. Arnold ist Politiker geworden und ledrig wie ein Shar-Pei-Hund. Die muskulösen Freaks bringen niemanden mehr zum Lächeln: Es sind trostlose, blödsinnige Gestalten, und ihre Muskeln auch nur so lala. Es gibt Wettkämpfe, bei denen Männer mit Bauch herumstolzieren. Sie besitzen so wenig Geld und Kenntnisse, dass sie sich nicht die richtigen Gifte kaufen können. Auch tief in der Bauchhöhle ist ihnen Fleisch gewachsen. Dadurch werden die Innenorgane nach außen gedrückt, und über diesen wölbt sich nun die Kolonne der obersten Bauchmuskeln.

Im goldenen Zeitalter des Bodybuildings hätte man so einen Unfall von Bauch nie auf die Bühne gelassen. Damals hatten die Männer Taillen wie Wespen.

In Finnland und erst recht im Aivo Gym scherte man

sich nicht so wahnsinnig viel um die Trends im Bodybuilding. Keiner dort war je ernsthaft hinter einem gestrafften Körper, Dollars und Palmen her gewesen. Das Ziel bestand darin, stark zu sein. Das Ziel hieß, hundertfünfzig auf der Bank zu stemmen. Das Ziel hieß, zweihundert auf der Bank zu stemmen. Gewichtheben – das gefällt dem finnischen Mann. Dementsprechend lautet der Titel des bekannten finnischen Bodybuilding-Leitfadens auch: »Masse, Kraft«.

Viele, die ins Studio kamen, hatten vor, für den Sommer das Fett über den Muskeln zu verbrennen, aber dann blieben sie, machten Masse und wurden sehr groß, sehr hässlich und sehr schwer. Die Größten waren so groß, dass sie gingen wie Pinguine. Fast jeder rasierte sich den Schädel kahl, wenn er nicht von den anabolen Steroiden eine Glatze hatte.

Die Welt draußen begegnete den Massemännern feindselig. Kam einem so einer entgegen, hatte man Angst und war genervt. Bei Frauen weckten sie komplizierte Gefühle, weil die dicken Backen und der kahle Kopf an ein Baby erinnerten. Das Babymonster selbst fühlte sich gut, denn der Muskelpanzer schützte zuverlässig gegen die Grausamkeit der Welt.

10 ICH VERZAUBERE DICH IN EINEN WOLF

Katriina half Pelagia beim Anziehen und rührte innerlich in der Gedankensuppe. Im Zusammenhang mit Piia hatte sie ausschließlich giftige Gedanken. Sie hatte das Gefühl, dass Piia etwas ahnte. Außerdem barg Piias Charakter die für arme Menschen in der Stadt typische unheimliche Ungeniertheit. Piia war ein Säugetier und kein Dinosaurier, aber ein galliges Säugetier mit scharfen Zähnen, eines, das überlebte, wenn es Meteoriten hagelte und die Saurier starben. Piia schämte sich kein bisschen, dass sie unter einer Hautkrankheit litt und einen Ausländer als Freund hatte.

»Hör zu, du Clown«, sagte Katriina, »du sagst Piia aber nichts über mich und Papa und solche Sachen, ja?«

»Was für Sachen?«

»Na, du weißt schon, Sachen, die mit unserer Familie zu tun haben. Rede lieber über Wölfe und Tiger und Gärten und so etwas.«

»Darf ich über Riesenseerosenblätter reden?«

»Genau über solche Sachen darfst du reden.«

Es läutete an der Tür. Piia sah aus wie immer: schlank, aber fahl. Der Bauch hing ein kleines bisschen über den Bund der Jeans. Und weil Piia Sandalen trug, obwohl es kühl war, konnte Katriina sehen, dass die Fußnägel lang und gelb waren.

»Hallo, Piia«, sagte Katriina. »Echt toll, dass sich jemand, den wir kennen, um Pelagia kümmert.«

»Hallo, Katriina«, sagte Piia. Sie sprach Katriinas Namen sehr geradlinig aus, geradeso, als wären sie auf Augenhöhe. Auf Piias kleinem Gesicht lag eine zerstreute Miene.

Die Situation schien nicht ihre hundertprozentige Aufmerksamkeit zu verlangen.

Katriina zeigte ihr das Haus. Von den weißen Zimmern im Obergeschoss gingen sie ins türkis, blau und silbern glänzende Bad, dann die Treppe hinunter ins Amphitheater, in die Küche und in den Haushaltsraum. Piia war der erste Mensch, auf den das Haus keinerlei sichtbaren Eindruck machte.

Pelagia empfing Piia in ihrem Zimmer. Sie stand bis zu den Knöcheln in Spielsachen und schwenkte einen Zauberstab.

»Hokuspokus! Ich verzaubere dich in einen Wolf!«

»Na, dann werde ich dich wohl fressen müssen«, sagte Piia.

Pelagia schien diese Antwort sehr gut zu gefallen. Sie schaute eine Weile mit Schmollmund zu Boden und richtete den Blick dann auf Piia.

»Was hast du da am Ellenbogen?«

»Pelagia!«, ermahnte Katriina sie.

Piia ging in die Hocke und zeigte ihren ekligen Ellenbogen.

»Das ist eine Schuppenflechte«, sagte sie. Die beiden hatten Katriina vergessen. »Die ist echt ätzend. Die Entzündung geht einfach nicht weg. Und weißt du was? Da sind Hautzellen drüber, die was Sonderbares an sich haben. Normale Hautzellen leben ewig, aber die hier nur ein paar Stunden, und dann lösen sie sich. Und zwar in verdammt großen Stücken. Dagegen hilft nichts.«

Pelagia stupste mit ihrem kleinen Finger den Ellenbogen an.

»Ist das Weiße da eine Zelle?«

»Willst du mal kratzen?«

Pelagia streckte die kleine Hand aus. Und schon schwebte ein leiser Regen aus Hautzellen auf die Spielsachen.

»Schau nur, was für ein großes Stück sich da gelöst hat!«

»Es löst sich immer mehr.«

Katriina drehte sich um und floh aus dem Zimmer.

11 DIE FINNISCH-NATIONALE NEGATIVITÄT

Launo saß im Wohnzimmer auf der Couch, hielt Pelagia im Arm und betrachtete die Reflexion der Sonne auf dem Wasser. Richtete man den Blick auf ein Stück Sonnengold, verschwand es und kam auf einer anderen Welle wieder zum Vorschein.

Niemand freute sich mit ihm über den Sonnenuntergang. Seine Frau und seine Kinder fanden das Schauspiel beklemmend. Das merkte man ihnen irgendwie an. Um sie lag wieder mal diese finnisch-nationale Negativität. Das war traurig und so unnötig, dass es schon fast abstoßend wirkte.

In Finnland begegnete einem die Negativität ohnehin überall. Man musste nur die Zeitung aufschlagen oder auf die Straße gehen, schon wurde gemurrt. Die Politiker hier und die Landwirtschaft da, und die Nato dies und die Krise des Gesundheitswesens das. Das Jammern hatte mit dem langen Winter und der kurzen Geschichte Finnlands zu tun. Und doch: Wenn man zum Beispiel an die Architektur oder ans Design dachte, befand sich Finnland durchaus auf der Weltkarte. Namen wie Sarpaneva oder Aalto. Warum war niemand stolz aufs Design? Oder wenn man an die Musik dachte. Sibelius. Silola. Warum war niemand stolz auf Launo? Warum war niemand froh?

Wegen des geistigen Klimas in Finnland fühlte sich Launo im Ausland sehr wohl. Die Franzosen zum Beispiel – und sogar die Deutschen – wussten das Leben zu genießen, sie verstanden, dass man nicht alles mit den Augen wahrnahm und dass ein gutes Stück Kuchen, eine gute

Oper, ein gutes Gespräch, ein gut geschnittener Anzug wertvoller waren als Geld und Güter. Die einfachen, schönen Dinge: der kräftige Biss eines Espresso, der Schimmer der letzten Sonnenstrahlen auf dem rotbraunen Haar eines geliebten Menschen, die klare Form eines Glases oder eines Messers, der erste Strich auf dem Notenpapier.

Warum hatten seine Kinder für so etwas kein Verständnis? Auch Astra nicht, die so schön war wie ein Sommertag. Warum studierte sie Biologie? Mal ganz ehrlich: Wieso interessierte sich ein junger Mensch für Zytoplasma? In Astras Alter hatte Launo in Berlin studiert, sich an Architektur und Musik berauscht, Einflüsse aufgesogen, interessante Menschen kennengelernt.

Und Silmu – Silmu lag neben seiner großen Schwester und war kaum wach. Man sah, dass der Junge einen schwerfälligen Verstand hatte. Er ging ja auch in den Kraftraum.

Beide waren nicht musikalisch. Astra hatte als kleines Kind Klavier gespielt und Silmu Geige, aber sie waren so offenkundig untalentiert gewesen, dass Launo zwangsläufig aufgehört hatte, sie zu ermutigen. Hin und wieder hatte er einen Blick auf die Platten in den Zimmern der Kinder geworfen. Stumpfsinnigster Hitparadenpop.

Katriina bügelte die Bettwäsche, die Launo als Mitbringsel aus der Schweiz mitgebracht hatte. Sie war aus ägyptischer mehrsträngiger Baumwolle. Aber Katriina ging damit vollkommen routiniert um.

Die älteren Kinder kamen nach ihrer Mutter. Tüchtig. Unmusikalisch. Wo war das Künstlerische? Wo das heitere Auge für die Welt?

Vielleicht hatte Pelagia etwas davon. In ihrem Blick und in ihren Spielen konnte Launo eine Kreativität sehen, in der er sich wiedererkannte. Immerhin war Pelagia auch im Kindergarten für musikalisch Hochbegabte aufgenommen worden, obschon sie jetzt damit aufgehört hatte. Bald würde Launo seinem Nesthäkchen ein Instrument kaufen können, vielleicht eine kleine Geige.

Katriina beobachtete Pelagia. Das Kind saß auf Launos Schoß, ließ die Beine baumeln und schnurrte vor Vergnügen. Wahrscheinlich hatte sie den ganzen Tag an Piias Hautkrankheit gekratzt.

Katriina hatte eine Million Meter Stoff zu bügeln. Silmu lag auf der Couch. Astra, die zu Besuch gekommen war, las Zeitung und seufzte vor sich hin.

»Ich war krank, aber Piia hat mich gesund gemacht«, sagte Pelagia.

Katriina erschrak.

»Du warst krank? Warum hast du nichts gesagt?«

»Ich weiß nicht, ich wurde so müde, und mein Bauch hat wehgetan, da hat Piia ein Essen gemacht, in dem Medizin drin war. So eine Panschemansche mit Reis und Erbsen. Es hat wie normales Essen ausgesehen, war aber Medizin. Ich hab im Bett gelegen, und Piia hat mich mit dem Löffel gefüttert, und bald hat mein Bauch überhaupt nicht mehr wehgetan.«

»Das war aber ein gutes Essen«, sagte Katriina.

»Nein, sondern Medizin«, erwiderte Pelagia.

»Tja, Katriina«, sagte Launo, »ich scheine einen guten Babysitter gefunden zu haben.«

Katriina starrte auf den Stoff und dachte an die Hautschuppen in der ganzen Wohnung.

»Gut, dass ich sie an der Bushaltestelle entdeckt habe«,

sagte Launo, und Katriina erkannte, dass er noch immer Dankbarkeit erwartete.

»Du bist eben derjenige, der alles organisiert«, sagte sie. Astra blickte von der Zeitung auf und sah Katriina scharf an. »Du scheinst euer Kindermädchen nicht richtig verknusen zu können.«

Das Laken drei Mal falten und reizvoll zusammenrollen. Neues Laken. Schön glatt bügeln.

»Nein, weil die junge Dame Kraftausdrücke benutzt. Darüber muss ich noch mit ihr reden.«

Launo sagte: »Katriina scheint eifersüchtig zu sein, weil eine andere Frau alles im Griff hat. Und auch noch so ein hübsches Mädchen.«

Katriina war echt verblüfft. »Wieso hübsch? Und was ist mit ihren Haaren? Und erst die Hände! Und das Make-up!«

Launo spürte einen inneren Druck, der ihm nicht gefiel. Es war der Druck der Gereiztheit. Er hatte in lockerem Ton geplaudert. Er wollte, dass gelacht wurde.

Nun setzte er Pelagia ab.

Er wollte die Negativität aus dem Gesicht seiner Frau und die Steifheit aus dem Wohnzimmer vertreiben. Er wollte, dass seine Kinder eine anmutige Haltung zeigten und schöne Kleider hatten. Er wollte Stimmengewirr, Musik, Blumenduft, Kuchenduft, Lachen, fröhliche Gesichter.

»Ich werde fünfzig!«, entfuhr es ihm plötzlich.

Alle unterbrachen, was sie gerade taten, und schauten Launo an.

»Hä?«, blökte Katriina unanmutig, und einen schmerzhaften Moment lang musste Launo daran denken, dass seine Frau ursprünglich das Gewächs eines kleines Dorfes war.

»Ein Fest«, sagte Launo. »Ein Fest zum Fünfzigsten. Ein ganzes Orchester. Der ehemalige und der jetzige Kulturminister. Die Intendanten der Konzerthäuser Europas, auch wenn bestimmt nicht alle kommen können. Musikjournalisten und sonstige Presseleute, aber nicht diese Klatschredakteurin, die bei der Südamerikatournee dabei war. Persönliche Freunde.«

»Wie bitte?« Das Bügeleisen stand still.

»Eine Gästeliste, Schatz. Du passt doch auf, dass der Stoff nicht in Brand gerät?«

»Das ist ein Dampfbügeleisen, das macht keine Löcher. Eine Gästeliste. Und die Speisekarte?«

»Die darfst du dir selbst ausdenken.« Launo stand auf und streckte den Rücken. »Gute Nacht!«, schmetterte er und ging nach oben.

Dann ging auch Katriina. Es wurde still im Wohnzimmer. Man hörte nur ein leises Rascheln, weil Pelagias Plüschtiere auf dem Teppich weideten.

Astra runzelte die Stirn. Sie warf die Zeitung hin, tauschte mit Silmu einen Blick und stand auf. Sie verschwand, kam aber kurz darauf mit Marmeladenglas und Brotscheiben zurück.

»Pelagia. Geh nicht in die Küche. Iss dein Abendbrot hier«, sagte sie.

»Wo ist die Mama?«, fragte Pelagia wenig später. Sie war bereits vollkommen mit Marmelade bekleckert.

»Du siehst sie morgen wieder«, sagte Astra. »Silmu bringt dich ins Bett.«

Astra zog Stiefel und Jacke an und schlüpfte zur Haustür hinaus. Es war dunkel und kühl, als wäre die Sonne erloschen, dabei war sie nur untergegangen.

12 DER ALKTEUFEL

Astra hasste Betrunkene. Sie hasste die stumpfsinnige, blöde Boshaftigkeit der Betrunkenen, ihren schlecht justierten Blick, ihren medizinischen Geruch und ihr Lallen. Sie hasste alle Säufer, aber am schlimmsten war es natürlich, wenn sich ihre Mutter in einen Alkteufel verwandelte.

Mit Alkteufel ist normalerweise der im Ethanolmolekül wohnende Verführer gemeint, der andere Ethanolmoleküle umgarnt und zu sich lockt. Astra hingegen stellte sich den Alkteufel als Dämon vor, der in den Körper des trinkenden Menschen schlüpft, den ursprünglichen Bewohner verdrängt, dessen Mund benutzt, mit dessen Augen sieht und mit dessen Händen greift. Der besessene Mensch bleibt äußerlich derselbe, aber bei näherer Betrachtung merkt man, dass in ihm ein fremdes Wesen steckt. Sein Gesicht ist verzogen wie bei einer beginnenden Lähmung, die Wangen hängen, die Mundwinkel hängen, der Lippenstift ist weg, man sieht nur noch die mit dem Konturenstift gezogenen Linien. Auch die Lider hängen, und darunter glänzen gemeine Augen voller Schläue oder dumpfer Müdigkeit.

Die echte Katriina war Astras Meinung nach wunderbar und schön. Sie dachte oft, dass Katriina erstaunlich jung aussah, viel besser als viele ihrer Kommilitoninnen. Aber der Alkteufel brachte ihr wahres Alter zum Vorschein und ließ sie noch älter werden.

Alkteufel war ein schlechtes Wort, weil es spielerisch klang, ähnlich wie Herr Urian in der Walpurgisnacht, dabei war der Alkteufel alles andere als spielerisch. Eine passendere Bezeichnung wäre Alkprolet, Alkzombie oder Alkfettsack. Würde sich der Alkteufel in seiner wirklichen Form zeigen, wäre er eine aufgequollene Leiche, die man aus dem Schlamm eines schwarzen Teichs gezogen hat. Nackt, weich, bläulich, ekelerregend, so klumpig, aufgedunsen und von Krebsen zerfressen, dass man nicht einmal das Geschlecht erkennen kann. Außerdem bewegt sie sich, obwohl sie tot daliegen müsste. Und auch wenn man sie schlägt oder anfleht, sie redet.

Nass war sie nicht. Sie war trocken und heiß. Gleichzeitig vom Wasser aufgebläht und trocken, wie ein von Seuchen entstellter, fiebriger Leib in der Gasse einer Stadt in einem Entwicklungsland. Wenn der Alkteufel in einen Menschen fuhr, bildete sich um diesen Menschen herum eine vor Hitze brutzelnde Aura, die so weit reichte wie der Spiritusgeruch.

Die Bewegungen des Alkteufels waren langsam und unbeholfen wie bei einem Behinderten. Er wischte sich ständig über den Mund, mit allem, was er gerade zur Hand hatte, nahm einen Schluck und wischte sich wieder den Mund ab, dass sich die Lippen verzogen. Wenn er Astra anfasste, war die Hand schwer und grauenhaft. Er redete lallend über Dinge, die Astra nicht hören wollte. Zum Beispiel über das Plumpsklo, das ihre Mutter als Kind immer hatte benutzen müssen. Dann lag fast so etwas wie Dialekt in der Stimme des Alkteufels, ein unbekannter, roher Ton. Wenn Astra sich aufregte, bekamen die Augen des Alkteufels etwas Verschlagenes, und die Stimme schimpfte Astra eine Schlampe, die mit einem goldenen Löffel im Arsch auf die Welt gekommen sei und einen Scheißdreck vom Leben wisse. Der Alkteufel hasste Astra.

Wenn Katriina richtig betrunken war, konnte sie sich derart an einer Kante stoßen, dass sie im Gesicht blutete. Das Blut gerann zu einem glänzenden Klümpchen, und sie wusch es nicht ab. Am meisten beeinträchtigte der Alkteufel die Wahrnehmungsfähigkeit: Man merkte nicht, dass man sich wehtat und dass sich die anderen nicht mehr wohlfühlten. Der Alkteufel merkte nichts, und was man ihm sagte, verstand er falsch.

Als Astra zum ersten Mal ihre Schwester Pelagia gesehen hatte, war ihr Katriina im betrunkenen Zustand in den Sinn gekommen. Die Kleine hatte den Blick noch nicht justieren können, sie hing schlaff in Katriinas Armen und glotzte bloß. Erst zu Hause, als Pelagia allmählich die Augen unter Kontrolle bekommen hatte, war Astra fähig gewesen, Wärme für das Baby zu empfinden.

Astra hoffte immer, Katriina nicht betrunken sehen zu müssen. Und sie sah sie in dem Zustand auch nicht oft. Aber manchmal geschah es, dass sie zu Besuch kam, die Schuhe auszog, zu ihrer Mutter ging und redete und dann erst kapierte, dass ihre Mutter gar nicht anwesend war.

13 DER LETZTE ABEND IN FREIHEIT

Der Mann hatte den Rausch seines Lebens und hatte auch sonst die Beherrschung verloren. Er fickte, lamentierte, fickte und lamentierte: »Scheiße, was für eine Bande, wo haben die mich hingebracht«, brabbelte er.

Sein bester Kumpel hielt Astras Nacken, als wäre der Nacken das Geländer einer Rolltreppe oder sonst ein angenehmer Ruheplatz für die Hand. Seine Jugendfreunde und Kollegen jubelten, tranken aus Dosen und stießen sich gegenseitig ausgelassen an. Sie juchzten: »Morgen haben alle Filzläuse am Schwanz, und bei der Hochzeit kratzen sich alle am Sack«, »am letzten Abend in Freiheit, kann man ruhig mal einen Abstecher ins Treppenhaus nebenan machen«.

Astra Silola kam an ihre Grenze, und dann krachte es.

Sie riss einen Fuß los, stellte ihn dem Bräutigam auf die Brust und stieß zu. Der Absatz hinterließ eine Spur, die der Mann in der Folgewoche auf Barbados seiner Frau würde erklären müssen, aber in dem Moment war er so betrunken, dass er sich nicht muckste.

»Verpiss dich«, zischte Astra. Mit dem Ton hatte sie Silmu in den zurückliegenden Jahren Hunderte Male zum Heulen gebracht. Der Bräutigam gehorchte reflexartig und sprang auf.

Astra erhob sich, ging kerzengerade zur Tür, ohne nach rechts und links zu schauen, schnappte sich ihr Kleid, zog es an und riss die Tür auf.

Kalter Wind schlug ihr entgegen.

Kai saß auf dem Achterdeck und schaute aufs dunkle

Meer, obwohl man nichts wahrnehmen konnte, außer den eigenen Gedanken. Astra marschierte gegen den Wind auf ihn zu, blieb vor ihm stehen und schrie: »Das da drin ist ein besoffener Junggesellenabschied! Was machen die hier? Schmeiß sie ins Meer!«

Kai richtete den Blick auf Astra, machte den Mund auf und wieder zu. Dann rief er über die Reling »Jussu! Fährst du zurück ans Ufer?« Astra konnte Kais Gesichtsausdruck im Dunkeln nicht genau erkennen, aber es sah ein bisschen nach einem Lächeln aus.

»Besoffene Kerle beim Junggesellenabschied, die dich wie eine Hure benutzen? Gefällt dir das nicht?«

»Nein.«

»Was machst du dann hier? Warum gefällt es dir nicht?«

»Die ... reden so mieses Zeug.«

»Warum ist es nur so schwer, euch Frauen zu verstehen?«

»Wahrscheinlich, weil wir so nah an Mutter Erde dran sind«, fauchte Astra ihn an und setzte sich aufs Deck.

Auf dem Meer gab es nichts zu sehen, eine schwarze Fläche und ab und zu Schaumkronen. Weit weg an Land funkelten Lichtpunkte. Astra hatte bloß das Kleid an und fror. Sie wünschte, Kai würde ihr die Jacke um die Schultern legen, wie im Kino, aber Kai hatte nichts für romantische Filme übrig und behielt seine Jacke an.

Von unten drang Gegröle herauf. Nachdem die erste Irritation vorbei war, hatte Astras Verschwinden der Stimmung nicht weiter geschadet.

Astra zog die Knie an die Brust und den Saum ihres Kleids bis zu den Fußgelenken herunter. Der nackte Po wurde auf dem Metallboden platt gedrückt. Das war ein kindliches, angenehmes Gefühl aus einer sexuell einfacheren Zeit.

»Wo steht das Haus meiner Eltern?«, fragte Astra.

»Irgendwo da drüben«, sagte Kai und deutete in eine Richtung, in der man nur Finsternis sah. Irgendwo dort schliefen ihre Mutter, Silmu und Pelagia.

Das Boot fuhr aufs Ufer zu, der Motor klopfte, Gischt spritzte auf, und der Wind wehte einem noch kälter ins Gesicht.

»Gehen wir hinein«, sagte Kai. »Hier erstarrt man ja zu Eis.«

»Nein. Da ist der Junggesellenabschied.«

»Wir gehen ins Cockpit.«

Astra kannte von dem Boot nur die beschlagenen Fenster, den Samt, den Kronleuchter, die Fesseln und die Peitschen in der Kajüte unter Deck. Die übrigen Teile erinnerten an die Abenteuerschiffe in Jungenbüchern. Grau gestrichenes Metall, Kunststoffflächen mit Verwitterungsspuren, große, schwere orange Seilbündel. Die Treppen bestanden aus Gitterstufen.

Im Cockpit war es warm und gemütlich. Vor den Fenstern gähnte die Finsternis, aber an der Decke schaukelte eine freundliche Lampe und hielt die Nacht fern. Das Armaturenbrett badete in gelbem Licht: eine komplizierte Ansammlung von Schaltern, Knöpfen und Messgeräten, deren Zweck nur ein Seebär kennen konnte. Alle Zeiger zitterten im gleichen Takt.

Der Seebär selbst stand am Ruder: ein Mann mittleren Alters mit Bart und Skippermütze. Astra konnte sich nicht erinnern, ihn je gesehen zu haben, aber vielleicht kannte er sie, vielleicht hatte er sie an irgendeinem Abend genommen oder eben nicht. Es spielte keine große Rolle.

»Hallo«, sagte Astra und stellte sich vor.

»'n Abend. Jussu Salo!«, entgegnete der Mann und reichte Kai eine Thermoskanne. »Trinkt einen Schluck Kaffee, ihr jungen Leute.«

Kai goss Astra etwas in eine Tasse und füllte für sich den Deckel der Kanne. Im Zuckerbehälter lagen große Würfel, aber keiner nahm etwas davon. Der Kaffee war gut und noch warm.

Wenig später sagte Jussu: »Könnte jemand von euch das Steuer übernehmen? Dann trinke ich auch eine Tasse.«

Astra bot sich an, obwohl sie noch nie ein Schiff gesteuert hatte. Jussu überließ ihr seinen Platz, und Astra legte die Hand aufs Ruder. Sie spürte das Vibrieren des Motors. Auf dem ganzen Weg bis in den Hafen hielt sie das Ruder. Es war ziemlich leicht.

Danach stand sie auf dem Anleger und hörte zu, wie sich der Junggesellenabschied grölend entfernte und wie Jussus Auto schnurrend davonfuhr. Es wurde still. Nur die kleinen Wellen plätscherten. Astra hatte vergessen, sich ein Taxi zu rufen, weil das Steuern ihre ganze Aufmerksamkeit beansprucht hatte. Auch sonst war die Nacht außergewöhnlich: keine Müdigkeit, keine Scham, Unterwäsche und Strümpfe unversehrt, und nirgendwo tat etwas weh.

»Soll ich dich nach Hause bringen?«

Astra drehte sich um. Das Licht der Hafenbeleuchtung hatte Kai die Farbe aus dem Gesicht gewischt. Der wächserne Glanz auf seiner Stirn erinnerte Astra an ein Kind, das über die übliche Schlafenszeit hinaus getobt hatte. Die Haare verstärkten den Eindruck eines leicht vernachlässigten Schlüsselkindes, denn sie hatten eine Schere nötig oder waren absichtlich unordentlich geschnitten worden. Die Augen waren ruhig, nach unten hin schräg und ein wenig ernst, sie sahen aus, als hätten sie zu viel gesehen. Was hatten sie denn zu viel gesehen? Porno natürlich. Mindestens.

Scheiße, begriff Astra. Der Typ ist ungefähr so alt wie ich.

»Wenn du Lust hast«, sagte sie.

Im Auto stieß Astra mit dem Fuß gegen etwas. Sie beugte sich nach vorn und hob den Gegenstand auf. Es war ein Hundehalsband aus braunem Leder, es sah benutzt und so banal aus, dass es nur für einen Hund sein konnte und nicht für einen Menschen.

»Hast du einen Hund?«, fragte Astra.

»Einen drei Jahre alten Puli.«

»Einer mit selbst gestricktem Fell?«

»Ein Puli ist einer, der wie ein Mop aussieht. Mit diesen Rastalocken. Weißt du?«

Astra erinnerte sich: Ja, so einen Puli hatte sie schon mal gesehen. Es war eine der lustigsten Hunderassen, die es gab.

14 DAS MASTKALB

Mikkis hatte sein Gewicht auf der Bank um zehn Kilo erhöht. Er badete in kameradschaftlicher Bewunderung und in kameradschaftlichem Neid. Die Teenagerjungen schauten mit geweiteten Augen zu, wie Mikkis immer mehr Scheiben auf die Stange schob. Die Massemänner wollten absichern und High five geben. Mikkis lächelte und produzierte sich nach allen Seiten. Er war der Mittelpunkt vom ganzen Aivo Gym.

»Der ist mit Hormonen voll bis unters Dach«, wurde in den Ecken gemurmelt. Der Unterschied im Tonfall – zustimmend oder genervt – offenbarte die Meinung des jeweiligen Kommentators über anabole Steroide.

Aber eines Tages kam Mikkis in elendem Zustand ins Studio. Er schleppte sich in den Umkleideraum, ließ sich auf eine Bank fallen, sagte Silmu, Köde und Antti knapp hallo, warf seine Tasche auf den Fußboden und fing an zu seufzen.

»Was 'n los?«, fragte Köde.

Mikkis hob den Kopf und schaute Köde düster an.

»Meine Alte hat meine Roids gesehen und droht, mich zu verlassen. Hat sämtliche Metas im Klo runtergespült.«

»Leck mich am Arsch«, sagte Köde. »Mein Beileid.«

Auch Antti schüttelte den Kopf. »Wenn es ihnen nur jemand erklären könnte. Über Leute, die Roids nehmen, wird immer nur grauenhafte Scheiße erzählt. Kein Wunder, wenn die Weiber durchdrehen.«

Silmu mischte sich resolut ein: »Immer wenn ein Kerl was Kriminelles oder so macht, heißt es, die Roids sind schuld.«

»Ganz genau, verdammte Scheiße!«, brüllte Mikkis. »Dabei sind alle Kerle, die ich kenne, zahm wie Lämmer, wenn sie eine Kur machen, und die schlimmsten Schweinehunde sind oft diejenigen, die nichts nehmen! Ich merke nix von Nebenwirkungen, wenn ich eine Kur mache, außer dass mir die Rübe juckt. Meine Alte hätte keinen Grund, sich zu beklagen, wenn sie das Zeug nicht gesehen hätte. Die sollte glücklich sein, dass sie es jeden Tag besorgt kriegt. Ich hab versucht ihr zu erklären, dass der menschliche Körper voll ist von genau denselben Hormonen, aber nein, verdammte Scheiße, für sie sind die schlimmer als Heroin.«

»Jede Frau will einen muskulösen Mann«, sagte Antti, »aber sie wollen nicht wissen, was für Opfer für diese Muskeln gebracht werden müssen.«

Mikkis stieß mit dem Fuß die Tasche auf dem Boden hin und her. »Meine Alte behauptet, sie würde mich auch halb so groß nehmen, Hauptsache keine Roids«, sagte er dann.

Nun wurde Köde munter. Er nahm einen Schluck Wasser aus der Flasche, baute sich in seiner ganzen fleischigen Kolossalität mitten im Raum auf und hielt eine Grundsatzrede: »Was ist so schwer daran, zu kapieren, dass es scheißegal ist, was man nimmt? Es geht ums Selbstbestimmungsrecht. Dass jeder mit seinem Körper machen darf, was er will. Und wenn einer stark sein will, dann geht das die anderen einen Scheißdreck an.«

Eine Zeitlang wurde dazu genickt. Leute, die Fitness machten, kamen in den Umkleideraum und gingen wieder. Silmu öffnete die Schnürsenkel, Antti und Köde packten ihre Sporttaschen. Mikkis grollte.

Man schwieg, bis Antti herausplatzte: »Ich kann daheim

auch nichts von Roids sagen. Meine Mutter heult ja schon beim Proteinpulver!«

Hier hatte Silmu wieder etwas Passendes hinzuzufügen. »Bei uns daheim das Gleiche«, teilte er mit. Mikkis unterbrach sein Seufzen und schaute Silmu an. »Was nimmst 'n du?«

Silmu war auf einen Schlag verlegen. Er und sein idiotisches Mundwerk! Vor Scham lief er glühend rot an. »Nichts«, sagte er.

»Aha«, sagte Mikkis und verstummte wieder. Wenig später sagte er: »Köde, Antti, wir gehn ein Bier trinken. Mit Trainiern wird das heut sowieso nix«, sagte er.

Köde klopfte ihm auf die Schulter. »Jo, gehn wir! Und wir besorgen dir auch gleich neuen Stoff.«

Silmu saß stocksteif auf der Bank und sah zu, wie das Trio den Umkleideraum verließ. Er kam sich vor wie der König der Deppen.

Die drei Männer hatten breite Rücken. Köde war so breit, dass er mit der linken Schulter gegen den Türrahmen stieß. Alle hatten einen Stiernacken, und Anttis Stiernacken zierte eine Tätowierung. Jeder war kompakt und schwer.

Als er allein war, lauschte Silmu der Stille und betrachtete die Staubpartikel, die in der Luft schwebten. Dann richtete er den Blick auf den Spiegel.

Auch er war breit, aber an den falschen Stellen. Knochige Schultern, fetter Bauch und fetter Hintern. Na klar hatte er sich einigermaßen gut entwickelt. Früher hatte er noch entsetzlicher ausgesehen. Die Gene, wie Aivo sagte. Aber die Proportionen stimmten noch immer nicht.

Silmu blickte zur Tür und zog sich bis auf die Unterhose aus. Unter den Kleidern kam milchige Haut zum Vorschein. Sie verbarg Fett und diffuse Muskelerhebungen. An der Schulter stach ein Knochen hervor. Auch an einigen anderen Stellen stand ein Knochen ab. Der Körper war unbehaart und knochig und fett zugleich.

Silmu schaute sich lang und gründlich an, aber das machte es nicht besser. Im Gegenteil: Er ekelte sich. Er musste an ein Mastkalb denken. (Kurze Aufklärung für diejenigen, die sich auf den seltener begangenen Pfaden der Viehwirtschaft nicht auskennen: Ein Mastkalb ist ein Tier, das in einer stockdunklen Box gehalten wird. Als Nahrung bekommt es ausschließlich Milch, auch wenn es schon alt genug für Gras ist, und man lässt nicht zu, dass es sich bewegt. Das Fleisch des Kalbs wird zu einer schwammigen Materie, die an ein verlorenes Ei erinnert. Degenerierte Gourmets schätzen das Fleisch, aber in zivilisierten Staaten ist die Aufzucht von Mastkälbern verboten, weil es nichts anderes ist als widerliche Tierquälerei.)

Silmu betrachtete sich verbittert und identifizierte sich mit einem Mastkalb. Wenn jemand käme, um ihn zu schlachten, würde er bestimmt mit dünner Stimme muhen. Da lag der Kern seines Problems. Alle zogen immer nur über ihn her, und er reagierte darauf wie ein Mastkalb. Er dachte an Köde, Mikkis und Antti: Keiner machte sich über sie lustig, weil sie wie brasilianische Stiere waren, aus denen man blutvolle Lendensteaks schnitt, die zu essen allein schon männlich war.

Silmu nahm das Maßband aus seiner Sporttasche, obwohl er wusste, dass er sich nur selbst quälte. Er hatte zuletzt am Morgen gemessen, und der Bizeps wächst nicht in vier Stunden. 30,6 Zentimeter. Am Morgen waren es 30,8 gewesen. Der Wert nahm nicht zu, wie man das Maßband auch hielt. Genau genommen waren auch die 30,6 sehr großzügig gemessen. Wenn man richtig straff maß, kamen 29,9 heraus.

Silmu seufzte, stopfte das Maßband in die Tasche, zog sich wieder an und ging in den Raum mit den Geräten hinüber. Aivo las hinterm Tresen in einer trockenen Fachzeitschrift etwas über die neuesten Trends im geriatrischen Fitnesstraining.

»Hallo«, sagte er, »wie läuft's?«

»Ich habe gegenüber den Ausgangsgewichten eine Steigerung von 12 Prozent beim Oberkörper und 20 Prozent beim Unterkörper«, berichtete Silmu. Diese Werte laut auszusprechen munterte ihn ein wenig auf.

Aivo hob die Augenbrauen. »Echt gut! Dann einfach so weitermachen.«

Silmu strampelte auf dem quietschenden Trimmrad, bis er warm war, und trat dann zögernd vor das Hantelsortiment. Sollte er wieder eine Nummer größer nehmen? Seine Entwicklung ging so schnell, dass er manchmal aus Versehen mit zu kleinen Gewichten trainierte. Aber wäre es Größenwahn, es schon wieder mit einem härteren Widerstand zu versuchen? Erst vor einer Woche hatte er es zum ersten Mal mit 16 Kilo probiert und sie erst nach fürchterlichem Kampf hochgekriegt. Bei der letzten Wiederholung hätte nur ein Millimeter gefehlt, und die Bewegung wäre auseinandergefallen.

Silmu beschloss noch einmal mit 16 Kilo weiterzumachen und später zu erhöhen. Er griff nach einer Hantel, setzte sich, holte zwei Mal Luft und versuchte leer zu werden. Gleich. Die Lunge füllen. Jetzt.

Jesus, was die wog! Nervöse Gedanken drängten ins Zentrum von Silmus innerer Ruhe. *Was habe ich heute gegessen? Wie viele Stunden habe ich geschlafen? Ist das überhaupt die richtige Hantel?* Er hatte das Gefühl, die Bewegung nicht wiederholen zu können, geschweige denn sechs Mal.

Er biss die Zähne zusammen, hob und senkte das Gewicht drei Mal. Die Kraft kam wacklig und unzuverlässig von außerhalb. Das Bild von einem Topf drängte sich auf, in dem ein Stück helles Fleisch kochte, weicher als ein Pilz. Silmu ächzte und zwang sich zu einem fünften Heben. Dann ging es nicht mehr. Es ging einfach nicht.

Er atmete tief durch, konzentrierte sich, versuchte seinen Arm zu zwingen. Das Eisen hob sich um zwei Zentimeter. Dann stoppte die Bewegung. Die Hand zitterte. Noch zwei Zentimeter. Jetzt kam das Eisen endgültig zum Stillstand und rührte sich in keine Richtung mehr.

Silmu ließ den Arm herabfallen. O bittere Niederlage! Was hatte er falsch gemacht? Er hatte sie doch auch zuvor hochgekriegt! Er war völlig fertig, aber auf die falsche Art. Der Schweiß brannte in den Augen. Was gab es nach so einer Stümperei für einen Grund zum Schwitzen?

Er hatte einen Rückschritt gemacht. Einen Rückschritt! Wie war das möglich? Da konnte er sich auch gleich einen Riesensack Süßigkeiten und einen Schwung Hamburger holen. Oder sich aufs Abduktorgerät setzen und *Alibi* lesen.

Er trank aus seiner Wasserflasche, seufzte tief, kehrte zur Hantel zurück und griff erneut danach. Ins Fitnessstudio zu gehen war das mühsamste und bescheuertste Hobby, mit dem sich ein Mensch bestrafen konnte. Man musste immer alles geben. Eigentlich war es nichts als Masochismus. Es tat weh. Und die Anstrengung war von so kurzer Dauer, dass man davon nicht mal einen Endorphinkick bekam, wie in anderen Sportarten. Es war der pure Sieg des Geistes über die Materie, ein einziger Zwang. Total verrückt, wenn die Resultate nicht besser wurden.

Das raue Metall der Hantel fühlte sich unfreundlich an. Mit Ach und Krach brachte Silmu das Training über die Bühne, ohne bei irgendeiner Übung das Gewicht zu erhöhen.

Anschließend ging er mit hängendem Kopf unter die Dusche. In die Sauna ging er nicht, weil er die seiner Meinung nach nicht verdient hatte. Ihm fehlte sogar die Kraft, die Dusche kühler zu stellen, obwohl sie zu heiß war. Seine Kleider waren zerknüllt, das Hemd hellblau und schlaff.

Zu Hause war niemand außer Astra, die am Küchentisch etwas Intelligentes las und alles kapierte. Das Licht der Deckenlampe glänzte auf den glatten Haaren der Schwester. Neben ihrem Ellenbogen stand eine Kaffeetasse.

»Hi. Wie geht's, Muskelprotz?«

»Ich bin kein Muskelprotz.«

Silmu nahm eine Dose Thunfisch aus dem Schrank und eine Packung Hüttenkäse aus dem Kühlschrank und vermischte die Inhalte in einer Glasschüssel.

»Schmeckt das?«, fragte Astra.

»Nein«, sagte Silmu und goss Rapsöl darüber. Dann setzte er sich Astra gegenüber und fing an, die Mischung zu löffeln. Sie schmeckte nach der Summe ihrer Bestandteile.

»Kannst du dich an den Redakteur erinnern, der hier war, um Mama zu interviewen?«, fragte Astra. »An diesen Kai?«

»Ich kann mich dunkel erinnern.«

»Angenommen, du wärst eine Frau, wärst du dann gern mit ihm zusammen?«

»Ich weiß nicht.«

»Hast du keine Meinung?«

»Nein.«

Silmu nahm Heft und Bleistift aus der Tasche und schrieb den Nährstoffgehalt der Mischung auf. Thunfisch 140 Kalorien, 35 Gramm Protein, 1 Gramm Fett. Hüttenkäse 166 Kalorien, 30,6 Gramm Protein, 4 Gramm Fett. Rapsöl, halber Deziliter, 442 Kalorien, 0 Gramm Protein, 40 Gramm Fett.

»Zeig her.« Astra streckte die Hand aus. Silmu drehte das Heft um. Astra warf den Adlerblick der ehemaligen Anorektikerin darauf. »Das ist doch voll für 'n Arsch. So nimmst du nie ab.«

»Ich will ja auch nicht abnehmen«, sagte Silmu.

Seine große Schwester machte vor Staunen große Augen.

»Und warum gehst du dann ins Studio?«

»Ich albere garantiert nicht mit Minuskalorien herum. Das ist, als würde man nix machen.«

»Du willst also ... zunehmen?«

»Nein!« Silmu überraschte sich selbst und Astra, indem er in Tränen ausbrach. »Das will ich nicht! Aber kapierst du nicht, dass man nicht gleichzeitig Fett reduzieren und an Muskeln zulegen kann? Kapierst du das nicht? Das geht nicht! Das ist eine physiologische Unmöglichkeit!«

15 HODEN, KNOCHEN, HERZ, LDL-CHOLESTERIN

Man *kann* Fett reduzieren und gleichzeitig an Muskeln zulegen. Das ist keineswegs unmöglich. Aber anabole Steroide haben Nebenwirkungen. Die zentrale Frage lautet: Wie viel und wie stark?

Silmu lag im Bett, starrte auf die phosphoreszierenden Sterne, die er als kleiner, unschuldiger Junge an die Decke geklebt hatte, und nahm sich vor, nichts zu überstürzen. Wenn, also *wenn* er sich dazu entschließen sollte, dann würde er es überlegt tun.

Jetzt brauchte er Geduld und kritische Vernunft. Er müsste noch einmal die Fachartikel lesen und mit erfahrenen Konsumenten reden. Man durfte nicht dumm sein, aber auch nicht feige. Köde sagte immer, die größte Nebenwirkung bestehe darin, dass man während einer Kur wie paranoid auf sich selbst starre. »Dann hast du auf einmal überall Nebenwirkungen und glotzt mit vollgeschissenen Hosen auf jeden Pickel. Wer so eine Scheißangst hat, fängt besser gar nicht erst an.« So hatte Köde sich ausgedrückt.

Neutrale Gutachten waren nur so unfassbar schwer zu bekommen. Das war das Problem. Das sagten alle im Studio und in den Internetforen.

Die Verbrechen, die von Anabolikakonsumenten begangen wurden, verzerrten die Meinungen der normalen Menschen und der Ärzte. Immer wurden die gleichen alten Schreckensszenarien heraufbeschworen. In Schweden hatte ein Idiot Pillen mit Bier heruntergespült und anschließend seine Stieftochter umgebracht und ihre Freundin vergewaltigt. In Amerika war ein Profi-Bodybuilder im Auto seiner Ex-Freundin verbrannt. Und immer wieder wurde über den finnischen Schwachmatiker lamentiert, der in einem Einkaufszentrum mit einer Handgranate randaliert hatte. Als er zur Verantwortung gezogen wurde, sagte er: Ich weiß auch nicht, irgendwie war ich einfach tierisch angefressen, mehr fiel ihm dazu nicht ein.

Silmu fand es sonnenklar, dass solche Typen schon vorher durchgeknallt waren. Die Steroide dafür verantwortlich zu machen war an den Haaren herbeigezogen. Genauso gut könnte man sagen, das Bier war schuld. Oder andere Medikamente. Die von Geburt an zum Untergang verurteilte Gehirnchemie. Oder die Tatsache, dass diese Männer als Kinder zu lange Windeln getragen hatten. Silmu hatte an Köde, Antti oder Mikkis nie irgendwelche aggressiven Züge entdeckt. Sie sahen nur furchterregend aus.

Aber die Steroide hatten auch echte Nebenwirkungen. Darum kam man nicht herum. Bei den einen machte das Herz schlapp, bei den anderen die Leber, die Knochen, die Hoden. Aber wer wusste schon, was diese Männer genommen hatten? Es gab da Unterschiede. Das sah man ja an Mikkis. Er nahm guten, hochwertigen Stoff und zeigte keine Nebenwirkungen.

Offensichtlich hatten die wirklich schlimmen Probleme mit dem Herz zu tun. Die linke Kammer weitete sich, und gleichzeitig stieg der LDL-Cholesterinwert. Das konnte zu Rhythmusstörungen führen, wenn man Pech hatte zum Herzinfarkt. Aber das Herz ging nicht sofort kaputt. Das dauerte. Jahre. Zig Jahre. Bis dahin wäre Zeit genug, sich Masse und Kraft zu holen. Und niemand verlangte, dass man zehn Jahre lang Anabolikakuren machte.

Die Produktion von Samenzellen wurde schwächer. Dagegen konnte man wohl nichts tun. Aber Silmu hatte auch gar nicht vor, mit jemandem Kinder in die Welt zu setzen. Außerdem war die Menge der Samenzellen nach einer Kur bald wieder die alte. Und die Hoden nahmen auch wieder ihre normale Größe an.

Aber wenn er etwas nehmen sollte, dann bestimmt nichts mit zusätzlichen Lösungsmitteln. Es wurde nämlich von einem Gewichtheber erzählt, der ins Aivo Gym gegangen war und eines Morgens ganz gelb aufgewacht war. Es hatte ihn überall gejuckt, und er hatte dann an die Dialyse gemusst. Der Gewichtheber hatte die Testos geschluckt. So machten es Feiglinge immer, und das reizt die Leber. Wenn man sie spritzt, laufen die schädlichen Stoffe an der Leber vorbei. Überhaupt waren die Stoffe, die als harmlos galten, die gefährlichsten. Wenn man Roids nahm, dann richtig.

Dann gab es die Geschichte mit der Körpergröße, das Lieblingsthema der Aufklärer. Überdosen von Hormonen schlossen die Epiphysenplatten, und das Längenwachstum hörte auf.

Silmu war jetzt 1,82 und schätzte, noch ein bisschen zu wachsen. Wenn er es richtig verstanden hatte, konnte es sich bei der Behauptung der Aufklärer um einen Fehlschluss handeln. Man konnte das Phänomen auch anders sehen: Das Hormon beschleunigte das natürliche Längenwachstum, es kamen schnell Zentimeter drauf, und dann gingen die Wachstumsfugen zu, so wie es natürlich war. Antti hatte zum Beispiel von seinem Cousin zweiten Grades erzählt, der mit siebzehn Sustanon genommen hatte und danach fünfzehn Zentimeter gewachsen war. Auch sein Schwanz besaß eine legendäre Länge. Antti war einundzwanzig und wünschte, er hätte früher Roids genommen, weil es dann besser anschlug. Der gleiche Stoff wurde nämlich vom Arzt verschrieben, wenn einer zu klein oder mit der Pubertät spät dran war.

Und dann gab es natürlich die Nebenwirkung, dass er entweder die ganze Zeit stand oder überhaupt nicht. Dass man geil war oder nicht. Oder kahl wurde oder einem an neuen Stellen Haare wuchsen. Oder nicht schlafen konnte oder ständig müde war. Oder dass die Brustwarzen anfingen zu jucken.

Jede Menge Nebenwirkungen. Wahrscheinlich würde auch Silmu welche bekommen. Also wenn er eine Kur machen würde. Aber was war schon dabei, wenn er *irgendwas* bekam? Das Resultat war das Opfer wert. Man brauchte gar nicht darüber nachzudenken, weil es eigentlich gar keine Alternative gab. Niemand würde mehr das Maul aufreißen. Keiner würde ihm krumm kommen. Er würde ein Steak-Tier sein. Mit dichten Muskelfasern.

16 LHASA IN TIBET

Astra schlief im Bett ihrer Eltern. Langsam legte sich der Nachmittag um sie. Das Haus war still. Es respektierte und hütete Astras Schlaf.

Das Geschirr stand gestapelt in den Schränken, die Kleider hingen an den Stangen, die Bücher ruhten im Regal, und wenn die Plüschtiere sich unterhielten, dann lautlos, per Telepathie. Im Bad fiel ein Tropfen aus dem Duschhahn, im Wohnzimmer löste sich ein Blatt von einer Zimmerpflanze und segelte zu Boden. Langsam wanderte ein Lichtfleck über den Steinfußboden. Draußen lärmten die Vögel, der Wind heulte, und die Wellen tosten, aber im Haus störte nichts die schlafende Prinzessin, deren Tag-und-Nacht-Rhythmus völlig durcheinandergeraten war.

Astra träumte, in einer Vorlesung zu sein, in der von der geheimnisvollen Stadt Lhasa in Tibet erzählt wurde. In der hintersten Reihe schaltete jemand den Fernseher an, und die Stimme des Dozenten war nicht mehr zu hören. Astra strengte sich an, etwas zu verstehen, aber das Dröhnen des Fernsehers wurde immer lauter und weckte sie schließlich auf. Sie öffnete zwischen den weichen Kissen die Augen und begriff, dass unten Stimmen zu hören waren.

Die Frauenstimme klang heiser, die Männerstimme näselte, allerdings irgendwie sympathisch. Beide Stimmen sagten ständig den Namen von Astras Mutter:

»Hast du Katriina Silola gesagt? Du betreust Katriina Silolas Kind?«

»Das habe ich gesagt. Ist ein verdammt toller Mensch, diese Katriina Silola.«

»Katriina Silola?«

Astra setzte sich auf, schlug die Decke zur Seite und stellte die Füße auf den Boden. Die Männerstimme unten redete weiter: »Woher soll ich eine Katriina Silola kennen?«

»Was weiß ich, verdammt. Manchmal ist sie in der Zeitung. Oder ihr Mann.«

Man hörte Geräusche, als würden Gegenstände in die Hand genommen und wieder hingestellt. Astra schlich vom Schlafzimmer auf die Galerie und lugte übers Geländer. Die Frau war Pelagias Kindermädchen, aber den Mann kannte sie nicht. Er sah aus wie das vom Leben gezeichnete Mitglied einer Boygroup.

»Was für eine Hütte«, sagte der Mann.

»Du musst mal zum Spaß scheißen gehen«, sagte Piia. »Das Klo ist aus irgendeinem Saphir gemacht.«

Der Mann blieb mit einer Vase in der Hand mitten im Raum stehen.

»Jetzt erinnere ich mich! Katriina Silola! Na klar! Die hatte allerdings Kohle.«

»Kennst du sie?«

»Wenn ich gewusst hätte, dass sie *so* reich ist … Und du kümmerst dich um ihr Kind?«

»Ich habe gefragt, ob du sie kennst.«

»Die war vor ewigen Zeiten bei mir im Tauchkurs. Sie und ihr Mann … Hätte man dem alten Sack nicht zugetraut! Wenn er tauchte, hat er so mit den Armen gefuchtelt.« Er führte planschende Bewegungen vor. »Wie ein Hund. Und dann schwängert er nach dem Urlaub noch seine Frau!«

»Na ja. Wenn man mich fragt, sieht Pelagia ihrem Vater überhaupt nicht ähnlich.«

»Sieht sie aus wie der Nachbar? Oder wie der Klempner? O, Katriina, Katriina!«

Astra gefiel der Ton des Mannes nicht. Und Piias genauer Blick auch nicht. Astra hatte es natürlich längst auch bemerkt. Es war ziemlich offensichtlich: Das kleine Gesicht ihrer kleinen Schwester wies keinerlei einschlägige Merkmale des offiziellen Erzeugers auf. Astra hatte nie nachgefragt. Sie hatte das Gefühl, eine stillschweigende Übereinkunft mit Katriina zu haben. Wenn der passende Zeitpunkt gekommen wäre, würde sie ihr alles erzählen.

Der Mann betastete weiterhin die Gegenstände. Astra fragte sich, ob sie hinuntergehen und ihm verbieten sollte, ihre Mutter zu verhöhnen und die Sachen zu betatschen. Es sah aus, als hätte er die Absicht, etwas zu stehlen. Aber Astra hatte keine Hose an.

Zum Glück schaltete sich Piia ein.

»Hier wird nichts geklaut. Ist das klar? Ich will meinen Job behalten. Das Weibsstück ist nämlich eine von der Sorte, die jeden Abend die Silberlöffel zählt.«

Piia packte Wechselkleider für Pelagia in den Rucksack, der Mann wanderte durch den Raum, hob Kissen an und zog Bücher aus dem Regal. Piia musterte ihn.

»Du, Tom. Dreh mal den Kopf!«

»Was? Warum?«

»Ich will dein Profil sehen. Okay. Jetzt in die andere Richtung.«

Der Mann drehte sich hin und her. Piia kniff die Augen zusammen, prustete vor Lachen und schüttelte den Kopf. »Du hast diese Katriina Silola vor ungefähr fünf Jahren gekannt?«

»Als ich in Eilat lebte.«

»Du hast sie gekannt und gefickt?«

Der Mann grinste mit gespielter Verlegenheit.

»Leck mich am Arsch«, sagte Piia.

»Und weiter? Was glotzt du mich so an?«

»Lass uns gehen. Ich erzähl's dir irgendwann, wenn du es nicht selber raffst. Aber wieso, verdammt noch mal, bist du auf dieses Reibeisen gesprungen?«

Piia und Tom verließen das Haus durch die Vordertür, aber Astra stand noch lange auf der Galerie. Sie hatte es gerafft.

In der Folgezeit versuchte Astra von Piia etwas über Tom zu erfahren, aber Piia schwieg wie eine Mauer. Wenn Astra mit ihr reden wollte, schnorrte Piia eine Zigarette nach der anderen und rauchte schweigend Kette.

Als sie eines Abends auf dem Spielplatz die letzten beiden Zigaretten in der Schachtel vernichteten und Pelagia zusahen, wie sie von der Rutschbahn aus unsichtbaren Volksmassen eine Rede hielt, und Astra gerade dachte: sei's drum; Piia wird den Typen kaum ein zweites Mal in Mamas Revier mitbringen, ging geräuschvoll das Tor auf, und Katriina kam.

»Zigaretten weg«, sagte sie im gespielt forschen Befehlston, der die Eisenhärte ihres Kommandos jedoch nicht vertuschen konnte.

Astra schnippte ihre Zigarette über den Zaun, Piia ließ sie auf den Boden fallen und zerrieb sie mit dem Absatz. »Bekomme ich dann jetzt das Geld?«

Katriina zog einen Fünfziger aus der Handtasche. Piia streckte die Hand aus und sagte, es sei bereits Viertel nach. Katriina gab ihr noch einen Zwanziger.

Piia nickte, steckte das Geld ein, winkte in Richtung Rutschbahn und wandte sich ab. Pelagia rief ihr zum Abschied noch lange hinterher. Katriina und Astra schauten zu, wie Piia sich entfernte. Katriina bückte sich, hob mit den Fingernägeln die Zigarettenkippe auf und trug sie vom Gelände. Als Katriina zurückkam, erschrak Astra vor dem bösen Gesichtsausdruck. »Hier ist doch niemand«, sagte sie.

»Es kann aber jemand kommen! Arschgeige! Auf dem Spielplatz rauchen!«

Astra zuckte zusammen. Zwei Zigaretten? »Stresst dich dieses Kindermädchen dermaßen?«, fragte sie.

»Sie stresst mich nicht«!, schnaubte Katriina und packte Astra am Handgelenk. »Was hast du da?«

»Einen blauen Fleck. Ich betreibe sadomasochistischen Sex.«

»Echt erwachsen. Kommt das nicht langsam aus der Mode?«

»Bestimmt.« Astra wurde zornig. Mit welchem Recht kritisierte ihre Mutter ihre sexuellen Vorlieben? Wo sie sich selbst von einem dubiosen Kleinkriminellen ein Kind machen ließ, das nun Astras kleine Schwester war.

»Pelagia ist ganz verrückt nach Piia«, sagte Astra.

Katriina seufzte.

»Die Frau wäscht sich nicht genug, sondern trägt nur noch mehr Parfum auf.«

»Was hast du denn erwartet?« Astra war noch immer zornig. »Die wohnt doch im Mietshausslum. Du siehst doch sicher jeden Abend nach, ob Pelagia Läuse hat?«

Später brachten sie Pelagia zum Schwimmkurs. Eigentlich hatten sie auch vorgehabt, schwimmen zu gehen, aber Katriina lockte Astra mit der Aussicht auf ein Plunderstück in die Cafeteria. Astra wusste nicht, dass Katriina das Schwimmen wegen der an Astra möglicherweise sichtbaren, möglicherweise unangenehme Aufmerksamkeit erregenden Prellungen ausfallen lassen wollte. Sadomasochismus, hatte Katriina gedacht, warum, in Gottes Namen, habe ich so komische und peinliche Kinder?

Astra aß guter Dinge das Plunderstück. Es war ein Plunder wie in der guten alten Zeit, und es zu essen war in keiner Hinsicht belastend, denn es hatte nur 600 bis 700 Kalorien, und so viele hatte Astra für diesen Tag noch übrig. Das Plunderstück erinnerte sie an etwas: Sie war klein gewesen, und sie waren mit der ganzen Familie ins Schwimmbad gegangen.

»Weißt du noch, wie wir hierher kamen, als ich und Silmu Kinder waren?«

Die Mutter erinnerte sich. »Du hast Silmu das Plunderstück auf den Kopf gehauen.«

»Aber nicht fest.«

Es war ein schöner Tag gewesen. Astra und Silmu hatten Launo um Kleingeld gebeten und sich am Automaten klebrige Hände gezogen, die überall haften blieben. Astra war eine davon aus Versehen in Katriinas Mineralwasser geplumpst, und alle hatten gelacht. Sie waren vielleicht zwei Stunden im Schwimmbad gewesen, aber Astra war es unendlich lang vorgekommen. Sie trug einen Badeanzug mit weißen Punkten auf rotem Grund. Und sie hatte Schwimmflügel mit Schildkröten drauf. Sie hatte mit Silmu Seejungfrau und Diener der Seejungfrau gespielt.

Astra schaute durch die Glaswand aufs Kinderbecken. Pelagia stand allein am einen Ende und betrachtete ihre Hände. Die anderen Kinder tobten am anderen Ende wie eine Herde Seelöwen, sie planschten, lachten, kreischten, pusteten Blasen ins Wasser und machten all das, was Kinder in einem Schwimmbecken so tun.

Astra bekam Mitleid mit ihrer kleinen Schwester, die irgendwie nicht zu den anderen Kindern gehörte. Pelagia schien keine Angst vorm Wasser oder vor anderen Menschen zu haben, aber sie wirkte unbeholfen und zerstreut. Sie hätte auch einen Silmu gebraucht.

Katriina sagte etwas. Astra richtete wieder den Blick auf sie.

»Die Einladungskarten. Hörst du mir zu, Astra? Cremefarbene, mit Vogelbeeren oder mit Laub verzierte?«

Offenbar ging es um Launos fünfzigsten Geburtstag.

»Mit Vogelbeeren«, sagte Astra aufs Geratewohl.

»Cremefarbene sind eleganter.«

»Was fragst du, wenn du es sowieso besser weißt?«

Astra sah, wie Katriinas Gesicht einen gereizten Ausdruck annahm, als spürte sie einen Schmerz. Ihre Mutter entwickelte frühzeitig eine Feierpanik. War deswegen der Alkteufel in sie gefahren? Astra hatte geglaubt, es hätte mit Piia zu tun.

»Ja. Cremefarbene sind eigentlich am besten«, sagte Astra.

17 DIE SUPERMÜCKE

Wenn ein Mensch beschließt, sich ein wachstumsförderndes Mittel zu spritzen, obwohl die ganze Welt ihm rät, die Finger davon zu lassen, überkommt ihn auf einmal ein fanatischer Ernst. Er hat das Gefühl, ein stolzes Menschenopfer zu sein, das erhobenen Hauptes und ohne ins Schwitzen zu geraten in den Krater eines aktiven Vulkans hinabsteigt. Das Besondere an der Situation besteht darin, dass an der Stelle des Vulkans, also Gottes, ebenfalls das gute alte Ich steht. Genauer gesagt der eigene künftige Körper. Man opfert sich praktisch sich selbst.

Einer vergleichbaren Ekstase begegnet man nicht in Kirchen, aber Anorektikerinnen, die schon mal auf der Joggingstrecke zusammengebrochen sind, wissen, wovon die Rede ist.

Silmu streifte durch das menschenleere Fitnessstudio, blieb vor den Postern stehen, die er kannte, und strich mit der Hand über das Metall der Geräte. Er setzte sich auf eine Bank, atmete langsam die nach Rosen und Magnesium riechende Luft ein, stand wieder auf, ging weiter herum. Aivo hatte gesagt, er dürfe bleiben, wenn er nachher die Tür hinter sich zumache. Das war gut, denn er hätte es nicht gewagt, sich zu Hause zu spritzen.

Er hatte fast nur gute Erinnerungen ans Aivo Gym. Gute Erinnerungen, obwohl Bodybuilding ein entsetzlich schwieriges Leben bedeutete. Nun befand er sich am Scheideweg und hatte vor, die Richtung einzuschlagen, vor der normale Menschen zurückschreckten. Dieser Weg war nicht für hundert Prozent aller Männer bestimmt, sondern nur für die Härtesten und Entschlossensten. So einer war Silmu geworden.

Auf dem Spiegel waren Fingerabdrücke. Silmu zog das Hemd aus und rieb sie weg. An den Schultern und am Strecker zeichneten sich die Formen der Muskeln ab. Wenn er den Arm anspannte, hob sich der Bizeps rund und überzeugend. Bald wäre er noch größer.

Silmu nahm eine Schachtel aus der Sporttasche und öffnete den Deckel. Die Ampullen waren in Watte gewickelt. Das Öl, das sie enthielten, war schwer zu bekommen und so teuer, dass auf Silmus Konto Leere herrschte. Es sah wie gewöhnliches Öl aus, so wie das im Küchenschrank.

Silmu wickelte eine Ampulle ins Handtuch, fasste beide Enden an und drehte. Es knackte. Das Glas war genau an der richtigen Stelle gebrochen. Nur zwei kleine Splitter lagen im Handtuch. Silmu nahm die Injektionsspritze, tauchte die Nadel ins Öl und zog den Kolben zurück. Die Spritze sog die Flüssigkeit auf wie eine Mücke. Dann hielt er die Spritze gegen das Licht. Sah man Luftblasen? Silmu schnippte mit dem Zeigefinger dagegen und drückte vorsichtig den Kolben, bis etwas Öl in die Luft sprühte.

Er hatte sich überlegt, was die beste Stelle wäre, und sich für das Gesäß entschieden, obwohl er dann blind spritzen musste. Aber der Gesäßmuskel war der größte und hatte weniger Nerven als der Oberschenkel oder der Oberarm. »Am besten legst du dich auf den Bauch, dann spannst du den Arsch beim Zustechen nicht so an«, hatte Köde empfohlen, als Silmu ihm seine Entscheidung mitgeteilt hatte.

Köde selbst war durchlöchert wie ein Nadelkissen. Ihm

war mit den Nadeln schon alles Mögliche und Unmögliche passiert, aber es war Silmu gar nicht eingefallen, Köde zu bitten, ihn zu spritzen. Das musste jeder selbst tun. »Das bringt einen schon ein bisschen ins Schwitzen, vor allem diejenigen, die den Nadelhorror haben«, hatte Köde gesagt. »Zuerst muss man seine Entscheidung treffen. Du musst beschließen, dass du zustichst. Und dann stichst du zu. Wie beim Fallschirmspringen. Da musst du auch schon auf dem Boden entscheiden, dass du springst, nicht erst in der Luft.«

Silmu blickte zum letzten Mal in den Spiegel und nickte seinem Spiegelbild zu. Er sterilisierte die Nadel, zog die Hose herunter, legte sich auf dem Fußboden auf den Bauch und versuchte die Muskeln zu entspannen. Ihm brach der kalte Schweiß aus. Eine entsetzliche Erinnerung überkam ihn: Sie waren mit der ganzen Familie in den Schären vor Porvoo im Sommerhaus von Bekannten gewesen, und er hatte mitten in der Nacht in der Leistengegend eine Zecke entdeckt und versucht, deren zappelnde Beine und den ins Fleisch eingedrungenen Kopf mit der Pinzette herauszuziehen. Astra hatte ihm mit der Taschenlampe geleuchtet und ihn als Feigling beschimpft, weil seine Hand gezittert hatte.

Das hier war noch schlimmer. Die Nadel war ekelhaft lang und dick. Ein Mensch soll keine medizinischen Operationen an sich selbst durchführen. Das sagte schon der Instinkt. Und es war keine Astra da, die ihn beschimpfte. Er musste alles allein tun.

Die Injektion erinnerte ganz und gar nicht an das kleine Pieksen, das er vom Schularzt kannte. Langsam und mühsam drang die Nadel ein, als hätte sie es mit hartem Gummi zu tun und nicht mit einem Muskel. Der Schmerz hielt sich in Grenzen, aber er fühlte sich falsch an.

Silmu reckte den Hals und schaute hin. Im Öl kreisten Blutschlieren. Er wurde nervös, biss die Zähne zusammen, dachte daran, dass man sich am Boden entscheiden musste, nicht erst in der Luft. Er drückte den Kolben fester, bis sich die Spritze im Muskel entleerte. Ein dünnes Rinnsal Blut floss auf den Teppich, als er die Nadel herauszog.

Silmu tastete nach einem Wattebausch und drückte ihn auf die Wunde. Die Watte war im Nu feucht. Er hatte nicht daran gedacht, Pflaster zu kaufen.

Als der Blutfluss endlich gestillt war, stand er auf und beglückwünschte sich. Es hatte ganz gut funktioniert. Eine unschöne Überraschung war nur, dass er eine Ader getroffen hatte. Er müsste Köde danach fragen.

Silmu spürte das starke Bedürfnis, das Studio zu verlassen. Köde und die anderen saßen vielleicht beim Bier. Er würde zu ihnen stoßen. Wenn nicht, würde er ins Kino gehen und sich irgendeinen Actionfilm anschauen. Aus dem Augenwinkel heraus sah er sich im Spiegel, aber er hatte jetzt keine Lust, zu posieren.

Plötzlich klapperte es an der Tür.

Anziehen oder Stoff verstecken? Für beides hatte er nicht genug Zeit. Silmu spürte eine sonderbare Kühle. Gerade noch war er so aufgeregt gewesen, dass ihm jetzt jede Nervosität abging. Mit einem Fußtritt beförderte er das Handtuch auf Desinfektionsmittel und Spritze. Dann nahm er sich zusammen und blickte zur Tür. Der Ankömmling war Aivo, der verschwitzt und verärgert aussah.

»Ich hab den Hausschlüssel vergessen«, sagte er.

Dann schaute er auf Silmu und merkte, dass dieser keine Kleider am Leib hatte. Aivos Gesicht glättete sich. Die Augen scannten Silmu von Kopf bis Fuß. Silmu überlegte, was er sagen sollte – ich habe trainiert, und da ist mir eine Wespe unter die Klamotten gekrochen –, brachte aber kein Wort heraus.

»Sorry, Silmu«, sagte Aivo. »Ich bin schon weg. Mach nur weiter.«

Silmu wunderte sich. »Womit weiter?«, stieß er hervor.

»Mit dem Posieren. Ich bring dir irgendwann mal die richtigen Posen bei, wenn ich Zeit habe. Die Gewichtheber, mit denen du dich abgibst, könnten dir auch unter Androhung von Waffengewalt nicht zeigen, wie man gut posiert.« Aivo schnappte sich die Schlüssel vom Tresen. »Aber jetzt kann ich nicht, ich muss meine Tochter vom Kindergarten abholen. Geht deine Schwester eigentlich noch da hin? Kylli hat nach ihr gefragt.«

»Kylli?«

»Ja, meine Tochter Kylli.«

»Nein, Pelagia hat jetzt eine Betreuerin zu Hause.«

»Kylli würde gern mit Pelagia spielen. Gehen wir mal zusammen in den Park?«

Silmu fühlte sich seltsam entspannt, fast stolz. Aivo würde sicher noch etwas Freundliches über seine Entwicklung sagen, vielleicht zum Brustkorb oder zu den Oberschenkeln. Aber da bildete sich überraschenderweise eine Falte zwischen Aivos Augen.

»Hör mal. Du blutest.«

Silmu griff sich ans Gesäß. Er hatte es gar nicht bemerkt – die Wunde war aufgegangen, Blut tropfte auf den Fußboden. Aivos Blick ging vom Blutfleck zur Matte, registrierte das Handtuch, unter dem ein Stück der Flasche mit dem

Desinfektionsmittel herausragte. Ein angewiderter, die Sache durchschauender Ausdruck trat in sein Gesicht, ein Teil Ärger und neun Teile Enttäuschung. Silmu fragte sich, ob Aivo ihn jetzt aufklären oder so wütend werden würde, dass er Hausverbot bekäme.

»Pflaster ist im Erste-Hilfe-Schrank. Wisch den Boden, bevor du gehst«, sagte Aivo, wandte sich ab und schlug die Tür hinter sich zu.

Das Bier war stark und der Samt auf dem Billardtisch voller Löcher. Der Eigengeruch der Kneipe setzte sich aus altem und neuem Rauch und aus frischem Bier zusammen. Die Jukebox war so laut gestellt, dass man die einzelnen Stücke nicht leicht voneinander unterscheiden konnte. An den Wänden hingen Bilder von Marilyn Monroe und Indianern sowie der Plastikkopf eines Bisons oder eines ähnlichen Tiers.

Am Billardtisch standen ein paar Rocker in Lederwesten. Silmu war nicht ganz sicher, über welche Kanäle ihm Köde die Steroide besorgt hatte, aber er wusste, dass er dafür einem von diesen Leuten zu danken hatte. In den dunklen Ecken hockten die heruntergekommenen Alkoholiker, mitten im Raum lärmten die Säufer, die das Leben noch nicht ermüdet hatte. Frauen waren spärlich vertreten, und wenn, dann waren sie vom Typ knallharte Freundin, der fern an Pelagias Betreuerin erinnerte.

Der Salon Bravo war Silmus erste Kneipe. Als er vor einem halben Jahr achtzehn geworden und noch fett und schwabbelig gewesen war, hatte er in der Innenstadt eine Runde gedreht und sich verschiedene Bars von außen angeschaut. Er hatte sich überlegt, in eine hineinzugehen, aber nicht gewusst, wie man sich darin jeweils zu benehmen hätte. Ihm waren Namen von Lokalen eingefallen, die er von Astra gehört oder in der Zeitung gelesen hatte, und seine Verwirrung war von Minute zu Minute größer geworden. Schließlich war er nach Hause gegangen.

Im Bravo war es einfach. Hier kam sich Silmu nie wie der Dümmste oder der Altmodischste vor. Im Bravo waren alle freundlich. Ständig gab es Schlägereien, aber wenn man das Maul nicht aufriss und keine Dummheiten machte, zum Beispiel einen Rocker anschubste, der gerade eine Billardkugel anvisierte, oder die Freundin von einem anquatschte, wurde man nicht hineingezogen.

Köde, Antti und Mikkis saßen an einem Ecktisch, über dem ein Schwarzweißposter von einem alten Indianer hing, darunter ein Text, der besagte, dass jeder Grashalm mein Bruder ist und jede Wolke meine Schwester.

»Na, Silmu«, sagte Köde, »wie ist es gelaufen?«

»Gut«, antwortete Silmu, »hat nur ein bisschen geblutet.«

»Jetzt geben wir dem Jungen ein Bier aus«, sagte Köde. »Die erste Kur ist immerhin was Einzigartiges im Leben.«

Silmu hatte natürlich gehört, dass die Kombination von Anabolika und Alkohol Risiken barg. Er wollte schon danach fragen, aber dann fiel ihm ein, dass Mikkis auch gerade eine Kur machte. Und wenn der Bier trank, war klar, dass die anderen das nicht für besonders schädlich hielten.

Silmu bekam sein Bier. Es schmeckte frisch.

»Aivo kam, gerade als ich gespritzt hatte«, sagte Silmu, nachdem er die Hälfte getrunken hatte. »Ich hatte blanke Eier.«

Die Tischgesellschaft lachte unbändig. Antti kam Schaum aus der Nase.

»Das war garantiert Aivos Höhepunkt in diesem Frühjahr«, sagte Antti.

Silmu lachte kurz auf und wartete, bis sich die anderen beruhigt hatten. »Was hält Aivo eigentlich von Roids?«, fragte er. »Ich mein nur, weil ich glaube, dass er was gesehen hat.«

»Wenn du blankgezogen hast, hat der keine Roids gesehen, sondern nur glänzende Augen gekriegt«, meinte Antti.

»Ach, ist er ...«

»Ach ist er?«, unterbrach ihn Antti. »Kannst ja noch mal blankziehen und dann gucken, was der ist.«

»Aber Aivo hat doch ein Kind.«

»Er hat halt einmal bei einer Braut einen hochgekriegt, weil er sich dabei die Arschlöcher von kleinen Jungs vorgestellt hat«, sagte Antti.

»Pfui«, meinte Köde mit Nachdruck.

18 RAUCHGERUCH

In ihrer Negativität war Piia Kilinen gerecht. Jeder bekam von ihr die gleiche verbissene Verstocktheit ab, das gleiche Kratzen toter Hautzellen und den gleichen uninteressierten Blick. Vollkommen unabhängig von Geschlecht, Intelligenz, sympathischer Ausstrahlung oder sonst einer Eigenschaft.

Eines bewölkten Dienstagabends im April weckte Piia Kilinen bei der Leiterin von Pelagias ehemaligem Kindergarten Missmut. Schon von weitem sah man, wie Elisabet Pylkkis Wangen glühten, ihre Hände fuchtelten und ihr Mundwerk ging. Piia lehnte am Metallgerüst der Schaukel und schaute mit gelangweilter Miene den Vögeln des Himmels zu. Vor ihren Füßen spielte Pelagia.

Elisabet seufzte, verstummte und zischte entmutigt ab. »Das hast du davon, du Ekelpaket«, dachte Katriina und empfand zum ersten Mal im Leben eine gewisse Wärme für Piia Kilinen. Sie überlegte kurz, woher sich Piia und Elisabet kennen mochten, beschloss dann aber, sich über die beiden Frauen nicht mehr Gedanken als nötig zu machen. Katriina war gekommen, um Pelagia abzuholen. Sie holte sie jeden Abend im Park ab, und Abend für Abend schaute das Kind Piia beim Abschied mit größerer Verehrung an, und jeden Tag roch es ein bisschen mehr nach Kortison und Zigarettenrauch.

Am Mittwoch waren Piia und Pelagia nirgendwo zu sehen. Katriina blickte sich im Park um, rief Piia an, aber vergebens, sie wartete, wurde nervös. Scharfe Messer in der offenen Spülmaschine, kochendes Spaghettiwasser, ein Bus, der von der Spur abgekommen war, ein betrunkener Autofahrer. Ein verantwortungsloses Kindermädchen.

Sie rief erneut an. Jetzt meldete sich Piia.

»Hallo.«

»Wo seid ihr? Wo ist Pelagia?«

»Sorry«, sagte Piia. »Pelagia spielt noch. Wir kommen gleich.«

Katriina wartete und wurde wieder nervös. Die Möwen kreischten, als machten sie sich über sie lustig. Sie sahen aus wie ferngesteuerte Metallvögel. Sie hatten kalte Augen. Sie spotteten und spionierten.

Als Pelagia schließlich kam, hatte sie eine sexistische Plastikpuppe mit hohen Absätzen und großen Augen dabei. Katriina war nahe daran, sie ihr aus der Hand zu reißen. Die Puppe widersprach allem, was sie für richtig und schön hielt, ihren sämtlichen Erziehungsprinzipien, ihrer Überzeugung und ihrer Wohnungseinrichtung, aber Katriina sah, dass sie für Pelagia bereits ein Schatz geworden war. Wenn sie ihr den mit Gewalt entwand, würde Pelagia ihr das nie verzeihen. Katriina hatte das Gefühl, es sich jetzt nicht leisten zu können, ihr Kind zu verärgern.

Sie wollte Pelagia wieder in den Kindergarten geben, aber dort war diese Elisabet Pylkki, die den Namen ihrer Tochter falsch aussprach und behauptete, bei Pelagia stimme unten – an der *Mumu,* gütiger Gott – etwas nicht.

Am Donnerstag kam es nicht zu Unannehmlichkeiten, falls man den Anblick von Piias stumpfsinnigem Gesicht nicht zu den Unannehmlichkeiten zählte, aber am Freitag hatte Pelagia eine Plastikkrone auf dem Kopf. Eine Plastikkrone ging als Spielzeug eines vierjährigen Mädchens bei Katriina gerade noch durch, aber diese Krone hatte bitter riechende violette Fusseln, deren unangenehmer Gestank Katriina in die Nase stieg, als sie Pelagia hochhob, um ihr einen Kuss zu geben.

»Pelagia ist doch nicht etwa dem Passivrauchen ausgesetzt?«, fragte Katriina und setzte Pelagia ab.

»Nein«, sagte Piia. Pelagia kauerte nun im Sand und zupfte an Piias Schnürsenkeln.

»Ich finde, dass sie nach Zigaretten riecht«, sagte Katriina.

»Na ja, wir waren bei uns daheim. Mein Freund hat wahrscheinlich geraucht, bevor wir gekommen sind«, sagte Piia. »Der hat die Welt gesehen und denkt nicht immer daran, wie kleinkariert die Finnen sind.«

»Auch wenn er Ausländer ist, muss er sich an die finnischen Gesetze halten.«

»Entschuldige, aber glaubst du, ich lass mich von einem Mokkaschwanz ficken? Der ist Finne.«

»Egal. Aber in Pelagias Nähe wird nicht geraucht.«

»Ach leck mich doch«, sagte Piia. Katriina schaute auf die Uhr. Wenn sie jetzt gingen, würde sie es gerade noch zum Alko schaffen.

19 MIKKIS' OBERSCHENKEL

Silmu wollte zum Frühstück in die Küche, kam aber nicht hinein. Etwas blockierte die Tür. Schlaftrunken rüttelte er an der Klinke.

»Wer ist da?«, fragte Katriinas Stimme. »Launo?«

»Nein, Silmu«, sagte Silmu.

Man hörte ein Poltern, dann ging die Tür auf. Katriinas Haare waren durcheinander, die Augen rot, die Bluse war zerknittert. Der Alkoholgeruch bildete eine Wand. Silmu runzelte die Stirn und huschte an seiner Mutter vorbei.

»Was ist?«, zischte Katriina. Ihre Stimme klang müde und heiser.

»Nichts«, sagte Silmu und ging zum Kühlschrank. Er nahm Quark heraus, riss den Deckel auf und fing an, aus der Packung zu essen. Nach zwei Löffeln öffnete er das Fenster. Seine Mutter hatte sich an den Tisch gesetzt und den Kopf in die Hände gelegt.

»Wie viel Uhr ist es?«, fragte sie.

»Fünf nach acht.«

»Bald bin ich zu spät dran«, sagte Katriina, schnappte sich ein Messer von der Spüle und hielt es sich vor die Augen. Silmu schrie auf. Aber Katriina bespiegelte nur ihre Augen.

»Mein Goldschweinchen, würdest du schnell in die Apotheke gehen und Augentropfen kaufen?«, bat sie. »Nimm das Auto. Ich gehe inzwischen unter die Dusche. Bring mir die Tropfen ins Bad.«

»Die Schule fängt um neun an«, sträubte sich Silmu.

Katriina nahm alle Kraft zusammen und kommandierte. »Silmu! Du musst verstehen, dass dies ein Notfall ist!«

Silmu zog sich an, suchte die Autoschlüssel, fuhr den Wagen rückwärts aus der Garage und dann zur Apotheke. Als er zurückkam, stieß er im Flur auf Launo. »Guten Morgen, mein Junge«, sagte Launo. »Was bist du schon so früh unterwegs?«

»Ich war Vögel beobachten«, sagte Silmu.

»Aha, das ist aber schön«, sagte Launo. »Dann einen schönen Tag!«

Silmu ging nach oben, klopfte an die Badezimmertür und stellte das Fläschchen mit den Augentropfen auf die Handfläche seiner Mutter, die sich von Dampf umhüllt aus dem Türspalt schob.

Danach hatte Silmu keine Lust mehr, in die Schule zu gehen. Zum Glück rief Mikkis an. Es stellte sich heraus, dass Silmu unrecht gehabt hatte. Man konnte durchaus einen anderen Mann spritzen, das war kein schrecklicher Etikettefehler. Mikkis bat Silmu um Hilfe. Ihm war das Herz in die Hose gerutscht, und Köde und Antti mussten arbeiten.

»Stich einfach da in den Oberschenkel«, sagte Mikkis. Er saß in T-Shirt und Unterhose auf dem Küchenstuhl. »Meine Alte kann ich auch nicht bitten. Ich hab ihr gesagt, ich hör mit den Pillen auf. Hab ich ja auch gemacht. Das hier ist Trenbolon.«

»Ich habe noch nicht besonders oft gestochen«, sagte Silmu.

»Einfach in den Oberschenkel. Ich bring das ums Verrecken nicht fertig«, sagte Mikkis. Um sich Mut zu machen, hatte er ein Bier getrunken. Die leere Flasche stand neben der Spritze auf dem Tisch. Die Ampulle hatte er im Ofen gewärmt. Es lag ein leichter Zimtduft in der Küche, der

Geist der Zimtschnecken, die Mikkis' Freundin hier gebackten hatte.

Die Küche war anders als das, was Silmu gewohnt war: geschmacklos und gemütlich. Die Tischplatte bestand aus Plastik und hatte Risse, in der Mitte standen grellrote Plastikblumen. An der Wand hing eine Uhr, die für Bier warb. Auf einem Topflappen war Helga, die Frau von Hägar dem Schrecklichen, zu sehen, die sich darüber aufregte, die ganze Hausarbeit allein machen zu müssen. Am Kühlschrank klebte ein Poster, auf dem ein Mann, der aussah wie ein Hot Dog, einen Hot Dog aß. Darunter stand. »*You are what you eat.*«

Ein Sonnenstrahl fiel direkt auf Mikkis' Oberschenkel und Unterhose.

»Also gut, dann mal los«, sagte Silmu und nahm die Spritze in die Hand. Die Nadel war größer als die, die er bei sich selbst benutzt hatte. Mikkis gab Sterilisationsmittel auf ein Stück Küchenpapier und reinigte den Oberschenkel. Der Muskel war verspannt.

»Entspann dich«, sagte Silmu.

»Ja, ja.« Mikkis blies die Luft aus der Lunge. Silmu ging zwischen Mikkis' Beinen auf die Knie, griff nach dem Oberschenkel und drückte zu. Es war ein behaarter, von der Sonne gewärmter und fleischiger Schenkel.

»Bei dir sind die Oberschenkel ganz schön gewachsen«, sagte Silmu.

»Scheiße, mach endlich«, stöhnte Mikkis und sah aus dem Fenster.

Silmu setzte die Nadelspitze auf die Haut und schob sie langsam in den Muskel. Irgendwie merkte er, dass sich sein Penis regte. Eine kleine Blutblase schoss in den Hohlraum.

»HÖR AUF!«, brüllte Mikkis.

»Was?« Silmu zog die Kanüle heraus. »Was ist passiert?«

Mikkis klammerte sich an Silmus Schulter. Wie eine Zange drückte er zu. Das Blut war ihm aus dem Gesicht gewichen, und die Augen hatten sich dermaßen geweitet, dass es aussah, als könnte er durch sie direkt in den Schädel hineinschauen. »Mach ... das Fenster auf.«

Silmu stürzte ans Fenster und riss es auf. Mikkis schnappte nach Luft, versuchte aufzustehen, plumpste aber wieder auf den Stuhl. Dann fing er an, sich panikartig durch die Haare zu fahren. »Hilf mir ... Silmu ... hilf mir ... Ich sterbe.«

Silmu wühlte in seinem Rucksack.

»Ich rufe einen Krankenwagen.«

»Nein ... warte.« Mikkis rappelte sich hoch, schwankte kurz auf der Stelle, zerrte sich das Hemd vom Leib und hängte sich halb aus dem Fenster. Sein Brustkorb hob und senkte sich heftig. Dann fiel ihm der Kopf auf die Brust, und der Atem wurde tiefer. Zwei Minuten später drehte sich Mikkis vom Fenster weg, legte sich auf dem Fußboden auf den Rücken und hob die Beine gegen die Wand. Er war noch immer blass, atmete aber bereits gleichmäßig. Schweiß war auf die fahle Haut getreten.

Versteinert vor Entsetzen stand Silmu mitten im Raum. »Was war das denn, Mensch?«

»Als hätte ich Giftgas eingeatmet. Furchtbar, wie das brennt.«

»Soll ich einen Krankenwagen rufen?«

»Nein. Ruf Köde an.«

Köde war auf der Arbeit, konnte aber zuhören.

»Aha, Trenbolon«, sagte Köde. »Du hast eine Ader getroffen. Mikkis hat einen anaphylaktischen Schock. Das wird schon wieder, wenn er atmen kann.«

Mikkis streckte die Hand aus, und Silmu gab ihm das Handy. Mikkis klemmte es mit der Schulter ein und sagte schwach: »Ja, ja.«

»Was hat er gesagt?«, fragte Silmu, nachdem das Gespräch beendet war.

»Dass Trenbolon als Stoff ganz okay ist, aber wenn man es sich selbst spritzt, soll man die Tür offen lassen und auf dem Handy schon mal die 112 vorwählen.«

20 AM FELD

In der Stadt, in der diese Geschichte spielt, gibt es eine Wohnblocksiedlung, die so trostlos ist, dass sich die Kinder, die dort im Sandkasten toben, und ihre Mütter die Augen aus dem Kopf glotzen, wenn sie eine elegante Frau aus einem Taxi steigen sehen. Der Anblick ist vollkommen einzigartig. In der gesamten Geschichte dieser Siedlung hat man hier keine High Heels von Valentino gesehen.

Katriina zahlte, rannte mit klappernden Absätzen zur Haustür und rüttelte daran, aber sie war abgeschlossen. »Was hat dieses Haus für einen Türcode?«, fragte Katriina die nächstbeste Teenagermutter, die vor lauter Verblüffung vergaß, dass man das gar nicht verraten durfte.

Das Treppenhaus war schmuddelig und mit rissigem Kunststoff ausgekleidet. Es erinnerte Katriina an das Treppenhaus ihrer Kindheit, in der Zeit, als sie mit ihrer Mutter allein gelebt hatte, obwohl das Treppenhaus der Vergangenheit sauberer gewesen war. Dort hatten demütige Provinztrampel gewohnt, die sich kein eigenes Haus mit Garten leisten konnten. In diesem Haus jedoch wohnte das Proletariat einer großen Stadt, und das besaß eine wesentlich frechere Lebenseinstellung. Das waren Leute, die mit Filzstiften öffentliche Wände bekritzelten oder sich in der Wohnung anderer Leute die Späne ihrer Hautkrankheit abkratzten.

Im ersten Stock stank es nach Hund. Es wurde gekläfft, und große Krallen kratzten an einer Tür. Katriina stellte sich den Hundebesitzer vor: ein Krimineller, der zum Biertrinken neigte und es als sein Recht ansah, sich zu seinem

Vergnügen einen Hund zu halten, vor dem alle Angst hatten.

Piias Wohnung lag im dritten Stock. Katriina läutete und sagte, kaum hatte Piia die Tür aufgemacht: »Wenn Pelagia das nächste Mal nicht pünktlich ist, rufe ich die Polizei.«

»Pelagia schläft gerade«, erwiderte Piia. »Du willst doch nicht, dass ich sie wecke? Sie ist sowieso immer so müde. Ihr scheint euch nicht besonders um die Schlafenszeiten zu kümmern.«

Katriina antwortete nicht, sondern schob sich an Piia vorbei in die Wohnung.

Sie war mit so schlechtem Geschmack eingerichtet, dass es schwer zu glauben war, obwohl man es mit eigenen Augen sah. An den Wänden hingen Poster von Paaren, deren Silhouetten sich vor geschmacklosen Sonnenuntergängen abzeichneten. Bilder von Katzenjungen. Bilder von Schutzengeln. Der Kunstlederbezug der Couch hatte Risse. In der Schrankwand standen keine Bücher, sondern Porzellangegenstände und ein großer Fernseher, in dem eine Sendung lief, in der geldgierige Menschen in den Innenorganen von Schlachttieren tauchten.

»Wo ist Pelagia?«, fragte Katriina.

Piia deutete auf einen Türrahmen mit Glasperlenvorhang.

Katriina schob die Perlen zur Seite und trat in das halb dunkle Schlafzimmer. Mitten im Ehebett säuselte gleichmäßig ein kleines Bündel. Das Geräusch beruhigte Katriina. Es war ein Zentrum der Reinheit in diesem Wirbelsturm des Unschönen. Da lag es, ihr kleines Mädchen, und schlief, als gäbe es nichts Verkehrtes auf der Welt. Gab es vielleicht auch nicht.

Katriina setzte sich aufs Bett und legte Pelagia die Hand auf den Rücken. Die Kleine murmelte etwas im Schlaf. Katriina nahm die Plüschmöwe aus ihrer Handtasche und setzte sie Pelagia vor die Nase. Die sollte sie als Erstes sehen, wenn sie aufwachte. Pelagia fand das lustig. Katriina streichelte sie. Das Kind dürfte langsam wach werden, und dann würden sie gehen.

Katriina drehte den Kopf und erblickte in der Ecke einen Gegenstand, der nicht in eine Privatwohnung gehörte. Es war die Sauerstoffflasche eines Tauchers. Genau so eine, wie sie ihr vom Rücken gerutscht und in das bodenlose Loch gefallen war. Für einen kurzen, absurden Moment glaubte Katriina, dass es *dieselbe* Sauerstoffflasche war, und fragte sich, wie sie von dem bodenlosen Loch nach Finnland gekommen war. Neben der Flasche lag ein Haufen, dessen Zusammensetzung im Dunkeln nicht zu erkennen war.

Katriina stand auf, schaltete die Nachttischlampe an und sah sich den Haufen genauer an. Bleiweste und Tauchanzug. Das kam ihr merkwürdig vor. Piia tauchte doch wohl nicht? Sie hob den Tauchanzug hoch und sah ihn sich genauer an. Er war abgenutzt und hatte Männergröße. Im Nacken standen mit Filzstift geschrieben die Buchstaben T. N.

Das waren zufällig Toms Initialen, denn der kleine Fiesling mit den schiefen Zähnen hatte mit Nachnamen Naali geheißen. Alles in allem beschlich Katriina das Gefühl, dass etwas schieflief. Die Schwingen einer unbestimmten Fehlerhaftigkeit streiften ihr Leben.

Sie ließ den Tauchanzug fallen und atmete langsam ein und aus. Jetzt hieß es, vernünftig sein, genau wie am bodenlosen Loch. Jetzt hieß es, ausschließlich kontrollierte Bewegungen machen, Pelagia nehmen und flüchten.

Katriina nahm Pelagia vorsichtig auf den Arm. Die Kleine war ziemlich schwer, aber jetzt kam es nur darauf an, schnell zu verschwinden. Sehr schnell. Möglichst wenig Worte, möglichst wenig Aufhebens und möglichst wenig von Pelagias Geschrei.

Katriina schlich mit der schlafenden Pelagia auf dem Arm ins Wohnzimmer und legte das Mädchen auf die Couch.

»Pelagias Rucksack«, flüsterte sie.

Piia gab ihr den kleinen Rucksack mit dem Fohlenmotiv. Katriina spähte hinein. Er enthielt Kleider zum Wechseln, eine Ente, eine Spinne und zuoberst die Plastikpuppe. Katriina konnte sich nicht beherrschen, für einen Moment vergaß sie den schnellen Abgang, griff nach den Haaren des ekelhaften Plastikgebildes und zog es heraus.

»Was ist das für ein hässliches Ding?«

»Mein Freund hat es Pelagia geschenkt.«

Ein entsetzliches Bild trat Katriina vor Augen: Tom, der ihrem Kind eine Puppe überreicht, die er in irgendeinem Megamarkt geklaut hat. Pelagia lächelt, denn Kinder haben einen erschütternd schlechten Geschmack. Sie sind leicht zu bestechen. Die braunen Augen begegnen sich im Einverständnis.

»Ihr dürft Pelagia nichts geben.«

»Was ist los mit dir? Alle Mädchen lieben die.«

»Pelagia nicht.«

»Ach ja? Sollen wir sie mal fragen?«

Katriina konnte sich keine weiteren Verzögerungen leisten. Sie nahm die Scheine aus der Handtasche.

»Und? Die Puppe war nicht umsonst«, sagte Piia, und Katriina gab ihr noch einen Fünfziger. Dann streckte sie den Rücken durch und ging zur Tür. Pelagia war schwer, ihr Kopf hing über Katriinas Arm, aber es half jetzt auch nichts, sie zu wecken und mit einer Diskussion anzufangen.

Piia öffnete die Wohnungstür. Dabei streifte ihr bleicher Unterarm Katriinas Handgelenk. Katriina glaubte, eine Schuppe gespürt zu haben.

Dann ging hinter ihnen die Tür zu, und in Katriina keimte Erleichterung auf. Jetzt aber fix! Und möglichst weit weg von hier.

Mit der schlafenden Pelagia auf dem Arm ging sie die Treppe hinunter und dann geradeaus durch den Betonslum, durch Hochhausschatten, graue Höfe und Unterführungen. Sie wäre am liebsten gerannt, traute sich aber nicht. Sie musste sich natürlich geben. Würde Pelagia aufwachen, wäre sie schlecht gelaunt. Jemand könnte auf sie aufmerksam werden, wenn Katriina dann versuchen würde, mit dem schreienden Kind davonzulaufen.

Sie verlor die Orientierung, kümmerte sich aber nicht darum. Ohne nach rechts und links zu schauen, ging sie voran, bis sie überraschend an eine Haltestelle kam, wo gerade ein Bus hielt. Sie stieg ein, legte Pelagia auf eine Bank – ihre Arme schmerzten, das Mädchen wurde wach und jammerte – und kaufte eine Fahrkarte. Dann setzte sie sich neben ihre Tochter.

»Was ist los?«, fragte Pelagia.

»Wir fahren auf einem Geheimweg nach Hause«, sagte Katriina.

Der Bus fuhr irgendwohin, wo es nichts als Wald und

Felder und hier und da vereinzelte Einfamilienhäuser gab. Katriina nahm Pelagia an der Hand, und sie stiegen aus. Katriina rief ein Taxi und nannte als Adresse die Haltestelle, an der sie standen. Auf dem Schild war zu lesen: Am Feld.

Ringsum gab es nichts als Felder, einen hohen Himmel und in der Ferne ein Pferd, mit dessen Beobachtung sich Pelagia die Zeit vertrieb.

21 KÜNSTLERISCH VON SCHWACHEM NIVEAU

Der Streit darüber, was den Menschen formt, die Umwelt oder die Gene, geht weiter und weist keine Anzeichen von Ermüdung auf. Diejenigen, die an den Einfluss des Milieus glauben, werden nach wie vor als alberne Sozialtanten verunglimpft, die Gengläubigen weiterhin als Faschisten beschimpft.

»Da hilft kein Verhätscheln und keine Schule, wenn jemand von Geburt an dumm und mathematisch unbegabt ist«, sagt der Freund der Gene. »Schulen mit Leistungskursen, dann kommt was Gutes dabei raus.«

»Von Geburt an mathematisch unbegabt? Warum nicht gleich von Geburt an böse?«, gibt der Anhänger der Umwelteinflüsse zurück. »Warum nicht gleich sterilisieren? Und in die Gaskammer, Herr Übermensch?«

»Mit dir kann man nicht diskutieren. Man merkt, dass dein Gehirn aus Spritzgebackenem besteht.«

»Meine Worte. Und man merkt, dass du ein Herz aus Eis hast.«

»Du scheinst Mathe nicht als Hauptfach gehabt zu haben.«

»Dich scheint noch nie eine Frau rangelassen zu haben.«

Der Fall Pelagia und Launo Silola ist ein Punkt für das Lager derjenigen, die an die Einflüsse glauben, denn obwohl Pelagia und Launo in keiner Weise miteinander verwandt sind, ähneln sie sich eindeutig.

Beide erinnern an Nachttiere, die ans Tageslicht geraten sind und mit dunstigem Lächeln in der Schnauze die hellen Farben der Welt betrachten. Beide haben leichte motorische Störungen in den Beinen, die Neigung zu stolpern und gegen Möbel zu stoßen. Beide mögen Konfitüre und verabscheuen das musikalische Werk *Peter und der Wolf*.

Pelagia und Launo sind außerdem die einzigen Menschen auf der Welt, die Piia Kilinen erfrischend finden. Pelagia war schon bei der ersten Begegnung hingerissen und Launo eigentlich auch.

Piia wiederzusehen ließ Launos innere Musik heiter und leicht klingen, mit wunderbar herben Nuancen. Geigen und Flöten, leicht dahinfließende Melodien, Kammermusik im Freien an einem schönen Frühlingstag, Schaumwein, Narzissen, Wolkenzuckerwatte.

Launo stand jedoch auf sicherem Fundament. Er hegte keinerlei Absichten, die Bekanntschaft zu weit zu treiben. Aber manchmal stellte er sich so etwas vor. Piia würde ihre orangen Haare öffnen, lachen, sich in ein sanftes Schaumbad legen und dort Unsinn machen.

Sich so etwas vorzustellen war nicht schlimm. Es war sogar schön und zart. Praktisch betrachtet, hatten durch die Geschichte hindurch alle großen Komponisten Geliebte gehabt. Das war für kunstschaffende Männer kennzeichnend. Große Künstler hatten so viel Lebenskraft, dass sie sich in alle Richtungen entlud.

Aber andere Künstler hatten keine Katriina. Wäre es nur nach Launo gegangen, hätte er durchaus einen kleinen Seitensprung riskiert – immerhin war er ein fühlender Mensch und die Welt der Musik in bestimmter Hinsicht freisinnig –, aber der Gedanke an Katriinas gekränktes Gesicht wischte solche Pläne weg.

Jetzt hatte Launo bei seiner Frau ungewollt für Verdruss

gesorgt. Er hatte in zu positivem Ton über Piia gesprochen, und nun bedrückte es Katriina, wenn sich das Kindermädchen im Haus aufhielt.

Katriina tat ihm leid. Sie war so zart und klein und so rührend mutig. Und Launo war nicht dumm: Irgendwann musste ihr etwas Trauriges zugestoßen sein. Das sah man an den Augen. Vielleicht hatte ein betrügerischer Mann die Zutraulichkeit der jungen Katriina ausgenutzt, dort in dem kleinen Dorf, aus dem sie stammte. Seine Frau war ein Schmetterling, der sich nicht entpuppen wollte. Launo wollte, dass angenehme, warme Winde den Kokon umwehten, damit der Schmetterling eines Tages herauskäme und mit seinen Fühlern nach der Luft tastete.

Launo hatte mit Katriina nie über den Kokon gesprochen. Sie hätte nur gelacht. Finnische Frauen waren so, sie spielten die Couragierten und pfiffen auf Ritterlichkeit. Sie fanden es fürchterlich, empfindlich und verletzlich zu sein, dabei wusste Launo, dass sie es eigentlich waren.

Die Musiker verstauten ihre Instrumente in den Kästen. Launo saß in der ersten Reihe des Zuschauerraums und sah dem Treiben zu. Auch er würde bald zum Mittagessen gehen, aber zuvor würde er noch die Partitur überprüfen und überlegen, warum der zweite Satz so platt klang. Vielleicht sollten die Blechbläser noch gedämpfter spielen. Es müsste nach einem Flüstern klingen. Nach einem *erregten* Flüstern.

»He, Launo!«, rief jemand. Die Stimme prallte so hart vom Marmor zurück, dass der ganze Saal davon widerhallte. Launo erschrak. Wer rief ihn da beim Vornamen?

Eine sommerlich gekleidete Piia Kilinen schritt durch

den Zuschauerraum. Launo lächelte breit. Genau dieser Stil war an Piia so erfreulich. Ihr kam gar nicht in den Sinn, Launo als Herr Silola oder Kapellmeister anzureden. Sie rief ihn einfach beim Vornamen!

»Hallo, hallo, Piia«, sagte Launo. »Was machst du denn hier? Willst du vorab schon mal *Das Flüstern der Dämmerung* hören?« Launo fiel ein, dass der Saal für das Publikum eigentlich gesperrt sein sollte. »Wie bist du hereingekommen?«

»Ich hab dem Pförtner gesagt, ich wäre mit dir verabredet. Ich war mit Pelagia in der Nähe. Ich dachte, falls du noch keine Mittagspause gemacht hast, kannst du ja in den Park kommen und mit uns ein Hähnchensandwich essen. Die Kinder haben dort eine Aufführung. Pelagia spielt einen Hasen.«

»Hähnchensandwich?« Launo mochte kein Huhn. Er hatte allerdings große Lust, mit Piia in den sonnigen Park zu gehen.

»Oder was es im Supermarkt sonst so gibt«, sagte Piia geduldig.

Im Park war eine kleine Tribüne aus Holz aufgebaut und in deren Mitte eine Bühne. Launo und Piia suchten sich zwischen Vätern und Müttern einen Platz. Auf den Bänken lagen von den Kindern gemachte Programmzettel. Die Zeichnungen waren undeutlich, die Namen der Darsteller von Erwachsenen geschrieben.

»Was für eine Vorstellung ist das?«, fragte Launo.

»Mein Freund spielt ein Ungeheuer. Die Kids sind Tiere des Waldes und kämpfen gegen das Biest. Ich hab die Regie gemacht«, sagte Piia.

Einige Takte lang erklang Launos innere Musik in Moll. Piia hatte also einen Bräutigam. Aber bitte, dachte er, es war ja nur gut, wenn eine junge Frau nicht allein sein musste.

»Die Handlung klingt unheimlich«, sagte er.

Dann begann die Vorstellung. Ein Dutzend Kinder kam in Tierkostümen auf die Bühne, um zu singen. Pelagia hatte Hasenohren aus Papier auf.

Launo merkte sofort, dass das Niveau der Aufführung niedrig war. Die Kinder sangen falsch. Er dachte an die deutschen und russischen Kinderchöre, die er gehört hatte, und an die finnischen Cantores Minores. Der Unterschied war evident. Manche vergaßen sogar das Singen ganz und glotzten bloß in der Gegend herum. Launo sagte jedoch nichts. Piia hätte es ihm übelnehmen können. Und vielleicht bestand der Sinn der Aufführung ja eher im sozialen Miteinander als in der Präsentation von Bühnenkunst.

Das Ungeheuer kam hinter einer Birke hervor. Seine Maske war wirklich großartig. Es handelte sich um eine grinsende Maske aus Java, an der Bänder und Schellen hingen. Der Mund war breit und voller scharfer Zähne, die Augen waren groß und starr. Als Farben dominierten Grün, Orange und Hellrot. Launo vermutete, dass die ganze Aufführung hauptsächlich wegen der Maske zustande gekommen war. Er sagte: »Das ist aber eine großartige Maske.«

»Die hat mein Freund sich auf irgendeiner Reise gekauft«, erzählte Piia.

Launo musste zugeben, dass Piias Freund etwas konnte. Seine Sprünge erinnerten an einen Affen. Ab und zu wand sich das Ungeheuer wie eine Echse oder schlug mit der Hand in die Luft wie eine Katze. Wie es sich beim fernöstlichen Maskentheater gehörte, richtete das Ungeheuer sein Gesicht ständig auf das Publikum. Es musste den Tieren des Waldes seitlich hinterherrennen und dabei den Hals unbequem verrenken.

Launo wurde aus der Handlung nicht recht schlau. Zuerst schnappte sich das Ungeheuer Tiere aus dem Wald, und die Tiere fuchtelten mit den Armen. Dann bildeten die Tiere einen Kreis und tuschelten. Anschließend gingen sie zu dem Ungeheuer hin und luden es zum Ringelreihen ein. Beim Ringelreihen wurde das wichtigste Prinzip des Maskentheaters mit Füßen getreten: Eine Wange und die gelben Locken von Piias Bräutigam waren deutlich zu sehen.

»Das war eine großartige Vorstellung«, sagte Launo höflich, als sich die Schauspieler verbeugten.

Dann merkte er, dass seine Tochter auf der Bühne in ein Handgemenge geraten war. Pelagia zog einen Jungen am Vogelschnabel und ließ los, so dass der mit Gummiband befestigte Schnabel aufs Gesicht klatschte. Der Junge fing an zu weinen.

»Ich sollte wohl noch einen Blick auf die Partitur werfen, bevor die Musiker zurückkommen«, sagte Launo zu Piia. »Es ist nämlich eine Uraufführung, weißt du. Es juckt mich in den Fingern, wenn ich nur daran denke. Nicht weil es etwas unwahrscheinlich Großes und Prächtiges wäre, sondern einfach wegen des reinen Gefühls, über das dieser junge Komponist verfügt.«

»Aha«, sagte Piia.

Auf der Bühne boxte der Junge Pelagia gegen die Schulter.

»Schau mal, Piia. Dort scheint es Probleme zu geben«, sagte Launo. Dann ergriff er Piias Hand, drückte sie und verabschiedete sich: »Auf Wiedersehen. Danke für diese außergewöhnliche Mittagspause.«

Launo hatte die Aufführung bereits vergessen, aber sie kam am Abend zur Sprache, als Pelagia ihrer Mutter davon erzählte.

»Papa hat es auch gesehen. Hast du doch, oder?«

»Ja. Es war sehr faszinierend. Es scheint eine echte Maske aus Java dabei gewesen zu sein.«

»Wie hast du dich denn dorthin verirrt?«, fragte Katriina.

Launo ärgerte sich. Wieso war er schon wieder aus unschuldigem Grund in eine heikle Situation geraten? »Na, Piia hat mich in der Mittagspause besucht und gefragt, ob ich zuschauen will.« Dann fiel ihm noch ein mildernder Umstand ein. »Das Ungeheuer wurde von ihrem Bräutigam gespielt, einem sehr geschickten Mann, einem Könner der Pantomime.«

Pelagia hatte aus ihren Plüschtieren ein Theater gemacht, aber jetzt vergaß sie ihr Spiel und rannte zu Katriina, so dass der Fußboden zitterte. »Er ist geschickt! Er hat es mir beigebracht! Schaut mal!« Pelagia tobte auf allen vieren durch den Raum, lärmte und kreischte. »Ein Affe! Ein Königsaffe! Ein Affe! Endofstohrie!«

Plötzlich hielt Pelagia inne. Ihr schien etwas eingefallen zu sein. Sie wühlte in der Tasche, zog einen Zettel heraus und rannte mit ausgestreckter Hand zu ihrer Mutter. »Das Programm! Piias Freund hat gesagt, du sollst eines kriegen.«

Katriina streckte mechanisch die Hand aus, ergriff den Zettel, schaute ihn an und zerriss ihn in kleine Stücke. Die

Fetzen segelten wie Schneeflocken auf den Teppich. Pelagia fing an zu heulen, Launo war schockiert.

»Herrgott. Du kannst doch nicht einfach zerreißen, was das Kind gemacht hat.«

»Silmu!«, schrie Katriina. »Komm runter und schau nach Pelagia!« Katriina richtete den Blick auf Launo. Sie hatte ein bedauerndes Lächeln auf den Lippen. »Ich muss in der Küche Papierkram erledigen.«

Launo ächzte mit schweren Schritten die Treppe hinauf. Silmu kam ihm blinzelnd entgegen. Hatte er geschlafen? Launo fühlte sich alt und müde. Grau. In seinem Rücken heulte Pelagia erbärmlich. Alles war irgendwie wirr und abscheulich. Launo verstand nichts. Er schloss die Tür seines Arbeitszimmers hinter sich und legte Grieg auf, weil er sich auf nichts Kompliziertes konzentrieren konnte.

22 WIE GEHT'S, KATRIINA?

Katriina schloss die Küchentür und stellte einen Stuhl davor. Sie nahm eine Flasche Weißwein aus dem Gestell, machte sie auf und goss sich ein Glas voll. Grimmig und entschlossen trank sie, als wäre es Arbeit.

An den äußeren Rändern ihres Sehfelds wimmelte es von grellen Farben. Hier und da, auf der Arbeitsplatte und in der Spüle, lagen Gliedmaßen, Köpfe und Räder von Plastikspielzeug. Piia war mit Pelagia in Hamburgerrestaurants essen gewesen, die Spielsachen stammten von dort.

Sobald sie in eine menschliche Behausung gelangten, schienen sie sich zu vermehren. Sie ernährten sich von Piias Hautschuppen, oder waren Piias Schuppen gar ihre Eier? Sie erinnerten an die Ameisen in der Küche von Katriinas Mutter. Sie wanderten in Kolonnen. Im Augenwinkel sah man sie in Bewegung, aber wenn man sie frontal anschaute, hielten sie inne.

Katriina dachte an Plastikspielzeug und Ameisen. Der Gedanke nahm immer unangenehmere Formen an, und je gemeiner er wurde, desto fester hing sie daran. Beim vierten Glas spürte sie erste Anzeichen von Wahnsinn. Sie goss sich nach, trank und wartete. Aber der Wahnsinn wollte nicht richtig ausbrechen.

Sie machte eine zweite Flasche auf, und schon sprang sie innerlich von einem Felsvorsprung. In einer Landschaft der Leere gab es eine rote Küche und eine Kristallschale und in der Schale Katriinas kleine Hand, die einen Lappen umklammerte. Rote Fasern, die sich im kalten Wasser ausbreiteten.

In der Ecke erwachte der Schatten. Er erbebte und wuchs zu einer schwarzen Welle heran, stürzte auf Katriina zu und ertränkte sie.

Wenn man wahnsinnig ist, kann man glauben, der Plunder bewege sich wie Ameisen, obwohl sich lebloses Plastik nicht bewegt. Eine Wahnsinnige kann denken, das Kindermädchen sei gefährlich, obwohl das Kindermädchen nur unangenehm ist. Und eine Wahnsinnige kann sich einbilden, dass auf dem Programmzettel des Kindertheaters steht »Wie geht's, Katriina? Mir geht's gut, weil ich dich endlich gefunden habe. Mit lieben Grüßen, Tom«.

Es wurde Abend und Nacht, und Katriina überstand es und fasste sich und teilte Launo am nächsten Morgen mit, Pelagia werde wieder in den Kindergarten gehen.

»Und das mit der Preiserhöhung? Von A2 zu A3?«, fragte Launo.

»Das können wir uns noch leisten. Und es ist gut, wenn Pelagia unter Gleichaltrigen ist.«

»Und Piia?«, fragte Launo. »Nehmen wir ihr jetzt das Brot vom Teller?«

»Sie studiert und hätte sowieso aufhören müssen. Das ist eigentlich der Hauptgrund.«

Launo butterte stumm seinen Toast. Er war bekümmert und zufrieden zugleich. Heute würde er sich ein beigefarbenes Bebé-Törtchen kaufen. Ihm war kein bisschen rosa zu Mute.

Pelagia brach zusammen, als sie die Neuigkeit hörte. Sie wollte Piia nicht hergeben. Sie versuchte alles, damit Katriina sie zu Piia ließ. Schließlich warf sie voller Zorn eine Plüschmöwe ins Klo, worauf der Abfluss verstopfte. Es musste ein Klempner geholt werden. Katriina stand an der Badezimmertür und betrachtete die Überreste der Plüschmöwe, die aus dem Rohrsystem gezogen worden waren.

DRITTER TEIL

1 DIE ELITETRUPPE

»Wo bist du gewesen?«

Pelagia und Kylli standen im Kindergarten an der Garderobe. Beide hielten ihren Rucksack in der Hand. Auf Pelagias Rucksack waren Fohlen abgebildet, Kyllis Rucksack zierte Micky Maus.

»Bei Piia. Piia hat daheim eine Muschel, in der rauscht das Meer.«

»Ich bin im Chor. Wir fahren nach Tallinn.«

»Kann ich mitkommen nach Tallinn?«

»Vielleicht. Das kann man nicht wissen.«

In Pelagias Abwesenheit war an der Stelle, wo der Gang eine Ausbuchtung hatte, das Zerrbild eines Spielhäuschens errichtet worden. Es hatte Wände, aber kein Dach, und enthielt einen Herd, einen Tisch, Stühle und Zubehör zum Saubermachen in klein. Die Mädchen beschlossen, es auszuprobieren. Kylli sollte die Mutter sein, wurde entschieden. Pelagia wäre die älteste Tochter. Drei andere Mädchen dürften die kleinen Schwestern sein. Kylli und Pelagia legten für alle die Namen, das Alter und die Charaktere fest. Kylli entschied, dass die Mutter total streng wäre und kein Alter und keinen Namen hätte. Pelagia entschied, dass die älteste Tochter sechzehn wäre und Satu-Orvokki hieß und vom Charakter her unwahrscheinlich nett und klug wäre.

Als alles bereit war und das Spiel beginnen konnte, drängte sich ein Junge in den Verschlag. Die Mädchen befahlen ihm, zu verschwinden, aber der Junge rührte sich nicht vom Fleck. Die Mädchen wurden strikter, und Kylli schubste ihn.

Da erscholl in den höheren Sphären eine Stimme. Die Kinder richteten den Blick schräg nach oben. Über dem Rand des Pferchs hing der Oberkörper von Elisabet Pylkki, die ihnen befahl, alle mitspielen zu lassen.

Genau das war der Grund dafür, dass der Pferch immer leer stand. Zu jedem Spielhäuschen gehört unbedingt ein Dach. Ohne Dach entsteht keine Nestatmosphäre, kein Versteck, in dem man Geheimnisse tuscheln und Bündnisse schmieden konnte.

Der schwankende Oberkörper löste bei den Kindern diffuse Beklemmung aus. Wie lange waren sie schon beobachtet worden? Die Wände des Verschlages kamen ihnen wie Gefängnismauern vor, die Kindergartenleiterin wirkte noch größer als sonst, und die Kinder fühlten sich noch kleiner als gewöhnlich.

»Das ist ein Spiel, bei dem Pietari nichts verloren hat«, erklärte Pelagia.

»Pietari könnte doch der Vater sein«, sagte Elisabet Pylkki.

»In dieser Familie gibt es keinen Vater!«

»Aber irgendwas kann Pietari schon sein.«

Elisabet Pylkki entfernte sich, und die Mädchen überlegten. Pietari setzte sich auf einen Stuhl, der wie ein Fliegenpilz bemalt war, bohrte in der Nase und wartete auf das Ergebnis. »Pietari isst Rotz!«, rief Kylli in der Hoffnung, jemand würde kommen und Pietari tadeln, aber es kam niemand. Schließlich fügte sich Kylli den Tatsachen, seufzte und sagte: »Na ja, Pietari könnte der Hund sein.«

Pelagia schlug vor, er wäre ein Pudel. Da wartete eines der anderen Mädchen mit einer Überraschung auf: »Warum kann Pietari nicht doch der Vater sein?«

»Nein!«, sagten alle anderen wie aus einem Mund.

»In dieser Familie ist der Vater jetzt auf Dienstreise.«
»Nein, tot.«
»Nein, geschieden.«

Der junge Mann, der im Kindergarten seinen Zivildienst leistete, schloss mit Pelagia ein geheimes Abkommen. Pelagia dürfte im Chor mitsingen, wenn sie aufhörte, auf den Boden zu pinkeln (sie hatte beim Anblick der Kunststoffböden ihr Protestpipi wieder aufgenommen). Pelagia hörte sofort damit auf. Der Zivildienstleistende hatte ihr nicht gesagt, dass sie auf jeden Fall ausgewählt worden wäre.

Launo freute sich, aber die anderen Familienmitglieder hegten den Verdacht, dass man Pelagia nur aufgrund ihres Nachnamens aufgenommen hatte. Pelagias Musikalität war eine sehr fragliche Angelegenheit. Sie mochte Musik, hörte sie und tanzte, aber bei den Noten blieb sie nicht.

Der Chor probte jeden Abend 45 Minuten. Pelagia machte es Spaß. Die Elitetruppe bekam nämlich Käsebrötchen und Capri Sonne und durfte im Kindergarten umherschleichen, wenn schon zu war. Abends wirkte der Kindergarten anders und geheimnisvoller als tagsüber. In den Ecken schienen sich Umrisse abzuzeichnen: von Tigern, Löwen, Affen und anderen Wesen aus dem Dschungel des Traums. Tagsüber herrschte einfach helles Licht, wenn auch die üblichen Kinder da waren.

Im Frühherbst würde der ausgewählte Chor nach Tallinn fahren, um sich mit anderen Chören hochbegabter Kinder zu messen.

Katriina war zufrieden, weil Launo und Pelagia es waren, aber dann stellte sich heraus, dass die Chorreise auf das Wochenende von Launos fünfzigstem Geburtstag fiel. Katriina zögerte zwei Tage und beschloss dann, Pelagia trotzdem mitfahren zu lassen. Auch ein paar andere Kinder fuhren ohne ihre Eltern. In gewisser Weise stimmte das Timing sogar: Das Kind war anderweitig versorgt, wenn trinkende Erwachsene das Haus bevölkerten.

Vor allem wollte Katriina keinen Streit mit Pelagia, denn das Kind war so begeistert von der bevorstehenden Fahrt, übte zu Hause die Lieder und Tänze und trauerte auch Piia nicht mehr nach. Die Plüschtiere, die noch übrig waren, hatten mit zu den Proben gedurft und mit Pelagia in einer Reihe gesessen, wenn sie ihre Lieder sang.

Im Kindergarten fand eine Informationsveranstaltung zu der Chorreise statt. Dabei wurden Kekse angeboten, die nach Zitrone und Staub rochen und sich im Mund in nichts auflösten. Elisabet Pylkki und ihre Mitarbeiterinnen berichteten den Eltern von dem Basar, der zum Geldsammeln obligatorisch war. Es gab eine lange Liste von Aufgaben: backen, Plakate malen, den Kindergarten schmücken, alte Sachen zum Verkauf bringen und die alten Sachen der anderen kaufen.

Elisabet klagte schon im Vorfeld die Drückeberger an, die sich mit Geld von der Teilnahme am Basar freikauften. Denn auch das durfte man tun: einfach das Reisegeld für das eigene Kind abdrücken, aber das war, offen gesagt, nichts anderes als ignorant.

Katriina saß auf einem winzigen Kinderstühlchen in der letzten Reihe und sah zu, wie die schwächeren Mütter einknickten. Sie musste Elisabet deswegen ein bisschen bewundern. Mit wenigen Worten und Seufzern schaffte es die Kindergartenleiterin, fast alle in Reih und Glied zu bringen. Katriina musste einen wesentlich schärferen Ton anschlagen, wenn sie ihre Kinder oder Mitarbeiter zur Räson bringen wollte. Irgendwie kam Elisabet an die Grundströmungen der Schuld im Menschen heran und operierte mit ihnen. Katriina fragte sich, ob Elisabet das bewusst tat – ob es eine genau überlegte und nach außen gewaltfrei wirkende Methode war, die Umgebung zu beherrschen, oder bloß ein seltsamer Charakterzug, dessen Trägerin überall Mobbing und Missbrauch sah, obwohl sie selbst die anderen mobbte, wo es nur ging.

Katriina räusperte sich und sagte, erstens würde sie zahlen und nicht backen und zweitens würde Pelagia ohne Eltern nach Tallinn fahren. Es war mit einer anderen Familie ausgemacht, dass sie sich um Pelagia kümmerten.

Elisabet Pylkki sagte »aha«, und Katriina spürte, wie sich ihre Wangen röteten. Dachten die anderen Mütter jetzt, dass sie alt, reich und unfähig sei? Sie konnte nichts dafür! Der Tag hatte nur 24 Stunden, ihr fehlte einfach die Zeit, einen Basar zu veranstalten. Sie musste sich um ihre Firma kümmern, ihren Mann besänftigen und ein Fest für hundert Angeber organisieren.

»Das ist nun mal so«, sagte Katriina. »Mein Mann feiert seinen Fünfzigsten.«

»Ist das Liederfest der Kinder etwa keine Feier?«, fragte Elisabet.

»Die Einladungen sind schon verschickt. Es kommen Gäste von ministeriellem Niveau.«

»Aha. Kinder, die ohne Vater und Mutter reisen, bekommen eine Betreuerin. Bei Pelackia werde ich das sein.« Elisabet Pylkki blickte Katriina scharf in die Augen. »Weil ihre Mutter aus den besseren Kreisen keine Zeit hat.«

Katriina holte tief Luft und bemühte sich, nicht zu blinzeln und vor dem rügenden Blick nicht zu kapitulieren. Sie musste das jetzt einfach aushalten. Zumindest war sie Piia und die Gefahr, die um Piia herumflimmerte, losgeworden. Wenn Pelagia nur schnell größer würde, damit man sich nicht mehr mit Kindergärtnerinnen abgeben musste!

Schließlich trugen die Kinder ihr Repertoire vor. Pelagia stand in der ersten Reihe, und auch wenn sie in Katriinas Augen die Tollste war, wurde doch verblüffend deutlich, dass sie voll danebensang. Die anderen Vorschüler blieben bei den Noten und bewegten sich auf eine Art, die an eine Choreographie erinnerte, aber Pelagia vergaß die Bewegungen ganz und gar.

2 DIE FENSTER, SILMU

Astra wachte von den Sonnenstrahlen auf. Sie fühlte sich verschwitzt und mager und wischte sich über den Bauch. Die Beckenknochen ragten auf wie schöne Berge.

Sie hielt sich die Hand vors Gesicht, um sie zu betrachten und zu bewundern. An der Stelle, wo sich Daumen und Handgelenk trafen, befand sich eine Mulde, an deren Tiefe man den Grad der Fettheit ablesen konnte. Jetzt war die Mulde tief und schattig. Man hätte sie als Wassernapf benutzen können. Die ganze Hand war glatt und knochig, die Finger waren lang und schön wie bei einer Pianistin.

Das Semester war zu Ende, es war Sommer, und Astra hatte Zeit.

Auf dem Fußboden neben dem Bettpfosten spielte das Handy einen eleganten Hit von Depeche Mode. Astra griff nach dem Apparat – es schien ihre Mutter zu sein –, ließ sich wieder auf den Rücken rollen und hielt sich das Handy ans Ohr. An Mutters Stimme hörte man gleich, dass ein Befehl kommen würde.

»Astra, mein Schatz. Jetzt steht ja bald das Fest deines Vaters an. Was willst du lieber tun: vorher putzen oder bei der Feier bedienen?«

»Vorher putzen.«

»Das hatte ich mir schon gedacht. Dann komm her.«

Astra wollte sich nicht in den zu warmen Innenräumen ihrer nervösen Mutter aufhalten. Sie wollte sich lieber mit Kai treffen.

»Jetzt? Könnte das nicht Silmu tun? Ich kann dann anschließend aufräumen und saubermachen.«

»Ich erreiche ihn nicht. Er ist nicht in seinem Zimmer und meldet sich nicht am Handy.«

»Er ist bestimmt im Fitnessstudio.«

»Es kommen hundert Leute und der Kulturminister, und die Fenster müssen geputzt werden.« Mutters Stimme war so angespannt, dass sie fast schrillte.

»Warum kannst du keinen professionellen Fensterputzer engagieren?«, fragte Astra, obwohl sie wusste, dass sie damit Streit provozierte. »Bei euch gibt es so viel Glas, dass es eine Ewigkeit dauert.«

»Einen professionellen Fensterputzer? Und von welchem Geld?«

»Na, zum Beispiel von dem Geld, das Papa für seine Tourneen bekommt. Oder von dem Geld, das von deiner Firma kommt.«

»Solange ich zwei Hände habe, kommt mir kein professioneller Fensterputzer ins Haus, um hier herumzuwühlen.«

»Okay«, sagte Astra und setzte sich auf. »Ich sorge dafür, dass Silmu kommt, oder ich komme selbst.«

Astra machte sich auf den Weg, um Silmu zu suchen. Das Fitnessstudio mit dem äußerst seltsamen Namen lag nur drei Häuserblocks entfernt.

Sie öffnete die schwere Metalltür. Es roch nach Schweiß und Metall, und das Ganze erinnerte an die Werkstatt geisteskranker Wichtelmännchen im hintersten Winkel Lapplands. Das Herz bildete eine große, scheppernde, in alle Richtungen ausladende Maschine. Um sie herum ächzten und schwitzten pumpende Wichtelmännchen.

Einige von ihnen ächzten in ihrer eigenen Welt. Astra

hatte noch nie eine solche Konzentration gesehen, obwohl sie einen Fortgeschrittenenkurs in Ashtanga Yoga besucht hatte. Die anderen Wichtelmännchen unterhielten sich, einige schielten in Astras Richtung.

Silmu stand zwischen zwei Männern in einer Ecke und verschmolz vollständig mit der Menge. Er war schmäler als die meisten anderen Männer, sah aber erstaunlich groß, stark und erwachsen aus. Auch seine Bewegungen waren die gleichen wie bei den anderen, steif und kontrolliert.

Einer der Männer neben ihm schien zirka zweihundert Kilo zu wiegen. Auch sonst war er keine Freude für das Auge: Er hatte eine Glatze und feuerrote Striemen an den nackten Schultern und Armen. Er trug Shorts und darüber einen breiten Ledergürtel. Auf dem ärmellosen Shirt stand: »*Don't worry. I'll make you sweat so hard no one can tell you're crying. Beast Protein and Supplements.*« Astra las den Text zwei Mal. Er löste angenehme Gefühle in ihr aus.

Der andere Mann war ein anderes Kaliber, unwahrscheinlich gutaussehend und irgendwie elastisch, wie aus Gummi gemacht. Das Haar von der Sonne gebleicht, tiefe Bräunung, perfekter Körper.

Offenbar gab es zwischen den Männern Unstimmigkeiten. Der Fleischberg stand breitbeinig und mit den Händen in den Hüften da wie ein böser Türsteher. Der schöne Mann schien aber überhaupt keine Angst vor ihm zu haben, sondern stieß ihm mit dem Zeigefinger gegen die Brust. Silmu stand stumm daneben und sah aus, als wäre er lieber anderswo.

Astra winkte, bis Silmu sie bemerkte. Seine Stirn wurde glatt und runzelte sich erneut. Astra winkte noch einmal, aber Silmu runzelte nur weiterhin die Stirn. Das war seltsam. Astra konnte sich nicht erinnern, dass Silmu sich jemals geärgert hatte, sie zu sehen. Man musste ihn schon heftig angehen, damit er zornig wurde.

Er sagte etwas zu den streitenden Männern und kam durch den Saal auf Astra zu.

»Du riechst schlecht, Silmu«, sagte Astra, weil es stimmte.

Silmu sagte: »Bist du gekommen, um mir das mitzuteilen?«

»Du sollst Mama helfen.«

Silmu knirschte derart mit den Zähnen, dass man es sehen und hören konnte.

»Bei was?«

»Die Fenster müssen geputzt werden.«

»Warum ich?«

»Warum nicht du? Geh Fenster putzen. Ich mache dann hinterher sauber. Und was ist eigentlich los mit dir? Du bist so komisch.«

Der gutaussehende Mann kam zu ihnen und fragte: »Kann ich euch helfen? Habt ihr ein Problem?« Astra merkte, dass der Mann doch nicht so gutaussehend war: Eine fürchterliche Narbe lief über sein Gesicht.

»Silmu soll nach Hause gehen, Fenster putzen, aber er will nicht«, erklärte Astra, streckte dann die Hand aus und stellte sich vor. Der Mann stellte sich ebenfalls vor. Und der seltsame Name des Studios fand seine Erklärung.

Silmu wandte sich ab, ging davon und verschwand im Umkleideraum. Astra beschloss, zu warten und weiter Druck auszuüben, sobald ihr Bruder frisch geduscht zurückkam. Während des Wartens unterhielt sie sich mit Aivo. Sie fragte ihn, was ihn nach Finnland verschlagen habe.

Es stellte sich heraus, dass Aivo vor Jahren eine Finnin kennengelernt hatte, die auf dem Mustamäki-Markt in Tallinn einen authentischen Kosmonautenhelm, der garantiert im Weltraum benutzt worden war, bei ihm gekauft hatte. (Aivo hatte damals ernste Schwierigkeiten gehabt und war zwischenzeitlich so tief gesunken, dass er Sowjetkitsch verkaufen musste.) Bald waren sie zusammen gewesen, hatten geheiratet und ein Kind bekommen, aber in Finnland fing das Eheglück an zu bröckeln. Die Scheidung war bitter gewesen und der Kampf ums Kind gnadenlos. »Geh zu deinen Schwuchteln, Gewichte stemmen, du verdammtes Arschloch«, hatte die Frau gesagt und ihren Namen unter die Vereinbarung über das geteilte Sorgerecht gesetzt. »Setz dir deinen Kosmonautenhelm auf und verzieh dich ins nächste Vakuum, du blöde Kuh«, hatte Aivo gesagt und seinen Namen aufs Papier geworfen.

Astra überlegte, ob ihr eine höfliche Form einfallen würde, nach dem Unfall zu fragen, der so eine schlimme Spur im Gesicht hinterlassen hatte, aber da kam Silmu mit nassen Haaren und einer Wasserflasche in der Hand zurück.

»Die Fenster, Silmu«, sagte Astra.

»Nein.«

»Ich kann Silmu ja beim Fensterputzen helfen«, erbot sich Aivo.

»Bestimmt nicht«, sagte Silmu. »Der will mir nur an den Arsch fassen«, fügte er in Astras Richtung hinzu.

»Silmu!«, ermahnte ihn Astra. »Sei nicht so komisch!«

Dann verlieh sie ihrem Ton noch mehr Nachdruck, und schließlich erklärte sich Silmu bereit, die Fenster zu putzen, aber dafür war jeder Tropfen Autorität der Erstgeborenen nötig.

3 DER WEG DES SEILS

Welcher junge Mann möchte nicht gern einmal seine Freundin mit der Strumpfhose am Kopfende des Bettes festbinden und sie mit der Zuckerstange der Liebe ordentlich rannehmen? Anschließend strahlt die Freundin zufrieden und lamentiert über die Laufmaschen. Guck doch mal. Du Perversling! Anschließend gehen sie ein Eis essen und werden rot vor Glück.

Dann gibt es Männer, die ein bisschen mehr auf der Pfanne haben. Im Geschäft gekaufte Fesseln und Riemen, Halsbänder, Gurte und Knebel. Außen Leder, innen ein zur nassen Haut passendes, an einen Taucheranzug erinnerndes Material. Um all das einsetzen zu können, muss man schon das Vertrauen einer Frau gewinnen. Vor allem die rote Knebelbirne wirkt zweifelhaft. Sind da die Beißspuren einer anderen Frau zu erkennen? Ist die wenigstens gründlich gewaschen worden?

Und dann gibt es Männer, die Essays mit dem Titel »Der Weg des Seils« schreiben. Ihre Motive, die Freundin zu fesseln, sind ästhetischer und ernster Natur. Das Seil ist aus Hanf, die alten Japaner stehen Pate, das Verschnüren dauert mindestens zwei Stunden, und das Ergebnis ist ein gleichmäßiges, harmonisches Muster auf lebendiger Haut. Der Vorgang erinnert eher an eine Teezeremonie als an eine flachköpfige Pornomasche.

Kai wog die Wäscheleine in den Händen. Als Kind war er bei den Pfadfindern gewesen. Und er hatte Jussu geholfen, das Schiff am Pier festzumachen. Er konnte mehr Knoten als eine Schleife. Er wusste, er würde schnell lernen, aus Astra ein fernöstliches Paket zu schnüren, aber er wollte es nicht. Er war von Natur aus zu direkt und zu humorvoll für den Weg des Seils. Andererseits hatte er verstanden, dass Astra unter Umständen eine sorgfältigere Behandlung mehr zu schätzen wüsste als ein paar verknotete Strumpfhosen.

Die Wäscheleine war eine gute Lösung. Lederbänder aus dem Fachgeschäft konnte sich Kai nicht leisten. Außerdem konnte ein praktisch veranlagter Mann seine Frau genauso gut mit normalen Haushaltsartikeln fesseln.

Astra saß in knapper, schwarzer Unterwäsche und mit glänzenden Augen bei ihm auf dem Wohnzimmerteppich. Kai blickte auf sie, dann auf die Möbel und wieder auf sie und beschloss: »Ich werde dich an Händen und Füßen ans Bett fesseln. Und dann nehme ich dich.« Damit packte er Astras Arm.

Astra sagte nichts.

Kai war der Beste, und das Beste an Kai war seine Gleichgültigkeit gegenüber dem menschlichen Fleisch. Es war keine Brutalität, sondern Gefühllosigkeit. Kai behandelte sie wie ein Handwerker einen Schrank, der abgeschliffen werden musste. Kai war ein Roboter oder ein gründlich gehirngewaschener Agent, darauf programmiert, zu fesseln, zu bestrafen und zu foltern. Man brauchte dazu keine Stellung zu beziehen, und man musste darüber auch nicht verhandeln. Astra durfte sich auf sich selbst konzentrieren und tief in ihrem Innern der Hauptengel sein.

Manchmal, sehr, sehr selten, blitzte etwas in Kais Augen auf, oder er seufzte oder biss die Zähne zusammen. Dann stellte sich Astra vor, was er dachte. Manchmal dachte Kai »so ist es also, mit einem Engel zu schlafen«. Manchmal dachte Kai »du sollst leiden, du Hure«.

Astra versuchte ihre rechte Hand zu bewegen. Es ging nicht. Würde Kai die Wohnung verlassen, würde sie nie loskommen. Sie würde hier sitzen und krepieren. Ein Anflug von Melancholie überkam sie. Aber es war nur ein Anflug. Kai würde nicht weggehen, im Gegenteil, Kai würde immer näher kommen, so nahe wie möglich.

Kai schlang die Schnur vier Mal um Astras Handgelenke. Es schnürte nicht ein, aber sie würde trotzdem niemals alleine loskommen. Nun führte Kai die Schnur um das Kopfende des Bettes herum und fixierte die linke Hand. Dann zog er die Schnur nach vorne.

Er ließ Sorgfalt walten, pfiff vor Konzentration leise vor sich hin. Er dachte an die Verantwortung. An die Verantwortung für den Genuss und für das Losbinden.

Er hob Astras linkes Bein an und fixierte es am Bettpfosten. Am liebsten hätte er mit dem Fesseln aufgehört, Astra den Slip ausgezogen und losgelegt, aber das ging jetzt nicht. Der begonnene Prozess musste zu Ende geführt werden. Astra wollte alles picobello haben.

Er band auch das zweite Bein nach oben. Astras Fußgelenk war klein und schmal, Kais Finger konnten es umfassen. Astra lag nun in der denkbar obszönsten Stellung bewegungsunfähig da. Kai trat einen Schritt zurück. Fertig! Dieser Anblick war eine Pracht.

Menschen, für die Fesseln eine Lebenseinstellung und eine Form von Vereinstätigkeit ist, haben dafür genaue Regeln aufgestellt, denn diese Spiele sind ein bisschen riskant, Unglücksfälle gang und gäbe. Das Blut zirkuliert nicht richtig, die geknebelte Person übergibt sich, das um den Hals geschlungene Seil sitzt zu straff.

Die wichtigsten Sicherheitsvorschriften sind die folgenden: Wähle ein Sicherheitswort, lasse die gefesselte Person nicht allein, drehe sie oft genug in eine andere Position, überprüfe den Atem und behalte die Farbe der Haut im Auge (blau ist schlecht). Der wesentlichste Tipp für die gefesselte Person lautet: vorher eine ordentliche Mahlzeit einnehmen. Es ist ein amateurhaftes Spielen mit dem Schicksal, nur ein kalorienarmes Joghurt und schwarzen Kaffee zu sich zu nehmen und dann darum zu bitten, verschnürt zu werden.

Die heiße Sonne des frühen Nachmittags schien durch die Vorhänge, die ungezügelte Versündigung war vorbei und Kai bereit, ein Eis zu essen. Astra lag als schmutziges, stummes Bündel auf dem Bett. Kai fing an, die Knoten zu lösen.

»Hast du keine Schere?«, fragte das Bündel.

»Ich will, dass die Leine heil bleibt.«

»Was fummelst du da rum? Kommt man hier heute noch frei, oder dauert es bis morgen?«

Als Kai die Knoten auf hatte, setzte sich Astra und schüttelte die Schnur ab. Sie befühlte ihre Handgelenke, wischte sich übers Gesicht und versuchte zu lächeln, aber es gelang ihr nicht. Sie stellte einen Fuß auf den Teppich, stand auf, ging in Richtung Bad, blieb mitten im Raum stehen und drehte sich halb um.

»Kai, warte … Ich –«, sagte Astra und brach bewusstlos zusammen.

4 DER BÜCHERWURM

Silmu saß im Salon Bravo allein an der Theke und trank Bier. Es war früh am Nachmittag, er hatte ungefähr eine Million Fenster geputzt und nicht länger zu Hause bleiben wollen, denn seiner Mutter fielen ständig neue Arbeiten für ihn ein.

Auch in die Bücherei oder ins Kino konnte er nicht gehen. Bücher und Filme waren zu langsam. Die Steroide stellten etwas mit seiner Konzentrationsfähigkeit an. Er konnte nicht mehr stillsitzen. Auch jetzt schwang sein Fuß hin und her und trat gegen die Theke. Er fragte sich, ob er anfangen sollte zu rauchen. Astra wirkte nie nervös. Das musste daher kommen, dass sie immer was zu tun hatte, dass es immer die Möglichkeit gab, mit einer Zigarette herumzufummeln.

Silmu hatte am Morgen trainiert, vor dem Fensterputzen. Normalerweise beruhigte ihn das, wenn sonst nichts half. Sein Körper war danach so erschöpft, dass die Energie für innere Unruhe fehlte. Aber mittlerweile hatte er so viel Kraft, dass sie auch bei der größten Anstrengung nicht auszugehen schien. Er stemmte größere Gewichte als je zuvor und war trotzdem in der Lage, sich über die Schwachköpfe im Studio aufzuregen. Und die Streitereien zwischen Aivo und Köde zerrten an seinen Nerven.

Silmu schaute sich um. Der Salon Bravo war fast leer. Die Jukebox schwieg. In den Ecken nahmen die Alkoholiker ihr Tagespensum in Angriff, ein paar Rocker spielten träge Billard. Das Klacken der Kugeln hörte man bis zur Theke.

Silmu richtete den Blick auf den Spiegel hinterm Tresen.

Man konnte nur den Oberkörper sehen, aber das genügte, um festzustellen, dass Silmu sich verändert hatte. Er hatte breite Schultern und einen dicken Hals. Er schob den T-Shirt-Ärmel nach oben und spannte den Arm an. Bizeps und Trizeps hoben sich deutlich ab. Auch der Schultermuskel hob sich ab. Einzelne Segmente waren nicht zu erkennen. Es gab noch schrecklich viel zu tun.

Der Barkeeper bemerkte die Selbstbespiegelung und schnaubte. Er war ein sehr kleiner Mann, ein dürrer Hering mit langen Haaren, der es sich eigentlich nicht leisten konnte, wegen Silmu verächtlich zu schnauben.

»Ich hab ja solche Angst vor deinen Muskeln«, sagte er.

»Halt die Schnauze oder ich stopfe sie dir«, erwiderte Silmu. Testosteron war ein großartiger Stoff. Eine Überdosis davon wirkte in Sachen Selbstbewusstsein Wunder.

»Und weißt du was«, fügte Silmu kurz darauf hinzu. »Dieser Kneipe hier fehlt ein o. Es müsste Saloon heißen, mit zwei o. Salon bedeutet Frisör.«

»Was redest du da für eine Scheiße?«, sagte der Barkeeper. »Bist du 'n Bücherwurm, oder was?«

»Man muss nicht gerade wahnsinnig lang zur Schule gegangen sein, um zu merken, dass der Besitzer von dem versifften Laden hier mal den Kopf aus dem Arsch nehmen müsste.«

Einen Moment später merkte Silmu, dass im Halbkreis hinter ihm sechs Rocker standen. Er merkte auch, dass der schmale Barkeeper genau so eine Lederweste trug wie die anderen Motorradclubmitglieder. Mit den gleichen Zeichen, Skelett und Flammen.

»Man kann sich da drüben nicht aufs Spielen konzentrieren, weil hier ein Hirnzwerg Rabatz macht«, sagte einer der Rocker. Er hatte eine Glatze, einen gestutzten Bart und einen bläulichen Fleck unterm Auge. Silmu erinnerte sich, gehört zu haben, dass es sich bei dem Fleck um eine besondere Auszeichnung handelte, die etwas bedeutete, zum Beispiel dass ihr Träger ein echt harter Bursche war, anderen Leuten mit Gartenwerkzeug die Finger abschnitt und im Knast auf dicke Hose machte.

»Er meint, der Name unserer Kneipe bedeutet Frisör«, petzte der Barkeeper.

Die Motorradclubmitglieder nahmen ihre Billardstöcke besser in den Griff. Der Kreis wurde dichter. Silmu konnte in keine Richtung mehr fliehen.

»Ich kann auch nichts dafür, dass ihr nicht schreiben könnt«, sagte er. »Guckt einfach mal, wie die Frisöre heißen, wenn ihr das nächste Mal auf die Straße geht. Salon Marja-Leena. Salon Desiree. Salon Seidenwelle. Salon Bravo. Könnteste mir mal schnell da an den Seiten bisschen was wegnehmen, du? Aber mach mir bloß nicht so einen Eierkopf, wie du selbst einen hast.«

Für einen Moment klappten die Rocker die Münder auf und zu, weil sie zu entsetzt waren, um etwas sagen zu können. Schließlich sagte der Tätowierte mit der Glatze: »Bist du Frisörexperte, oder was? Lässt du dir beim Frisör von deinen schwulen Freunden Locken in die Sackhaare drehen?«

»Von welchem schwulen Freund?«, kam es aus Silmus Mund. Die Rocker jaulten vor Lachen. »Von welchem? Hast du so viele, dass du mit dem Zählen nicht hinterherkommst?«

Silmu handelte erneut, bevor er dachte, und schüttete dem Tätowierten den Inhalt seines Bierglases ins Gesicht.

Man hörte ein nasses Klatschen. Der Betroffene blinzelte. Von den Wimpern tropfte Flüssigkeit auf die Brust. »Jetzt gibt's auf die Fresse, und zwar richtig, verdammt«, sagte der Barkeeper erfreut.

Der erste Schlag holte Silmu vom Barhocker. Er landete auf dem schmutzigen Fußboden, suchte Halt, stand schnell auf und holte nach dem erstbesten Rocker aus, ohne zu treffen. Nun kamen die Schläge von allen Seiten. Silmu spürte keinen Schmerz. Er war so wütend, dass er spürte, wie er überkochte. Wie von ferne hörte er sein eigenes Gebrüll. Irgendwo zersplitterte Glas.

»Werft ihn raus«, kreischte der Barkeeper. »Der macht mir alles kaputt!«

Zwei Männer packten Silmu und schleiften ihn zur Tür. Der eine machte sie auf, und der andere stieß Silmu so heftig nach draußen, dass er auf die Straße stürzte.

»Lass dich hier nicht mehr blicken!« Die Tür wurde zugeschlagen.

Silmu rappelte sich auf. Er fühlte sich wie ein fieser, giftiger Köter. Blut tropfte ihm vom Gesicht. Auch die Handflächen waren offen. Er hatte sich mit ihnen abgefangen und sich dabei einen Asphalt-Ausschlag zugezogen. Die Sonne stach ihm direkt in die Augen. Auch das brannte.

Nach Hause würde er auf keinen Fall gehen. Dort würde bloß wieder jemand seine Meinung über ihn verkünden. Ihm fiel nichts Besseres ein, als wieder ins Studio zu gehen. Da könnte er sich wenigstens das Blut abwaschen. Aivo hatte Pflaster.

5 OMI UND DER JUNGE

Astra blickte auf eine Reispapierlampe, als sie die Augen öffnete. Sie lag mit dem Rücken auf der Couch, und alle Glieder taten ihr weh. Ein feuchtes Handtuch kühlte ihre Stirn. Kai saß auf dem Rand der Couch und bat um Verzeihung.

»Schon gut«, sagte Astra. Ihr Gehirn funktionierte nur zäh. »Ich habe einen niedrigen Blutzuckerspiegel.«

»Willst du etwas? Saft? Wenn Zucker hilft? Meine Schwester ist mal beim Blutspenden zusammengeklappt. Da hat man ihr sofort Saft gegeben.«

Kai stand auf und ging in die Küche. In der Zeit blickte sich Astra um. Sie lag auf einem weichen, braunen Ecksofa. Weiße Wände, Fernseher, Bücher, Stereoanlage, Poster von einem Festival im Ausland. Bilder von Schiffen. Ein großes Schwarzweißfoto, das eine Schönheit aus den Fünfzigerjahren gefesselt auf einem Stuhl zeigte. Neben dem Foto hing eine lange Reihe von Rosetten in verschiedenen Farben.

Kai kam mit einer Teetasse in der Hand zurück.

»Hier. Meine Omi macht den aus schwarzen Johannisbeerblättern.«

Astra stützte sich auf den Ellenbogen und kostete. Strenger Geschmack.

»Hast du dir die Rosetten angeschaut?«, fragte Kai.

»Das Foto.«

»Die hat Nelson gekriegt. Der Junge ist mehrfacher Schönheitschampion.«

Astra legte den Kopf wieder aufs Kissen.

»Hör auf, deine Großmutter Omi zu nennen und deinen Hund als Jungen zu bezeichnen!«

»Aha. Aber jedenfalls kommt der Junge gerade«, sagte Kai. Der Hund kam angewetzt und schnupperte. Astra betrachtete ihn. Wenn der Hund stillhielt, konnte man nicht auf Anhieb sagen, wo vorne und hinten war. Auch sonst war er grauenhaft. Graubraune Rastalocken hingen an ihm herunter, genau wie an einem verfilzten Mop. Sie hingen auch über die Schnauze und die Augen. Die Zunge schob sich durch den Vorhang und leckte Astras Handrücken.

»Ich müsste den Jungen mal ausführen«, sagte Kai. »Bin gleich wieder da. Ruh dich inzwischen aus.«

»Nein, ich gehe auch.«

»Ruh dich doch erst ein bisschen aus.«

»Ich muss meine kleine Schwester vom Schwimmkurs abholen.«

»Na, dann kommen Nelson und ich mit«, sagte Kai und legte Astra die Hand auf die Stirn. Astra wischte sie weg.

»*Der Junge* darf nicht in den Kinderpark. Dort herrscht Hundeverbot.«

»An einem Hund wird sich schon keiner stören.«

Astra wurde sauer. »Was soll das jetzt? Ich darf ja wohl allein auf die Straße gehen, wenn ich will. Finnland ist ein freies Land«, zischte sie, stand auf, ging in Richtung Flur, musste aber am Türrahmen Halt suchen, weil ihr wieder schwarz vor Augen wurde.

»Hör jetzt auf mit dem Unfug«, sagte Kai nüchtern. Den Tonfall kannte Astra von Sätzen wie: zieh dich aus, knie dich hin, blas dem Typen da drüben einen. »Ich komme selbstverständlich mit. Falls du wieder ohnmächtig wirst.«

»Du kommst nicht mit.« Allmählich kochte Astra ernsthaft. »Dann glauben die Leute im Park, wir wären Vater und Mutter mit Kind und Hund.«

»Was spielt das für eine Rolle?«

»Eine Riesenrolle! Was glaubst du, wie total scheißnatürlich wir so was … so was wie heute oder was Ähnliches machen, wenn wir jetzt in den Park gehen und mit meiner kleinen Schwester spielen. Und mit dem Hund.«

»Ach ja?« Kai wirkte nachdenklich. »Dann spielen wir eben nicht. Und unterhalten uns auf dem Weg nicht. Ich passe bloß auf, dass dir nichts passiert. Echt wahr – fast hätte ich einen Krankenwagen gerufen.«

Kai zog sich bereits im Flur die Schuhe an.

»Fang aber nicht an, mit Pelagia Bekanntschaft zu schließen«, sagte Astra.

Ihre glänzenden Stiefel lagen im Flur auf dem Boden. Sie schaute auf die zehn Zentimeter hohen Absätze und stellte sich den Schmerz in den Fußgelenken vor. Draußen schien es heiß zu sein. Die armen Nägel an den kleinen Zehen!

Astra ruckelte an einem Stiefel und murmelte etwas. »Was ist?«, fragte Kai. »Absatz kaputt«, sagte Astra, »damit kann man nicht gehen.«

»Schade, die sehen so gut aus«, sagte Kai und stellte typisch männliche Idiotie unter Beweis, weil er sich Sorgen machte, Astra könnte ohnmächtig werden, gleichzeitig aber dachte, sie könne durchaus, einfach so, kinderleicht bei dreißig Grad Hitze auf zehn Zentimeter hohen Absätzen gehen.

»Du kannst dir die Badmintonschuhe von meiner Schwester ausleihen«, sagte Kai und nahm ein Paar großer, muffiger Schuhe aus dem Schrank. Sie hatten am Spann einen hohlen Bogen. »Die sind zu groß«, sagte Astra. »Ich gehe barfuß. Wir bleiben auf Asphalt.«

Draußen war es so heiß, dass die Luft über dem Asphalt flimmerte. Es brannte fast beim Barfußgehen. Das Straßenbahngleis war mit Hilfe von Pech im Straßenbelag eingelassen, und als Astra darauftrat, sank ihr Fuß auf lustige Weise in der weichen Masse ein. Sie blieb stehen und grub mit dem großen Zeh im Pech. Kai zog sie weiter, als die Straßenbahn kam.

Kein Passant schenkte der Frau ohne Schuhe Beachtung. Die ganze Stadt befand sich wegen der Hitze in einem Zustand allgemeiner Schlaffheit. Überall sah man halb nackte Menschen, deren Köpfe vom Alkohol oder vom Flüssigkeitsverlust weich geworden waren. Auf der weiten Rasenfläche im Park lagen Leiber herum, und auf den ersten Blick konnte man nicht erkennen, wer ein Mann der Wälder und wer eine zuverlässige Spitzenkraft war, die sich aus Versehen ein bisschen zu sehr entspannt hatte.

Bei einem, der schlaff dalag, hob und senkte sich die Brust nicht. Astra und Kai gingen näher heran, Nelson stieß mit der Nase gegen den Hals des Liegenden, worauf dieser röchelte. Astra und Kai drehten ihn in die stabile Seitenlage.

Am Kiosk kauften sie sich zwei Flaschen Wasser, gossen sich die eine je zur Hälfte über die eigenen Köpfe und die andere über Nelsons Kopf. »Lass uns ausruhen«, sagte Astra. Im Schatten eines großen Blutahorns streckten sie sich aus. Aus der Entfernung waren nun auch sie nicht mehr von den in Alkohol marinierten Leibern zu unterscheiden.

Plötzlich bewegte sich zwischen den Körpern etwas: Jonglierende Jungen und Mädchen mit Rastahaaren.

»Was glaubst du, wie alt die sind?«, fragte Astra.

»Knapp über zwanzig.«

»So wie wir«, sagte Astra und sah zu, wie die Rastafaris Flickflacks machten. »Aber sie sehen jünger aus.«

»Das kommt daher, dass sie keine perversen Spielchen treiben.«

Astra fuhr zusammen, als ihr jemand leicht gegen die Fußsohle kickte. Sie reckte den Hals und war verdutzt. Die großen Glotzaugen ihres Vaters starrten auf sie herab. Astra setzte sich im Nu auf.

»Was machst du denn hier?«

»Ich bin gekommen, um mir das Haus da drüben anzuschauen.« Launo gab Kai die Hand. »Launo Silola, Astras Vater. Hallo Hund.« Nelson wedelte mit dem Schwanz, weil er von Launo gekrault wurde.

»Wir sind uns schon mal begegnet, im Frühjahr, bei dem Interview«, sagte Kai.

Launo setzte sich neben Nelson hin und nahm einen Plastikbeutel mit Kirschen aus seiner Aktentasche. Er trug einen weißen Anzug und darunter ein dezentes graues Hemd, das zu flattern schien, obwohl es windstill war. An sich war der Anzug äußerst elegant, aber in dieser Situation wirkte er fehl am Platz. Der Dresscode im Park lautete: schmutzige Jeans und verschwitztes T-Shirt.

Launo richtete den Blick auf das große weiße Amtsgebäude am Rand des Parks. Kai und Astra folgten seinem Beispiel. Das Haus blendete, weil es so viel Glas und Metall an sich hatte. Teilweise sah das Metall wie die Schuppen eines großen Herings aus.

»Da ist ein Fehler gemacht worden«, sagte Launo und spuckte einen Kirschkern aus. »Ich hatte einen Leserbrief geschrieben: nicht in Ost-West-Richtung. Aber sie haben es trotzdem getan.«

»Was für ein Fehler?«, fragte Kai.

»Wenn die Hitze anhält, wird es in dem Haus so heiß, dass die Klimaanlage nicht mehr dagegen ankommt. Es wird so heiß wie in einem Mikrowellenherd.« Launo zog einen Kirschenstängel aus dem Beutel, steckte ihn in den Mund und fuhr fort: »Der Mikrowellenherd ist ein Amtsgebäude, in dem die Beschäftigten gebacken werden. So eines gibt es auch in Barcelona. Schaut mal: Twin Peaks.« Launo mampfte auf dem Stiel im Mund herum. Astra rieb sich mit gesenktem Kopf die Nasenwurzel. Nach einer Minute Mampfen zog Launo den Stiel heraus. Er hatte einen Knoten.

»Toll«, sagte Kai vollkommen verblüfft. »In Twin Peaks durfte das eine Mädchen im Bordell arbeiten, nachdem es das gemacht hatte.«

»Zu Beginn des Sommers muss man immer üben, weil die Kunst im Winter einrostet. Ich muss los«, sagte Launo. »Hören Sie, Kai, kommen Sie doch auch zum Feiern zu uns, wenn ich fünfzig werde.«

Astra suchte den Blick ihres Vaters, schüttelte den Kopf und zog die Hand quer über den Hals. Aber Launo verstand sie nicht. »Das bedeutet in der Tauchterminologie, dass man keine Luft mehr hat«, sagte er. »Deiner Mutter ist es einmal so ergangen. Es war schrecklich. Aber später war es wunderbar. Also Kai. Sie wissen ja, wo wir wohnen.«

Launo stand auf, verabschiedete sich und ging ruhig und gebückt aus dem Blickfeld. Astra mochte nicht mehr herumliegen. Sie wurde wieder unruhig.

»Willst du nicht, dass ich zum Fest komme?«, fragte Kai.

»Na klar will ich das«, sagte Astra. »Und könntest du bitte auch mit meinem Bruder am Computer spielen? Und mit meiner Mutter eine funktionierende Schwiegermutter-Schwiegersohn-Beziehung ins Leben rufen. Und in unserem Sommerhaus die Sauna heizen. Und dir Gedanken machen, was für verfickte Vorhänge wir in unserer ersten gemeinsamen Wohnung haben werden.«

6 DIE VERANTWORTUNG DES SCHWIMMLEHRERS

Der Schwimmkurs im Kinderpark wirkte nicht besonders kompetent. Ein Teil der Kinder saß am Beckenrand, die anderen planschten lustlos im Flachen. Im Tiefen strampelte Pelagia energisch wie ein kleiner Köter.

Neben ihr stand ein Mann mit langen Haaren bis zu den Hüften im Wasser. Tropfen fielen ihm vom Brustkorb und aus dem langen, gelben Haar. Astra sah ein zweites Mal hin. Der Mann war gutaussehend, jungenhaft, obwohl kein Junge mehr, sympathisch, wenn man etwas übrighatte für solche leicht fiesen Gesichter. Er hatte erstaunlich schöne dunkle Schokoladenaugen. Das war dieser Tom.

Astra überlegte, was sie tun sollte und beschloss, die Lage erst mal aus einiger Entfernung zu beobachten. Sie setzte sich neben Kai auf eine Bank. Nelson ging unter die Bank und hechelte. Astra rauchte eine Zigarette. Nachdem sie aufgeraucht war, zündete sie sich noch eine an und rauchte sie ebenfalls. Als sie sich die dritte anzündete, fragte Kai: »Was ist denn los?«

Astra antwortete nicht. Sie schaute auf das Schwimmbecken. Tom hob Pelagia auf den Rand und stieg ebenfalls aus dem Becken, schlang sich ein Handtuch um und ging davon. Astra versuchte ihm mit dem Blick zu folgen, aber Tom verschwand in der Umkleidekabine. Man sah nur noch Staub und kleine Kinder. Jedes Kind zog eine Staubwolke hinter sich her wie einen persönlichen Schutzengel. Die Wunden an den Knien und Ellenbogen der Kinder waren bestimmt schwarz vom Staub.

Bei den Turngestellen herrschte Betrieb. Eine Gruppe

schwarz gekleideter Teenagerjungen kletterte hinauf, um sich ins Netz zu legen. Die kleinen Kinder hatten Angst und liefen in alle Richtungen davon, so schnell ihre Beinchen sie trugen. Die Teenies öffneten ihre Rucksäcke, nahmen Plastikkanister heraus und fingen an zu trinken. Aus der Entfernung schauten die kleinen Kinder mit ernsten Gesichtern zu.

»Echt hässliche Teenies«, sagte Astra. »Jeder mit schrecklicher Akne. Und warum haben die alle die Haare schwarz gefärbt?« Sie stand auf. »Nun schau doch mal. Die kleinen Kinder trauen sich nicht mehr auf ihren eigenen Spielplatz.«

Astra ging zum Klettergestell und sprach die Jungen von schräg unten an.

»He, könntet ihr vielleicht anderswo hingehen? Die Kinder trauen sich nicht mehr, zu klettern.«

Die Teenies hoben ihre hässlichen Köpfe.

»Wir haben das Recht, hier zu sein. Wir sind auch Kinder.«

»Stellt euch nicht dümmer, als ihr seid«, sagte Astra.

»Du kannst uns nicht zwingen«, sagte einer, und die anderen johlten.

»Ach nein?« Astra heftete den Blick auf die Augen des Jungen. »Wie heißt du? Komm runter, du Arsch, verzieh dich nach Hause und färb dir den Haaransatz nach. Oder ich sorge dafür, dass du Schwierigkeiten kriegst.«

Murrend krochen die Jungen vom Gerüst und trollten sich. Astra kehrte zur Bank zurück, kraulte Nelson und sah zu, wie die kleinen Kinder von allen Seiten zum Netz hinaufkletterten und die Rutschbahn hinuntersausten. Kai kraulte Nelson.

»Du hast jeden einzelnen Peitschenhieb verdient, offen gesagt«, meinte Kai.

»Wieso?«

»Frag mal die armen Kerle, denen du gerade den Tag verdorben hast.«

»Wieso? Die können überall trinken. Warum müssen die in ihrer ganzen Hässlichkeit gerade hierher kommen, wo kleine Kinder spielen?«

»Du bist echt witzig.«

»Bin ich nicht«, erwiderte Astra zufrieden.

Pelagia kam triefend und so voller Begeisterung angerannt, dass sie, ohne anzuhalten, geradewegs auf Astras Schoß sprang.

»Ich hab schwimmen gelernt!«

Astras Kleider waren nun nass, aber sie wollte Pelagia, die sich so freute, nicht anmotzen. »Gut! Und das mit vier, stell dir vor! Silmu hat es erst mit acht gelernt.«

»Man muss ungefähr fünf Meter schwimmen können«, sagte Pelagia, wand sich aus Astras Armen und stampfte auf dem Boden auf. »Wenn ich von einem Seerosenblatt falle, dann schwimme ich zu einem anderen Seerosenblatt.«

»Beträgt der Abstand fünf Meter?«, fragte Kai.

»Nein, nur drei Meter. Aber manchmal kann ein Seerosenblatt auch besonders weit weg sein.«

Als Nächstes kam eine Frau mittleren Alters zur Bank. Sie war irgendwie bescheuert angezogen und schien mit sich und der Welt zufrieden zu sein.

»Hallo, Astra«, flötete sie.

»Hallo«, sagte Astra. »Kennen wir uns?«

»Ich bin Elisabet Pylkki. Ich warte hier, bis mein Freund

Feierabend hat.« Die Frau blickte bei dieser Mitteilung so selbstgefällig um sich, dass Astra am liebsten gesagt hätte, auch andere Frauen seien schon mal gefickt worden. Die Frau fuhr fort: »Ich bin außerdem die Leiterin von Pelackias Kindergarten.«

»Pelagia schreibt man mit g«, sagte Astra. Jetzt erinnerte sie sich an die Frau, und sie erinnerte sich auch, warum sie sie nicht leiden konnte. Sie hatte immer den gleichen Gesichtsausdruck: als hätte ihr jemand das Pausenbrot weggenommen. Laut Silmu hatte sie ihn für einen Pädophilen gehalten. Außerdem wollte sie, dass die Kinder in Filzklamotten niedliche Aufführungen machten. Astra fragte sich, auf was für einen Freund Elisabet Pylkki wohl wartete. Automatisch kam einem ein Angestellter der Kirchengemeinde in den Sinn, der yes zu Jesus sagte, Birkenstock und Pferdeschwanz trug und Gitarre spielte.

»Würdest du deiner Mutter ausrichten, dass Pelackias Schwimmunterricht bezahlt werden muss?«

»Was kostet er?«

»Das weiß deine Mutter schon.«

»Meiner Meinung nach funktioniert der Schwimmunterricht nicht so recht«, sagte Kai.

»Wieso das denn? Gerade hat Pelackia doch schwimmen gelernt, das arme kleine Ding.«

»Ich habe bloß gesehen, dass die anderen Kinder überhaupt nicht geschwommen sind.«

Elisabet Pylkki schaute Kai sehr ernst an. »Es liegt ja nicht in der Verantwortung des Schwimmlehrers, wenn jemand nicht ins Wasser will.«

»Alle haben Angst gekriegt, außer mir«, mischte sich Pelagia ein. »Der Lehrer hat gesagt, wenn man in ein Wasser springt, wo man nicht weiß, was drin ist, dann kann da alles Mögliche drin sein, zum Beispiel was Spitzes. Das geht dann durch den Kopf durch und kommt aus dem Auge wieder heraus. So ist es einem Jungen mal passiert. Endofstohrie.«

»Ziemlich heftige Pädagogik«, sagte Kai.

7 NUMMER 28

Aivo und Silmu saßen im Warteraum der Notaufnahme. Sie saßen seit einer halben Stunde dort, und ein Ende war nicht in Sicht. Auf der Leuchtanzeige stand die Nummer 15. Sie hatten Nummer 28. Silmu hatte noch immer keine Schmerzen, aber sein Gesicht sah offenbar schlimm aus, denn Aivo hatte sofort zur Klinik fahren wollen.

Die anderen Wartenden starrten zum Zeitvertreib Aivo und Silmu an. Es gab eine Menge zu sehen, denn Silmus Gesicht und Hemd waren voller getrockneten Blutes, und Aivo sah aus wie ein Unterwäschemodel. Silmu bemerkte die Blicke. Aivo nicht, denn er studierte in der Zeitung die Bilder unter der Rubrik ›Suche die Gemeinsamkeiten‹.

Silmu hatte nicht einmal so viel Unterhaltung. Im Warteraum gab es einen Saftautomaten, der nicht funktionierte, kleine Stühle für Kinder, einen karierten Kunststofffußboden, schlaffe Trockenblumen. Es roch nach Bohnerwachs.

»Jucken dich die Brustwarzen?«, fragte Aivo.

Die Frage war sachlich, klang aber frivol.

»Ja«, gab Silmu zu. »Echt schlimm.«

»Hast du kein Antiöstrogen?«

»Köde hat gemeint, die bräuchte man nicht unbedingt.«

»Köde hat gemeint! Wie kannst du glauben, was dir dieser Speckberg vorlügt?«

»Er hat auch Muskeln. Von der Bank drückt er 230.«

»Vielleicht ein bisschen Muskelhaut unter dem Fett. Glaub nicht, was Köde sagt, mein Lieber, der hat sich schon jede Pille, die man in Finnland auftreiben kann, eingeworfen.

Er verkauft sie auch.« Aivo zerknüllte die Zeitung zu einer Kugel und warf sie auf den Boden. Dann kickte er sie weit weg unter einen Stuhl. »Ich kapier sowieso nicht, was diese Gewichtheber für eine Vorstellung von Ästhetik haben. Ist das wirklich so klasse, so ein großer Brocken zu sein? Nichts Athletisches, keine erkennbaren Muskeln? Du hast im Moment auch furchtbar viele Pickel, Silmu, obwohl deine Haut von Natur aus schön ist.«

Silmu legte ungewollt eine Hand aufs Gesicht. Ein Nagel traf eine Wunde. »Das macht ja wohl nichts, wenn ein paar Pickel kommen, so lange die Resultate besser werden«, sagte er.

»Und die Leber?«

Silmu war allmählich genervt.

»Von einer Kur wird die nicht geschädigt.«

»Die Hoden. Die werden kleiner.«

»Na, das wäre für dich natürlich der größte Schaden aller Zeiten«, schnaubte Silmu und stand auf. Am liebsten wäre er geradewegs hinaus und vor ein Auto gelaufen und auf der Straße liegengeblieben. Er drehte zwei Runden im Uhrzeigersinn um den Saftautomaten, holte Luft, beruhigte das Pfeifen. Als er wiederkam, sah er, dass Aivo aufgestanden war und die Papierkugel vom Boden aufhob. Man sah einen Streifen seiner Unterhose, so eine schwule Dandy-Marke. Wahnsinnig gute Gesäßmuskeln.

»Danke, dass du mich hergebracht hast«, sagte Silmu.

»Keine Ursache«, sagte Aivo.

8 DAS BESTE, WAS MAN GÄSTEN ANBIETEN KANN

In der ganzen Stadt gab es keinen Catering Service, dem Katriina genügend vertraut hätte. Außerdem: Die Gäste würden es merken, wenn das Essen vom Caterer käme. Die Kuchen wären alle gleich geleeartig, die Häppchen würden nach einem Hauch von Großküchenmetallwannen schmecken, das Gefühl im Mund wäre bei allen das gleiche. Der Catering Service durfte die Bulkware machen, aber alles andere würde Katriina selbst in ihrer Küche austüfteln.

Sie reservierte drei Wochen für Tests.

Das Menü sollte modern, aber klassisch sein. Individuell. Teuer. Aber natürlich nicht protzig.

Kartriina verbrachte die Abende im Küchendampf, sie kochte und schmeckte ab, entwickelte einen Zaubertrank, der für ein sehnsüchtiges Gefühl im Mund und in der Seele ihrer Gäste sorgen würde. Von dem, was hier aufgetragen wurde, sollte ein von Neid durchsetzter Nachgeschmack zurückbleiben. Diese Bällchen sind bestimmt das Beste, was ich je gegessen habe. Sie ist einfach unglaublich, die Frau Silola, geht Vollzeit arbeiten, hat den ganzen Haushalt hier und macht dann so ein Essen. Ich verstehe nicht, wie sie das alles schafft und dabei noch so attraktiv bleibt.

Die Häppchen belegte sie mit hellroten Chilistreifen, Gewürzblüten und dicken Schichten aus Pinienkernen. Sie dufteten nach Safran, Mahleb und komplizierten Currymischungen. Aber das Rückgrat aller Speisen bildete die robuste Verbindung von Salz und Schweineschmalz. Katriina wusste: Wenn sich der Geschmack eines Hamburgers am Gaumen eines Gastes ausbreitete, fangen dessen Augen vor Erleichterung zu leuchten an. Er hält sich für einen einzigartigen und interessanten Menschen, weil er durchaus hundert verschiedene Bangladesh-Pasteten essen könnte. Und würde nicht kapieren, dass die Hauptnote Big Mac war.

Süße Speisen wollte Katriina nur wenige anbieten. Viele mochten sie natürlich, aber Kuchen und Hefewecken mangelte es an Eleganz. Sie schnüffelte in ethnischen Läden herum, studierte Kochbücher und entschied sich für die bittersten, süßesten und klebrigsten Süßigkeiten. Der syrische Würfel würde dem Kulturminister den Mund mit einem dicken, nussigen Geschmack füllen.

Katriina hatte auch vor, mit Vogelbeeren garnierte Bowle anzubieten. Sie würde klar und nicht zu süß sein, und es würden echte Herbstblumen darin schwimmen. Außerdem sollte sie so viele Prozente enthalten, dass einen schon das erste Glas in Stimmung bringen würde. Wie auch der Champagner.

Abendelang sah Katriina immer wieder die Gästeliste durch und versuchte, die Dekoration an der richtigen Stelle zwischen Konservatismus und dem Lebensstil der Bohème zu situieren. Auf der Liste standen viele Vertreter altersschwacher Kulturgeschlechter, aber auch kommende Talente aus der Kunstwelt in Astras Alter. Es kamen ein paar hohle Promis und mehrere Journalisten und Fotografen. Auch der Redakteur der Frauenzeitschrift, der im Frühjahr hier gewesen war, würde kommen, aber angeblich nicht, um zu arbeiten, sondern als Begleitung von Astra. Darüber wollte sie mit Astra auch noch reden. Sie sollte ein bisschen darauf achten, worüber sie mit so einem Mann sprach.

Der Großputz wurde eine Woche vorher eingeläutet, und zwei Tage vor dem Fest stellte Katriina alle Dinge an ihren richtigen Platz, einige davon verteilte sie absichtlich an den falschen Orten. Hier und da sollten ein paar kleine Stapel den Gästen einen heimlichen Einblick ins Leben der Silolas gewähren. Die kleinen Stapel enthielten Konzertkarten für Buenos Aires und Tokio, Programme von kleinen Theatern mit hohem Niveau, Rechnungen, aus denen hervorging, dass sich die Silolas was Schönes gekauft hatten, und außerdem Fotos, Postkarten und diverse Zettelchen, deren Bedeutung nicht automatisch zu erschließen war, die aber Schönheit atmeten.

Die Zeitungsausschnitte, die von Launos und ihren Errungenschaften berichteten, schichtete Kartriina auf Launos Schreibtisch auf. Sie warteten dort gewissermaßen darauf, archiviert zu werden. Sie waren für die Silolas nicht so wahnsinnig wichtig. In der alltäglichen Betriebsamkeit war einfach noch niemand dazu gekommen, sie abzuheften.

Am Nachmittag sollte ein Kammerchor auftreten und am Abend ein Jazztrio.

Am Morgen des Festtags dekorierte Katriina das Haus mit Ebereschenzweigen und kleinen Kürbissen. Gegen Mittag brachte sie Pelagia zum Terminal, von dem die Schiffe nach Tallinn abfuhren. Dort bekam Katriina Magenschmerzen, als die Betreuerin Pelagia an der Hand nahm und mit ihr im Eingang des Schiffes verschwand, hinter dem man nichts als Schwarz sah. Katriina fuhr nach Hause und hängte auf der Terrasse orange und rote Lampions auf.

Dann ging sie in ihr Schlafzimmer und verzog vor dem Spiegel den Mund in alle Richtungen, denn das Beste, was man Gästen bieten kann, ist ein Lächeln, das von Herzen kommt.

9 DIE KRISTALLSCHALE

Nun, da Katriina ihr Gesicht verzieht, ist der richtige Moment, um zu erzählen, warum sie immer so angespannt ist.

Katriina hat nie den richtigen Ton gefunden, in dem sie über ihre Kindheit reden könnte. Irgendwann hatte sie es zynisch-humorvoll versucht, es aber gleich wieder bleiben lassen. Die Zuhörer hielten sie für kaputt traumatisiert und wussten nicht, wie sie sich dazu verhalten sollten. Zu Katriinas Kindheit hatten Spinnen auf dem Weg zum Plumpsklo, ein düsterer Vater, eine ängstliche Mutter und schimmelige Lappen gehört. Von Selbstmord ganz zu schweigen.

Die frühesten Erinnerungen an ihren Vater wurden von Grau dominiert. Graues Gesicht, graue Kleider und staubiger Geruch. Normalerweise war er nicht da, weil er Handelsvertreter von Beruf war und Gürtel und Uhren verkaufte. Bei seinen Aufenthalten zu Hause sprach er kein Wort, sondern seufzte immer nur.

Aber er hatte ein freundliches Lächeln gehabt.

Katriina erinnerte sich an eine Situation, in der ihr Vater gelächelt hatte. Er hatte gesagt: »Komisch, jetzt hab ich schon den zweiten Tag Lust auf Leberauflauf. Ich hab gestern Leberauflauf gegessen, und jetzt hab ich schon wieder Lust darauf. Würdest du mir was geben, Mäuschen?« Katriina hatte ihm etwas gebracht, und er hatte ihr den Kopf getätschelt und gelächelt.

Katriinas Mutter war früher Magd und dann Haushaltshilfe gewesen. Sie diente allen auf der Welt, bat alle schon im Voraus um Verzeihung, und wenn sie sich bei den Nachbarn auf die Couch setzte, legte sie ein Handtuch unter, um nichts schmutzig zu machen.

Katriinas Mutter hieß Annamaija Mähkänen, putzte ständig und verlangte auch von Katriina, dass sie putzte, aber das nützte nichts. Das Haus blieb immer schmutzig. Man musste unentwegt weiterputzen. Die Wahrheit lautete, dass in ihren Möbeln eine Erbsünde oder ewige Unreinheit hauste. Sie bestanden aus Materialien, die gar nicht sauber werden konnten. Der Geruch eines Lappens, auf dem es von Bakterien wimmelte, war die zentrale Geruchserinnerung aus Katriinas Kindheit.

Die Familie Mähkänen war so arm, dass sie ein Plumpsklo hinterm Haus hatte. Auf dem Weg dorthin wuchsen Löwenzahn und Brennnesseln. In Katriinas Erinnerung war der Lehmboden immer glitschig und kalt, obwohl das nicht sein konnte, denn manchmal hatte ja auch Sommerhitze geherrscht.

Katriina träumte von einem Bruder oder einer Schwester. Sie träumte von einem Zuhause, das wie ein Strauß Rosen wäre, mit Kringeln und Schnörkeln, die zartsüß dufteten. Dort würde sie mit ihren kleinen Schwestern und Brüdern spielen und ihnen alles beibringen. Sie schnitt aus Zeitschriften Bilder von hübschen Sachen aus und arrangierte sie, zeichnete Inneneinrichtungen und mitten hinein glückliche Familien.

Als Katriina sechs war und gerade mit einem Goldstift malte, hörte sie ein lautes Geräusch aus der Küche. Sie schlich hin und sah ihren Vater im Lichtkreis der elektrischen Lampe auf dem Fußboden liegen. Die ganze Küche war rot. Auch an den Fenstern waren rote Spritzer, als hätte jemand darauf entsetzlich große Mücken erschlagen.

Katriina geriet so durcheinander, dass sie im Kreis ging. Ihre Mutter war arbeiten. Katriina wusste nicht, was sie tun sollte, und fing an zu putzen, war aber so verwirrt, dass sie dafür nicht den Putzeimer nahm, sondern die beste Kristallschale. Die füllte sie mit Wasser.

Es war so viel Rot da, dass das Putzen nichts half. Das Wasser verteilte die Farbe nur. Im Nu färbte sich der Inhalt der Kristallschale rot. Katriinas Kleid und nackte Beine waren bald ebenfalls nass und rot. Sie wurde nervös, machte aber weiter, was hätte sie auch sonst tun sollen. Sie kauerte mit dem Rücken zu ihrem Vater, denn sie traute sich nicht, ihn anzuschauen. Die Uhr tickte. Draußen ging die Dämmerung in Dunkelheit über.

Der Gipfel war, dass der Vater anfing zu röcheln. Katriina tat vor sich selbst so, als hörte sie es nicht. Sie mischte Wasser und Rot, walkte und wischte, machte den Lappen unterm Wasserhahn nass, aber das Röcheln hörte nicht auf, es bekam etwas Blubberndes, und da versagten Katriinas Nerven. Sie ließ die Kristallschale und ihren Vater stehen und liegen und rannte einfach hinaus, barfuß, obwohl Winter war. Die Nachbarn fingen sie auf der Straße ein und holten sie zu sich nach Hause. Das blutige Kleid löste Verwunderung aus, und man setzte sie auf einer Plastiktüte auf die Couch. Sie bekam ein Glas gelbe Jaffa-Limo in die Hand. Auch die färbte sich in ihren Augen rot.

Katriina zog mit ihrer Mutter in eine kleine Zweizimmerwohnung in einem Wohnblock, wo es eine Innentoilette gab. Die Mutter hörte nie auf, über den Tod des Vaters zu reden. Sie sprach ständig darüber, mit Leuten, die sie kannte, und mit Unbekannten. Mit den Frauen an der Supermarkt-Kasse, mit den Alten, die sie pflegte, mit den

Nachbarn, mit Katriinas Klassenkameradinnen und Lehrern. Sie sagte: »Katriinas Papa hat sich das Leben genommen. Niemand hier hat so schwer versagt wie ich.«

Katriinas Mutter konnte ohne äußeren Anlass über den Selbstmord sprechen, aber normalerweise kam sie in Schwung, wenn jemand sich oder eine andere Person diffamierte, vor allem wenn dabei die Rede von einer Ehefrau war, die ihre Pflichten schlecht erfüllte. Wurde in der Zeitung geschrieben, in einer gute Ehe könne man offen über Sex reden, fing die Mutter wie ein gequältes Huhn an zu gackern: »Ich armes Mensch hab auch das nicht gekonnt, weder über Sexuelles noch sonst was. Das hat sich dann ja auch gezeigt. Katriinas Papa hat sich das Leben genommen.« Wenn sich der Freund eines Mädchens aus der Verwandtschaft mit einer anderen aus dem Staub machte, war Katriinas Mutter sich sicher, dass das Mädchen versagt hatte. »Der Bengel wird sich aber doch wohl nicht erschossen haben? Na bitte. Dafür braucht man schon ein ganz besonders schlimmes Weibsstück.«

Als Teenager sagte Katriina einmal zu ihrer Mutter: »Es war bestimmt nicht deine Schuld.« Nicht, weil sie das gedacht hätte, denn es *war* ja Mutters Schuld, selbstverständlich, Mutters und Katriinas Schuld, aber sie nährte lang die Hoffnung, dass ihre Mutter aufhören würde, es überall herumzuposaunen. Sie hatte ihren ersten Freund, einen zugezogenen Jungen, der vielleicht noch nicht von dem Selbstmord gehört hatte.

Kaum hatte Katriina ihren Satz ausgesprochen, brach die Mutter wieder in Klagen und Seufzer aus, diesmal auf noch saftigerem Niveau. Katriina begriff, dass sie in ein Geschwür gestochen hatte. Es würde Stunden, Wochen, Jahre dauern, es zu beseitigen. Darauf packte sie das Entsetzen, und sie beendete das Gespräch sofort.

Manchmal konnte auch jemand anders in die Eiterbeule stechen, indem er etwas sagte wie: »Annamaija, diese ständige Selbstbezichtigung ist krankhaft.« Dann wurde die Selbstgeißelung der Mutter so heftig, dass jeder Mut und Lust verlor.

Bestimmt glaubten die Nachbarn auch, dass Katriinas Vater sich wegen Katriinas Mutter umgebracht hatte. Das Beweismaterial sprach für sich: ein furchtbares Weib, das keine Spur von zivilisiertem Verhalten an sich hatte – konnte sie überhaupt lesen, Katriina hatte sie nie mit einem Buch in der Hand gesehen –, ein entsetzliches Zuhause, eine schreckliche Stimme und miserable Kleider. Die Haare schlecht gemacht und die Haltung gebückt. Außerdem immer einen Lappen in der Hand, als wäre er festgewachsen. Und der Lappen roch immer schlecht. Warum putzte sie so schlecht? Warum war es bei ihnen so schrecklich? Warum gab es bei ihnen nur Plastik und Spanplatten und Sahne aus der Sprühdose und an den Wänden Bilder von Katzenjungen und Jesus? Und klar: Wenn die Mutter selbst die ganze Zeit lamentierte, der Vater habe sich umgebracht und sie sei schuld, dann kam das bei den anderen Leuten auch irgendwann so an.

Nachdem Katriina weggegangen und in eine Großstadt gezogen war, erwähnte sie den Selbstmord ihres Vaters mit keinem Wort mehr. Es war leicht, das Ganze zu vertuschen. Sie redete einfach nicht darüber. Genau, wie es im Ratgeber für Mädchen hieß: Wenn du Zellulite hast, darfst du das deinem Freund nicht sagen. Kein Junge merkt etwas, wenn du ihn nicht darauf hinweist.

Das Vertuschen war im Grunde einfacher als das Sprechen darüber. Man musste nicht einmal den Mund bewegen. Katriina wunderte sich, dass die Menschen überhaupt so eine unfassbar schlechte Selbstbeherrschung hatten und geradezu danach gierten, beim geringsten Anlass ihr Elend vor den anderen auszukotzen. Alle schienen das Bedürfnis zu haben, etwas Unschönes zu erzählen, in den Familiengräbern zu wühlen und ihr Versagen zu schildern. Warum nur? Niemand nahm einen in die Zange und befahl, man *müsse* sich den anderen offenbaren. Die Leute verloren erstaunlich leicht die Fassung, sobald jemand nur ein bisschen nachfragte, wollten sie ihr Herz ausschütten.

Die Basis von allem bestand darin, den Mund zu halten, und dann, wenn wirklich Erklärungen verlangt wurden, sich etwas zurechtzulegen. Die Welt war voller möglicher Antworten auf Fragen wie: Was machen deine Eltern so? Was hast 'n du so für 'ne Family? Und dein Herr Vater, was ist das für einer? Niemand ging davon aus, dass sich der Vater seines Gegenübers umgebracht haben könnte. Normalerweise sagte Katriina einfach, ihr Vater sei tot.

Und eigentlich starb er auch nicht einmal am Selbstmord. Die ganze Welt hatte eine völlig falsche Vorstellung vom Tod des Vaters. Er war nämlich nicht an der Kugel gestorben, die er selbst abgeschossen hatte, sondern an unterlassener Hilfeleistung, die nach dem finnischen Gesetz unter Strafe stand. Der Vater hatte gelebt und geröchelt, und Katriina hatte ihn umgebracht, indem sie putzte, anstatt einen Krankenwagen zu rufen. Seltsam, dass sie das nicht fertiggebracht hatte, denn immerhin war sie damals schon fast sechs. Was hatte sie nur zum Putzen veranlasst? Sicherlich das Beispiel der Mutter.

Auch ihrem Mann hatte Katriina erzählt, ihr Vater sei einfach so gestorben, mit dem Kopf aufgeschlagen, als er mit Katriina Schlittschuhlaufen gewesen sei.

Als sich Launo und Katriina verlobten, als Katriina schwanger wurde und ein Besuch bei ihrer Mutter anstand, begriff Katriina, dass sie sich in eine Sackgasse manövriert hatte. Ihre Mutter würde Launo gleich an der Tür sagen, ich bin Annamaija Mähkänen, die erbärmlichste Kreatur der Welt, und Katriinas Papa hat sich übrigens umgebracht. Da gäbe es dann einiges zu erklären.

Sie überlegte sich das Ganze drei Abende lang genau. Sie malte an ihren Aquarellen, sie hatte einen guten, schönen Strich, sie war visuell begabt, sagte Launo. Und sie dachte nach. Zur Sicherheit wäre es vielleicht am besten, zu verkünden, auch ihre Mutter sei tot. Dann würde sie nie auffliegen. Es wäre eine endgültige, dauerhafte Lösung.

Allerdings würde es bedeuten, den Kontakt zu ihrer Mutter ganz und gar abzubrechen. Und das, wo ein Enkelkind unterwegs war.

Katriina wägte ab: In gewisser Weise fand sie es entsetzlich, mit dem Leben ihrer Mutter zu spielen, des einzigen Menschen, der sie kannte, des einzigen, der sie vielleicht liebte, aber andererseits hatte sie in dem kleinen Kaff eine so schreckliche Kindheit gehabt, dass es vielleicht doch eine Freude wäre, reinen Tisch zu machen. Launo verfügte über die nötigen Mittel, sie würden sofort ein gutes und schönes Zuhause haben, das unbefleckt bleiben sollte. Das Baby bekäme zum Beispiel ein Bett von Artek, falls Artek so etwas herstellte. Sie könnte das Kleine hübsch anziehen und mit ihm singen und spielen und ihm erzählen, wie gut alles war und was es für ein gutes Baby sei. Dafür brauchte man keine Großmutter, die alle deprimierte und die allerletzte Scheiße erzählte, dem Baby mit Selbstmord Angst machte und Launo mit ihren versifften Lappen verwirrte.

Katriina griff zum Telefon, rief Launo an, der gerade auf einer Tournee war, und sagte, sie habe ihm etwas Trauriges mitzuteilen. Daheim sei ihre Mutter gerade gestorben und sie müsse zur Beerdigung. Tatsächlich fuhr Katriina in eine andere Stadt und kaufte sich ein richtig teures Umstandskleid aus rosa und weißer Seide.

Als Katriina zurückkam, saß Launo in langen Unterhosen und verkatert auf dem Bettrand. Mit zitternder Stimme erklärte er, der Grund für seinen Kater sei Katriinas schockierende Nachricht gewesen. Er habe nicht gewusst, was er ihr sagen solle. Was sagt man einem Menschen, der seine Mutter verloren hat? Es ist schrecklich, sich die richtigen Worte zurechtzulegen: »Mein Beileid!«, »Wie furchtbar!« Launo rannen die Tränen aus den Augen. Katriina sagte: »Du musst nichts sagen, mein Schatz. Hauptsache, du bist da.«

VIERTER TEIL

1 KAKASPÖRKÖLT

Obwohl das Haus der Silolas ansonsten so vornehm war, ertönte die Türglocke mit einem gewöhnlichen hohen Ging und einem tieferen Gong.

Inmitten der Rennerei beim Empfang der Gäste kam Katriina in den Sinn, dass die Türglocke doch ziemlich dumpf klang, eine Nullachtfünfzehn-Türglocke, bei deren stumpfem Ton man wusste, dass vor der Tür ein kaltes Treppenhaus widerhallte. Dass gleich Zeugen Jehovas eine Zeitschrift anbieten würden, die niemand brauchte, mit Panda und Löwe nebeneinander auf dem Titelblatt, auf den Wiesen des Paradieses, oder dass eine Zigeunerin Spitzen verkaufen wollte, obwohl in der Eingangshalle stand »Betteln und Hausieren verboten«. Oder es war die Mutter, die keine Lust hatte, in der Handtasche nach ihrem Schlüssel zu suchen, weil sie den ganzen Tag die Wohnungen fremder Leute geschrubbt hatte.

In Wirklichkeit warteten vor der Tür ein heller Frühherbsttag und ein Weg aus weißen Kieselsteinen, auf dem die Festgäste in ihren wunderbaren Kleidern herbeiströmten. Seide, Parfum und Rasierwasser dufteten, kostbare Metalle und schöne Steine glitzerten. Blumen boten ihre Blüten dar.

»Klingt diese Türglocke nicht auch eurer Meinung nach öde?«, fragte Katriina ein strahlendes Paar, das gerade das Haus betreten hatte.

»Ich weiß nicht«, sagte die strahlende Dame.

An der Garderobe versuchte die Dame, Silmu auf die Wangen zu küssen, aber Silmu erstarrte und stieß ein Ferkelquieken heraus. Katriina schickte ihren Sohn ins Wohnzimmer, um Champagner auszuschenken.

Launo stand im Frack da, schüttelte Hände, lächelte, nahm Glückwünsche entgegen und sonderte das Ektoplasma seines persönlichen Glücks ab.

Katriina blickte in Richtung Wohnzimmer. Dort gingen die ersten Gäste umher, guckten misstrauisch, sondierten und bildeten Grüppchen. Aller Blicke waren auf eine Frau im grünen Kleid gerichtet, die von dem Schwalbennest berichtete, das an ihrem Sommerhaus gebaut worden war. Katriina ging ins Wohnzimmer und beteiligte sich an der Konversation: »Ach, diese geflügelten Wesen!«

Sie begab sich in die Küche, um kurz aufzuatmen und Eis zu holen, kam kurz darauf zurück, und da hatte sich die Stimmung im Wohnzimmer bereits geändert. Die Frau, die gerade noch von den Schwalben erzählt hatte, saß nun auf einer Couch, und ein deutscher Orchesterintendant beherrschte den Raum. Die Gäste hatten sich ein Herz gefasst und Essen und Getränke genommen.

An verschiedenen Stellen des Hauses war das Fest auf die Beine gekommen, hatte sich geschüttelt und sein eigenständiges Leben aufgenommen, dessen Richtung man nicht mehr beeinflussen konnte. Katriina zog die Unterlippe zwischen die Zähne und nagte verstohlen daran. Sie musste jetzt improvisieren, gesellig sein, hoffen, dass alles gutging, dass sich die Gäste amüsierten und ihr Fest zu schätzen wüssten.

»Entschuldigen Sie, schöne Frau Silola, aber ist irgendwo Paprika drin?«, fragte ein kahler Komponist. »Ich kann keinen Paprika essen. In den Siebzigerjahren hatte ich in Budapest mal einen ganz schlimmen kranken Magen, und in Ungarn ist überall Paprika drin. Ich habe Kakaspörkölt gegessen, ein Hühnerragout, das Ungarische ist ja mit dem Finnischen verwandt. Seitdem habe ich eine lebenslange Abscheu gegenüber Paprika.«

»Nirgendwo ist Paprika drin!«, sagte Katriina.

»He, Katjuschka, he, das hier schmeckt wahnsinnig toll. Hast du das selbst gemacht?« Das war der Vorsitzende der Saunagesellschaft, der einen Keks schwenkte.

»Das ist bloß so was Ähnliches wie Hefezopf!«, sagte Katriina.

»Frau Silola, Sie haben hier eine großartige Aussicht. Man wird direkt neidisch.« Das war der Kulturminister höchstpersönlich.

»Na ja! Danke! Es ist schon schön, abends aufs Meer zu schauen«, sagte Katriina.

»Du Katriina, der Sofabezug, den du uns ausgesucht hast, kann man den in der Maschine waschen? Unser Welpe hat draufgepisst.« Das war die Frau, deren Gesicht sie weder mit einem Namen noch mit einem Sofabezug in Verbindung bringen konnte.

»Versuch es einfach mit Soda abzuwischen! Aber he, dein Glas ist leer! Nimm dir etwas von der Bowle!«, sagte Katriina.

Ihr Kopf drehte sich wie bei einem Kampfflugzeugpiloten. Überall strahlende Menschen. Wo war die Familie? Die Kleine befand sich weit weg in Tallinn, Launo rauchte draußen eine Zigarre, Silmu schenkte Champagner ein, und dann erklang wieder das Ging-Gong, und im weißen Kleid kam Astra zur Tür herein.

2 HUSCH HUSCH

Silmu zielte mit der Champagnerflasche nach den Gläsern. Das Wohnzimmer war voller Menschen, Plauderstimmen und Parfumdüfte. Im Hintergrund flatterte seine Mutter umher und erteilte ihm jedes Mal, wenn sie vorbeikam, einen neuen Befehl. Die Mäkeläs haben leere Gläser, die Saarnios haben leere Gläser, der Teller mit den Canapés ist leer, der Teller mit den Pasteten ist leer, Silmu, husch husch, die Servietten sind aus, die Garderobe ist voll.

Silmu hatte Schwierigkeiten, die Gläser zu treffen. Der Flaschenhals war größer als die Glasöffnung, und Silmus Hände waren schweißnass. Das Tischtuch hatte bereits lauter Champagnerflecken.

Eine Frau, die er nicht kannte, trat ganz dicht an ihn heran, um mit ihm zu plappern, und Silmu gab ihr ein Glas. Warum kam ihm das Glas so dünn und seine Hand so plump vor? Die Frau lachte und plapperte weiter. Silmu hörte die Stimme, verstand die Wörter aber nicht recht. In seinem Kopf wohnte eine große Steifheit. Sämtliche Körperöffnungen schienen mit Talg verstopft zu sein.

Silmu war für seine Anzugsjacke zu groß und zu groß für dieses Fest. Zu groß für eine menschliche Behausung. Er hatte nicht das Gefühl, ein Steak-Tier zu sein, sondern ein genmanipuliertes Schwein, das unter seinem eigenen Gewicht ins Taumeln geriet. Glückliche Bio-Schweine wurden mit der Wurzelbürste abgerieben, aber ein genmanipuliertes Schwein musste sein Jucken und Kribbeln in Gefangenschaft ertragen. Silmu hatte ohne jeden Grund und sinnlichen Genuss eine steinharte Erektion. Er befürchtete, man könne sie durch die Hose hindurch erkennen.

Er war sich nicht sicher, warum, aber er war genauso gereizt, wie wenn er Hunger hatte. Das konnte von der Schallmauer des Geplauders kommen oder von seiner Mutter, die auf ihrer eigenen Wellenlänge schrillte.

Der Nachmittag lag wie eine staubtrockene Wüste vor ihm. Über viele, viele Stunden lang war keine Befreiung in Sicht.

Astra kam zu ihm, mit einem Mann im Kielwasser, der Silmu irgendwie bekannt vorkam.

»Hi«, sagte seine Schwester. »Wie geht's?«

»Hi«, sagte Silmu. »Ich ersticke.«

»Das ist Kai, mein Freund. Das ist Silmu, mein Bruder. Ihr habt euch ja schon mal gesehen.«

Kai streckte die Hand aus, Silmu ergriff sie und drückte zu. Kais Augen wurden glasig vor Schmerz.

»Was ist mit dir passiert?«, fragte Astra.

Silmu berührte kurz die Stiche an seiner Schläfe.

»Ich bin mit Rockern aus einer Motorradgang in eine Kneipenschlägerei geraten.«

»Ha, ha, ha«, sagte Astra.

Plötzlich stand die Mutter hinter Astra, legte ihr die Hand in den Nacken und richtete den Blick auf Silmu: »Husch husch! Die Gläser der Gyllenbögels sind leer!«

Silmu goss aus der Flasche etwas in zwei Gläser. Das eine schwappte über. Als er die Gläser anhob, geriet das andere ins Schwanken, worauf etwas vom Inhalt auf Silmus Ärmel lief.

»Gib sie mir«, sagte Astra, »ich bringe sie ihnen. Kai und ich gehen gleich.«

Katriina war zufrieden, weil die Bowlenschale wieder leer war. Es war wichtig, dass die Gäste genug tranken. Wenn sie das im richtigen Maß taten, folgte die kultivierte Ausgelassenheit von selbst.

Katriina plauderte und lachte nach allen Seiten. Sie redete über Theater, Filme und zwischenmenschliche Beziehungen und über Launos Begabung.

Ein Blitzlicht flammte auf. Der Fotograf bat Katriina und Launo mit dem Kulturminister nach draußen. Auf der Terrasse umringten die Journalisten den Minister. Das war gut: Da musste man sich nicht selbst mit dem Minister unterhalten. Auch wenn das keine großen Schwierigkeiten bereitete. Der Minister war auch nur ein Mensch. Man konnte übers Wetter reden – warmer Herbst –, über die Aussicht – nun ja, das Meer ist nun mal das Meer, von dem Anblick bekommt man nie genug –, übers Essen – na ja, ich koche ganz gern und probiere auch schon mal was aus. Der Minister mochte besonders die mit Chili gewürzten Fleischpasteten.

Das Fest war fröhlich, beschwingt, etwas chaotisch, und wohin man den Blick richtete, sah man heitere Bewegung. Die Textilien bekamen Flecken, ein Sonnenstrahl traf eine glänzende Glatze, die Münder gingen und die Ohrringe schwangen. Aber Katriina gefiel es nicht, dass die Blasen im Champagner genauso nach oben strebten wie die Blasen unter Wasser, wenn man kräftig durch den Regulator ausatmete.

Und mitten auf der Treppe befand sich ein schwarzer Punkt, ein Riss in der Welt oder in der Netzhaut. Der Mann war regungslos wie eine lebende Statue und vollkommen falsch angezogen. Sein Gesicht sah man nicht, eine Zimmerpflanze stand im Weg, aber Katriina bemerkte den unteren Teil des Körpers und nahm Anstoß daran. Der Mann trug Trainingshosen und Tennisschuhe.

Astra nahm erste Anzeichen des Alkteufels wahr. Sie konnte sein Kommen voraussagen. Die Gäste fanden die Gastgeberin sprudelnd fröhlich, aber Astra war ziemlich blass, als sie an der Bushaltestelle ihre Jacke zuknöpfte.

»Was lästerst du über deine Mutter? Andere waren viel mehr betrunken«, sagte Kai.

»Schon, aber die anderen waren nicht so widerlich. Mama ist widerlich. So ekelhaft.«

Astra fand das Fest ganz nett, gute Band, schöne Kleider und hemmungsloses Prassen mit dem Essen. Anfangs hatte sie sich wohlgefühlt und sich mit den Gästen unterhalten. Der Kulturminister hatte gesagt, ihr Kleid sei quasi kleidsam. Sie hatte auch mit Silmu gesprochen, der grinsend mit den Champagnergläsern herumgemurkst hatte. Aber dann hatte sie gesehen, wie sich ihre Mutter am anderen Ende des Raums den Mund mit einem Handtuch abgewischt hatte. Und gleich darauf war Katriina auch schon bei Astra gewesen, und eine betrunkene Hand war auf Astras Nacken gefallen.

»Du solltest dir eher Sorgen um deinen Bruder machen«, sagte Kai.

»Um Silmu? Wieso?«

»Der hat mir fast die Knochen gebrochen, als wir uns die Hand gaben.«

»Ach so. Er geht ins Fitnessstudio«, sagte Astra. »Scheiße, das mit meiner Mutter. Immer dieselbe Scheiße.«

»Er war total durch den Wind. Hat geschwitzt wie ein

Schwein, und er ist furchtbar gewachsen, seit ich ihn das letzte Mal gesehen habe. An deiner Stelle würde ich ihn mal fragen, ob er was nimmt.«

»Silmu? Anabolika oder was? So einer ist Silmu nicht. Der würde sich das nicht trauen.«

Astra hatte nun selbst Lust auf Alkohol. »Gehen wir in die Katakombe?«, fragte sie.

In der Katakombe tranken sie was Starkes, aber Astras Laune wurde nicht besser. »Ich möchte sofort was total Perverses«, sagte sie.

Kai leerte sein Glas und nickte. »Sollen wir zum Beispiel Ville, der da drüben sitzt, fragen, ob er mitkommt? Dann könnten wir dich zu zweit rannehmen.«

Astra blickte zum Nachbartisch und richtete ihren mürrischen Blick wieder auf die Tischplatte. »Na gut.«

Ville war bekanntermaßen ein netter Kerl, sah gut aus und hatte den Ruf, kein verkorkster Perversling, sondern auf natürliche Art eine brutale Bumsmaschine zu sein. Er setzte sich zu ihnen und stellte sein Bierglas ab. Kai berührte mit den Fingern Astras Schläfe und ließ sie hinunter bis zum Kinn gleiten. Ville sah zu, wie Kai Zeige- und Mittelfinger bis zum ersten Knöchel in Astras Mund schob.

»Würdest du gern mitkommen und Astra mit mir durchficken?«, fragte Kai.

Ville nickte. »Ja. Na klar. Warum nicht. Warte, ich trink nur schnell mein Bier aus.«

Astra lutschte zufrieden an den Fingern. Sie war ein bisschen zornig, aber das wäre bald vorbei. Sie brauchte nicht zu reden, bald brauchte sie nicht einmal mehr etwas zu denken.

3 BEI DER BOWLENSCHALE

Auf allen Festen, ausgenommen die beklemmendsten Beerdigungen und Taufen, werden die Gäste am Ende disziplinlos. Sie wandern hin und her, in die Toilette, in die Küche, in die Schlafzimmer, in den Garten und wieder ins Haus zurück. Sie lassen unbemerkt leere Teller in Blumentöpfen stehen, zerknüllen Servietten, schnäuzen sich in Servietten, machen aus Servietten Origamis, fallen sich gegenseitig ins Wort, werden laut und kippen Dips als Soße über etwas, das eigentlich trocken gegessen werden soll. Auf den Veranstalter des Festes kann das bedrückend wirken, obschon es ein Zeichen für eine gelungene Party ist.

Die Hintergrundmusik pausierte, weil sich die Band am Buffet vollstopfte. Katriina versuchte das Chaos wenigstens an dem Punkt in den Griff zu bekommen. »Ihr spielt noch was, bevor ihr esst«, sagte sie zu den Musikern. »Und wenn ihr dann esst, esst ihr in der Küche. Hier in den Festräumen wird so nicht gegessen, gegen den Hunger.«

Oben auf der Treppe stand noch immer der Mann mit den Trainingshosen. Warum musste das sein? Immerhin waren die Medien hier und der Kulturminister. War das Astras Freund? Nein, Astra war schon weg.

Katriina trappelte zur Bowlenschale. Irgendwie war die Lage wirr, aber das konnte auch bloß so ein Gefühl sein. Wenn sie sich schnell ein Glas genehmigte, würde sie vielleicht wieder auf der Partywelle mitschwimmen.

Als sie nach der Schöpfkelle griff, schloss sich eine fremde Hand um ihr Handgelenk. Katriina schaute auf die Hand und sagte: »Verzeihung, ich war so gierig, bitte nach Ihnen.« Aber die Hand wich nicht. Es war eine kleine, viereckige Männerhand.

Sie umfasste Katriinas Handgelenk so fest, dass die Schöpfkelle in die Bowlenschale fiel. Die Bowle spritzte, ein Tropfen war auf den Lippen zu schmecken. Katriina drehte den Kopf schräg nach oben und sah gelbe Locken, ein breites Lächeln, schiefe Zähne und Labradoraugen. Toms Gesicht sah genau so aus, wie sie es in Erinnerung hatte, nur eine Spur verbrauchter und schmäler. Die Augen waren die gleichen wie bei ihrer Tochter.

»Lass mich los«, flüsterte Katriina.

Tom lächelte, schöpfte mit der freien Hand Bowle in zwei Gläser und reichte eines davon Katriina. Dann sagte er:

»Was ist Pelagia eigentlich für ein komischer Name? Wie spricht man den überhaupt aus?«

»Geh weg, oder ich rufe die Polizei«, flüsterte Katriina.

»Und was willst du der sagen? Dass dein ehemaliger Stecher auf die Party gekommen ist und keinen Anzug trägt?«

Tom lachte über seinen eigenen Spruch, und die Leute, die in der Nähe standen, drehten sich um.

»Geh jetzt«, sagte Katriina. »Wir reden später.«

»Jetzt ist nicht die Zeit zum Reden«, sagte Tom, drückte ihr die Lippen auf den Mund und schob seine Zunge hinein. Katriina fiel das Glas aus der Hand. Ein Blitzlicht flammte auf. Die Zunge war wie ein muskulöser Kleinfisch.

Als Tom losließ, fing Katriina panisch an zu lachen und hielt Ausschau nach Launo. Wo war er? Wo war Launo? Im Garten! Rauchte eine Zigarre. Unterhielt sich mit Gästen. Hatte nichts gemerkt.

Aber mindestens zwanzig Gäste glotzten sich die Augen aus dem Kopf. Katriina versuchte, das Ganze herunterzuspielen: Sie lachte noch mehr, hob die Augenbrauen, schüttelte den Kopf. *War ganz schön was los, bei den Silolas auf der Party. Ein junger Kerl, wahrscheinlich irgendein Künstler, kam dermaßen in Fahrt, dass er die Gastgeberin küsste. Frau Silola nahm es mit Gelassenheit, machte keine große Nummer daraus. Sie ist eben eine echte Frau von Welt. Ein wahnsinnig angenehmer Mensch.*

Katriina packte Tom energisch am Arm. »Komm«, zischte sie und führte ihn in die Eingangshalle. Den anderen Gästen zwinkerte sie zu. »Dieser junge Mann hat ein bisschen mehr genossen als die bürgerlichen Ehrenrechte. Ich rufe ihm ein Taxi.«

In der Eingangshalle nahm sie ihre Handtasche von der Hutablage. Ein Skorpion bewachte das Portemonnaie. Was war drin? 140 Euro. Sie nahm die Scheine und drückte sie Tom in die Hand. Er warf einen kurzen Blick darauf und steckte sie in die Hosentasche.

»Das reicht nicht mal für den Anfang. In Pelagias Heimreisekasse fehlen noch Hunderttausend. Beziehungsweise jetzt fehlen noch ... 99 000... nein, 98 000...«

»99 860 Euro«, unterbrach ihn Katriina. Zorn und Angst tobten in ihrem Bauch und kämpften um die Vormacht. »Wovon redest du?«

»Über ein kleines Sponsoring. Ich dachte, ich kaufe mir jetzt endlich meine eigene Insel. Wenn wir uns nicht einigen, fährt Pelagia mit mir von Tallinn aus in die große weite Welt hinaus. Und sollte uns unterwegs das Geld ausgehen, muss Pelagia halt verkauft werden. Die Zwischenlandung in Bangkok kommt da wie gerufen. Irgendein Unternehmer vor Ort wird schon ein bisschen was springen lassen.«

»Wie kannst du nur so reden?«, flüsterte Katriina. Der Zorn hatte gegen die Angst verloren; ein schwerer, eisiger Stein lag ihr im Magen. »Es ist doch dein Kind.«

»Besonders viele Karten zum Vatertag habe ich bis jetzt nicht bekommen.« Tom verschränkte die Arme, lehnte sich an den Türrahmen und killte das Lächeln auf seinem Gesicht. »Hunderttausend.«

»So viel habe ich nicht.«

»Ich war auf eurem Klo. Allein die Schüssel kostet mehr. Wenn ich unfair wäre, würde ich eine Mille oder zwei verlangen, aber Hunderttausend kannst du dir zum Beispiel abknapsen, indem du dir ein Jahr lang selbst die Haare auf eurem schicken Klo färbst, anstatt zum Frisör zu gehen. Und dein Alter merkt es nicht mal. Ich kann meine Kontonummer per E-Mail schicken. Wenn du schön brav bist, schicke ich sie an dich und nicht an deinen Mann.«

Katriina verpasste ihm eine Ohrfeige. Er griff sich kurz an die Wange, grinste, drehte sich um und ging. Am Gartentor blieb er noch einmal stehen und rief: »Ich wäre gern noch ein bisschen auf der Party geblieben, aber die letzte Fähre nach Tallinn fährt jeden Moment ab!«

»Ich rufe die Polizei!«, rief Katriina.

»Ganz bestimmt! Was glaubst du, wer in der Scheiße sitzt, wenn der Fall geklärt wird?«

Katriina schaute so lange auf Toms Rücken, bis er auch wirklich verschwunden war, dann schloss sie die Tür und lehnte sich dagegen. Kalter Schweiß war ihr auf die Schläfen getreten. Das Gewicht im Bauch wog entsetzlich, es war, als würde jeden Moment der Magen aufreißen.

Katriina hatte ein so großartiges Fest veranstaltet, dass noch viele Stunden lang niemand gehen würde. Sie spürte nun auch das Gewicht der Tränen hinter den Augen. Das war ein fremdes, übles Gefühl, die erste Warnung, dass die Grenze der menschlichen Belastungsfähigkeit in Sicht kam und dass sie müde und betrunken war und schlafen gehen wollte.

Sie nahm das Handy aus der Handtasche und rief Astra an. Sie meldete sich nicht. Ein Gast streifte Katriina im Vorbeigehen. »Nehmen Sie sich einen anständigen Schluck Bowle«, sagte Katriina, ohne aufzublicken. »Kein Glas darf leer bleiben.«

Noch ein Versuch. Keine Antwort. Noch ein Versuch.

»Was ist?«, fragte Astra außer Atem.

»Mein Schätzchen, ich muss dich jetzt leider bitten, deiner Mama ein bisschen zu helfen. Komm her. Hier ist furchtbar was los.«

»Hier auch.«

»Hier herrscht eine Notsituation.«

»Ich bin in Begleitung.«

»Sag der Begleitung, sie soll so lange warten.«

»Die kann nicht warten! Der steht der Schwanz!«

»Deswegen brauchst du nicht so zu schreien und auch nicht vulgär zu werden!«, schrie Katriina zurück. »Ist ja schön, dass du dich mit deinen Schwänzen abgibst, aber jetzt werden Prioritäten gesetzt. Du kommst hierher, und zwar ein bisschen plötzlich!«

4 DU BIST GANZ NORMAL

Astra legte auf und schaute mit Bedauern auf Kai und Ville. Die beiden waren im Bett eifrig wie Hundewelpen und bereit, weiterzutoben. Die weiße Bettwäsche war zerknittert und in alle Richtungen verzogen, das ganze Schlafzimmer ein einziges Durcheinander. Auf dem Fußboden lagen Kleider, ein paar Utensilien und Schminkzeug von Astra. Die Vorhänge flatterten im kühlenden Wind.

»Ich muss gehen. Familienangelegenheiten«, sagte Astra. Auch sie hatte einen Riesenspaß gehabt. Ihre Muskeln waren noch immer heiß, die Gelenke locker und die Haut glühte. Nun machte sich allerdings diffuse Besorgnis in ihr breit. Ihre Mutter hatte ziemlich seltsam geklungen. Nicht betrunken, sondern ängstlich.

»Was soll der Scheiß?«, sagte Ville. »Das war doch abgemacht?«

»Tut mir echt leid«, sagte Astra. »Mich ärgert's auch.«

Ville stand auf, war mit einem Satz bei Astra und packte sie am Arm. Astra geriet ins Taumeln und erschrak.

»Du gehst nirgendwohin. Nicht jetzt. Der Typ da hat gesagt, man darf dich in den Arsch ficken«, sagte Ville und stieß Astra aufs Bett. Ihr Kopf versank im Kissen, für einen Moment sah sie nur weiße, prall gefüllte Baumwolle. »Also jetzt her mit dem Arsch.«

Ville spreizte Astras Schenkel.

»Hör auf.« Das war Kais Stimme. »Sie muss gehen.«

Ville fing zornig an zu stoßen. Astra konnte sich nicht bewegen, auch nicht richtig sprechen, das Bett war weich und Ville schwer.

Kai kletterte aufs Bett, verpasste Ville einen Schlag auf den Hinterkopf und sagte im Kommandoton: »Hör auf, oder ich schneide dir die Eier ab.«

Ville stieß noch einmal zu, um das letzte Wort zu haben. Dann stieg er von Astra herunter, zog Kai eine Grimasse, zog das Kondom herunter und schleuderte es aus dem offenen Fenster. »Echt klasse hier«, sagte er und zog sich an. »Ich zahle keinen Cent.«

»Brauchst du auch nicht«, sagte Kai. »Da ist die Tür.«

Ville knallte die Tür hinter sich zu. Das Treppenhaus dröhnte wie ein Glockenturm.

Astra kauerte auf dem Bett und hielt den Rand des Lakens in der Hand. Sie starrte Kai mit offenem Mund an und konnte aus ihren Gedanken keine Wörter bilden. Der Widerhall der zugeschlagenen Tür klang aus. Ein Windstoß drückte die Vorhänge nach innen.

»Was ist das für eine Familienangelegenheit?«, fragte Kai. »Oder wolltest du nur diesen Arschficker loswerden?«

Astra schluckte, aber ihre Stimme kam nicht zurück.

»Verlangst du Geld von den Männern?«, flüsterte sie schließlich.

Kai setzte sich auf den Bettrand, legte sich dann auf den Rücken und verschränkte die Hände im Nacken.

»Ich muss nichts verlangen«, sagte er. »Die meisten bezahlen von sich aus.«

»Was?« Jetzt geriet Astra in Panik. »Was?«

Kai stützte sich auf den Ellbogen und sah Astra mit gerunzelten Augenbrauen an.

»Was soll ich denn tun, wenn mir Geld angeboten wird? Nicht alle Leute haben Eltern, die in einem Schloss mit dreihundert Quadratmetern wohnen.«

»Zuhälterei ist illegal … und … jetzt …« Astra brach in Tränen aus. »Jetzt ist alles kaputt! Das war alles bloß … widerlich … ich hatte meinen Spaß, und jetzt ist alles kaputt!«

Astra umklammerte einen Zipfel des Lakens mit der Faust und versenkte den Kopf im Kissen.

»Liebling, nicht weinen.« Kai berührte Astras Schulter, aber sie riss sich los, sprang auf, rannte im Zimmer hin und her und sank schließlich an der Wand auf den Boden. Kai ließ sich neben ihr nieder.

»Es ist nicht alles kaputt. Ich gebe dir das Geld. Es ist noch alles da.«

Astra stand auf, rannte in die andere Ecke und ließ sich dort an der Wand entlang nach unten rutschen. »Nein!«

»Was dann? Lass uns meinetwegen mit dem Geld zusammen eine Reise machen. Wenn es dir Spaß macht und wir auch noch Geld dafür kriegen, was ist daran so schlecht?«

Astra konnte nicht antworten. Sie weinte so heftig, dass sie kaum Luft bekam. Sie wühlte in den Haaren, wischte sich übers Gesicht, fuchtelte mit den Händen.

»Mensch, Astra!« In Kais Stimme lag ein Hauch von Missmut. »Was würde das ändern, wenn dich die Männer umsonst bekommen hätten? Die Perverslinge hätten nur Geld gespart.«

»Aber dann wäre es … wegen … wegen der Freude gewesen.«

»Freude? Die haben dich gebumst wie eine aufblasbare Gummipuppe.«

»Haben sie nicht! Oder doch, weil du ihnen gesagt hast, ich bin bloß so eine … so eine … auf die man keine Rücksicht nehmen muss. Und ich dachte … dass … dass die mich …«

»Wenn sie nicht bezahlt hätten, dann hättest du jetzt das Gefühl, du wärst irgendwie was Besonderes?«

»Ich bin was Besonderes.«

»Bist du nicht. Du bist ganz normal.«

Astras Kopf schoss nach oben. Ihre Augen waren rot, aber trocken und sehr wütend.

»Verdammte Scheiße, hier kapiert aber auch niemand was!«, schrie Astra. »Na klar bin ich normal, und du bist normal, und alle sind normal und Würstchen und Kartoffelbrei und leck mich doch! Es geht doch darum, dass man so tut als ob! Es ist so zerbrechlich. Es ist wie ein Schmetterlingsflügel. Was ist daran so schwer zu verstehen? Der Körper weiß nicht, ob er gerade in der Pfauen-Superherrlichkeit nach dem Kamasutra gevögelt oder ob eine gynäkologische Untersuchung an ihm durchgeführt wird. Du hast doch bestimmt auch schon mal einen Dildo in deinem erbärmlichen Arsch stecken gehabt? Na also. Dann weißt du ja, dass Analverkehr genau wie Kacken ist. Und Frauen kriegen Orgasmen, wenn die Babys ihnen die Milch aus den Brustwarzen saugen. Das spielt sich alles im Kopf ab, und ich kapiere nicht, warum es so scheißschwer sein soll, so zu tun, als wäre es etwas Großartiges! Warum muss es immer kaputt gemacht werden? Da hatte ich einmal meinen Spaß, und dann wird mir mitgeteilt, dass ich bloß eine gewöhnliche Fuffi-Möse bin. Du hast alles kaputt gemacht, du bist ein solcher Scheißkerl, dass du deswegen in der Hölle brennen wirst!«

Astra stand auf, ging ins Bad und wusch sich das Gesicht. Dann riss sie den Kleiderschrank auf und zog sich an. Kai saß im Schneidersitz auf dem Boden und kaute stumm auf den Lippen.

»Astra«, sagte er tastend. »Setz dich, dann reden wir über alles.«

»Nein. Ich muss jetzt los und dafür sorgen, dass das Klopapier nicht alle ist, wenn der Kulturminister scheißen geht«, sagte Astra, marschierte in den Flur und warf die Tür hinter sich zu.

Auf der Straße schluchzte sie. Warum? Warum musste sie sich immer um alles kümmern?

5 SCHMUTZIGE WÄSCHE

»Also was haben Piia Kilinen und ihr Freund getan?«, fragte Astra ihre Mutter. Sie standen in der Eingangshalle, und Katriina rang die Hände. »Warum soll ich nach Tallinn fahren?«

Silmu stand neben Astra. Sie roch seine Nähe: Ammoniak. Der kleine Bruder schwitzte stark.

»Wer ist Tom?«, fragte Silmu.

»Ruf die Polizei an«, sagte Astra.

»Nein.« Katriinas Gesicht war weiß. »Du und Silmu, ihr holt Pelagia nach Hause und sagt, das Geld wird besorgt, sobald morgen die Bank aufmacht. Und Silmu, du musst richtig muskulös aussehen. Das Ganze ist zu weit gegangen.«

»Du bist verrückt«, sagte Astra. »Wenn jemand Pelagia gekidnappt hat, musst du die Polizei anrufen.«

»Wer ist Tom?«, fragte Silmu noch einmal. »Welcher Tom? Was redet ihr da eigentlich?«

»Tom ist ...«, Katriina runzelte die Stirn, wählte ihre Worte sorgfältig, »... Piias Freund.«

»Piia Kilinens Freund? Warum soll der ...? Wenn da was dran ist, musst du die Polizei anrufen, Mama«, sagte Silmu.

»Nein«, erwiderte Katriina. »Schmutzige Wäsche wird zu Hause gewaschen. Ihr geht jetzt ganz sachlich da hin. Astra teilt mit, dass das Geld kommt, und dann darf Silmu seine Muskeln in der Praxis ausprobieren und Tom vermöbeln.«

»Was?«, sagte Silmu. »Ich soll den Freund von Piia Kilinen schlagen?«

»Genau«, sagte Katriina.

»Aber ich bin gegen Gewalt«, sagte Silmu. »Ihr habt gelacht, als ich den Brief wegen der Musterung bekam.«

»Silmu Silola!«, fuhr Katriina ihn an. Ihre Augen waren rot und hart. »Jetzt ist keine Zeit für Diskussionen. Das hier ist eine Notsituation. Du schlägst ihn und sagst ihm, er soll Katriina Silola und ihre Familie in Ruhe lassen. Von mir aus kannst du deine Freunde aus dem Fitnessstudio bitten, mitzukommen. Piia muss nicht verprügelt werden, aber es schadet nichts, wenn sie auch ein bisschen was abkriegt.«

Silmu starrte vor sich hin. Sein Blickfeld trübte sich, das Blut stieg ihm vom Hals aus ins Gesicht. Nach und nach kam anschwellendes Gebrüll aus seinem Mund, zuerst nur Gebrüll, dann Wörter: »Du und deine scheißschmutzige Wäsche!«

Im Wohnzimmer verstummten die Gäste. Auch die Musik setzte aus. Silmu schaute auf das leere Glas in seiner Hand, warf es gegen die Wand und stürmte wie ein Stier ins Wohnzimmer.

»Ich werde niemanden schlagen! Ich habe schon alle Fenster geputzt!« Er konnte sich nicht mehr beherrschen. Er trat gegen Möbel und warf Ebereschenzweige und Teller durch die Gegend. »Soll ich ihm die Kniescheiben kaputt machen oder ganz lassen? Wie lange soll ich dafür im Knast sitzen? Und was kommt als Nächstes? Hast du Kollegen, die du nicht leiden kannst? Die könnte ich ja in Beton gießen und ins Meer werfen! Du und deine scheißschmutzige Wäsche!«

Die Gäste duckten sich in den Ecken, teils von Angst, teils von Neugier erfasst. Die Musiker schützten ihre Instrumente. Ein Glas zersplitterte. In einer Ecke fragte eine dünne Stimme: »Wen sollst du hauen?« Das war eine Journalistin, die zwischen dem Kulturminister und Launo in Deckung gegangen war. Krachend kippte ein Tisch um. Essen und Glassplitter schossen in alle Richtungen, Vogelbeeren rollten über den Fußboden. Die Gäste hatten Angst, der Wüterich sei auf sie gehetzt worden.

Dann ermüdete Silmu und ließ mitten im Raum den Kopf sinken. »Pelagias Vater«, antwortete er und drückte sich mit Daumen und Zeigefinger auf die Nasenwurzel. »Furchtbare Kopfschmerzen.«

Die untergehende Sonne glitzerte im zersplitterten Glas. Essensreste rannen an den Wänden herab. Im Gräuel der Verwüstung war es vollkommen still.

Launo stand zögernd auf. Seine Augen waren rund wie Kugeln.

»Du sollst mich verprügeln? Warum?«

»Nicht dich«, seufzte Silmu. »Du Trottel.«

Die Journalistin war schnell auf dem Laufenden: »Wer ist Pelagias Vater?«

Silmu ließ den Kopf hängen. »So ein internationaler Gigolo, der gern schwimmt. Weiß nicht. Fragt Astra.«

Die Blicke richteten sich auf Astra, die in der Tür von einem Bein aufs andere trat. »Na ja«, sagte sie. »Das sieht ja sogar ein Blinder. Die sind sich total ähnlich.«

»Wer jetzt?« Launo schaute Astra an wie ein Gespenst und blickte sich dann im Raum um. Er suchte nach Katriina, aber vergebens. Katriina, Katriina, wo bist du? Komm her und kläre dieses Durcheinander auf!

Astra nahm Silmu am Arm und sagte in den Raum hinein: »Ihr solltet euch vielleicht Taxis nehmen und in einem Lokal weiterfeiern.« Dann führte sie Silmu aus dem Wohnzimmer. »Machen einen die Steroide so verrückt?«

»Das ist bloß Verleumdung. Die machen nichts.«

6 EINE TOTAL NORMALE VISAGE

Astra hatte den Führerschein mit achtzehn bekommen, nachdem sie zwei Mal durch die Prüfung gefallen war. Danach war sie so wenig wie möglich gefahren. Jetzt fiel es ihr schwer, sich zu konzentrieren. Es gab so viel zu beachten: die Schaltung, ein langsamer Fußgänger, ein Auto von links. »Vorfahrt!«, brüllte ihr kleiner Bruder.

Silmu war der schlimmste Störfaktor. Er zappelte auf dem Beifahrersitz, knackste mit den Fingergelenken und brachte Astra in jeder Hinsicht sämtliche Situationen in Erinnerung, in denen sie aus nächster Nähe Zeugin aufputschenden Drogenkonsums gewesen war. Sie trat aufs Gas und nahm den anderen Fuß von der Kupplung. Das Auto glitt auf die Kreuzung und blieb stehen. Das von links kommende Auto hupte. Astra sah nervös hin: ein uralter Pkw, schmutzig, beige. Hinter der Windschutzscheibe zeichnete sich der Fahrer ab. Er zeigte seinen stumpfen Mittelfinger. »Die Kupplung«, brüllte Silmu.

Astra brach der Schweiß aus. Sie drehte den Zündschlüssel. Der Motor puckerte und ging aus. Der Fahrer im beigen Auto nahm die Hand nicht von der Hupe. Tuut. Tuut. Tuut.

Silmu klickte den Gurt auf.

»Wenn der nicht aufhört zu hupen, spritzt das Blut«, sagte er, stieg aus und ging auf das andere Auto zu.

Astra stöhnte. Sogar von hinten konnte man sehen, dass Silmu voller Wut steckte. Er war ein Vulkan, der sich auf einen neuen Ausbruch vorbereitete. Astra sah vor ihrem inneren Auge, wie er den Fahrer aus dem Seitenfenster zerrte und ihn durch die Gegend schleuderte wie vorhin die Kristallgläser. Sie stieg aus und rannte ihm nach, packte ihn am Arm und sagte leise wie eine Pferdeflüsterin: »Komm, lass uns gehen. Das Auto springt bestimmt gleich an.« Silmu schüttelte ihre Hand ab und stellte sich vor das schmutzige Auto.

Das Seitenfenster ging auf, und eine Flut von aufgeregtem Genuschel kam heraus. Der Fahrer war ein Mann mittleren Alters, der eine total normale Visage hatte und einen außergewöhnlich kurzen Arm. Astra hatte das Gefühl, den Arm und die Visage schon einmal gesehen und das Genuschel schon einmal irgendwo gehört zu haben. Vielleicht in einer Werbung, in der ein Normalbürger gezeigt werden sollte?

Silmu brummte und streckte die Hand nach dem Türgriff aus.

»Mach das Fenster zu!«, sagte Astra zu dem Fahrer.

»Was hat der Junge?«, nuschelte dieser. Das Nuscheln enthielt jetzt einen Hauch von Angst.

Silmu fing an, gegen den Wagen zu treten. Er trat fest zu, ohne Rücksicht auf seinen Fuß zu nehmen. Bei jedem Tritt entstand eine Beule im Blech. Der Fahrer kreischte und fluchte.

»Hör auf, Silmu«, sagte Astra, aber ohne Wirkung. Sie beschloss, an den Autofahrer zu appellieren. »Mach jetzt das Fenster zu und verriegle die Tür. Du merkst doch selbst, was mit dem Jungen los ist.«

Astra packte Silmu erneut am Arm und schaute ihm in die Augen. Sie musste nach oben schauen. Der kleine Bruder war zwanzig Zentimeter größer als sie. Das wurde besonders jetzt deutlich, da er auf beiden Beinen stand und randalierte. Aber es war trotzdem Silmu. Hinter den wütenden Augen und dem schweißüberströmten Gesicht verbarg sich der kleine Bruder.

»Wir gehen jetzt zu unserem Auto, Silmu«, sagte Astra. »Hör auf, den braven Mann und sein Auto zu ärgern. Wir müssen zusehen, dass mit Pelagia in Tallinn alles in Ordnung ist.«

Sie kehrten zum Wagen zurück, Astra holte tief Luft und schaffte es, ihn in Gang zu setzen und bis auf den Parkplatz vom Aivo Gym zu fahren.

»Was machen wir hier?«, fragte Silmu.

»Wir holen einen deiner Freunde ab. Der soll dich im Zaum halten. Die haben das schließlich auch angerichtet.«

»Aivo nehmen wir auf keinen Fall mit. Der ist schwul.«

»Wen dann? Den großen Glatzkopf?«

»Ja ... Köde ... nee, den auch nicht. Nimm halt Aivo. Wenn wir schon nach Tallinn fahren. Der ist Este.«

Das Fährterminal war menschenleer. Eine Möwe, die sich hineinverirrt hatte, spazierte auf dem hellen Fliesenboden hin und her. Die Rolltreppen blieben stehen. Erst da merkte man, was für ein unangenehm mahlendes Geräusch sie gemacht hatten und wie schön die Stille war. Vor der großen Plexiglaswand wogte das Meer. Die Fähre war bereits weit weg. Sie zog eine weiße Spur und eine Menge Möwen hinter sich her.

Astra, Silmu und Aivo setzten sich auf Plastikbänke und verschnauften. Auch das Rennen hatte nichts genützt. Astra tippte auf ihrem Handy herum und rief Schiffs- und Hubschraubergesellschaften an, aber an diesem Abend verkehrte nichts mehr. Schließlich legte sie das Handy weg und die Beine auf die Bank.

»Jetzt müssten wir wohl doch bei der Polizei anrufen«, sagte sie.

»Was ist eigentlich passiert?«, fragte Aivo, weil er bislang nur in groben Zügen von den Vorfällen erfahren und sie sonderbar gefunden hatte.

»Unsere Mutter hat plötzlich den Einfall gekriegt, dass Pelagias Kindermädchen und Pelagias biologischer Vater Pelagia beim Chorwettbewerb entführen wollen.« Astra nagte eine Weile an der Unterlippe und sprach dann müde weiter. »Aber Mama hat vielleicht nicht alle Tassen im Schrank. Ich habe das Gefühl, dass sie von Leuten in weißen Kitteln abgeholt wird, wenn ich die Polizei anrufe.«

»Und was machen wir nun?«

»Ich weiß es nicht«, gab Astra zu. »Vielleicht ist doch was dran. Mama war so in Panik. Und Papa auch. Alle total durchgedreht.«

Die Möwe erhob sich auf ihre Flügel, drehte eine Runde unter der Decke und landete wieder. Die Rolltreppen setzten sich in Bewegung. Man sah den Kopf einer Putzfrau und nach und nach die ganze Person samt Karren heraufkommen. Sie schob den Karren in eine entfernte Ecke und fing an, faule Achten zu wischen. Die Rolltreppen stoppten. Ein Luftstrom ließ Bonbonpapiere auf dem Fußboden tanzen. Die letzten Sonnenstrahlen wurden von Astras Haaren und dem Metallgehäuse ihres Handys reflektiert. Silmu trommelte mit den Fingern auf die Armlehne.

»Was meinst du, Silmu?«, fragte Astra.

»Ich kann nicht denken. Mich juckt es so stark. Kennen wir jemanden, der ein Boot hat?«

Aivo beugte sich zu Silmu hinüber und beäugte dessen Brustkorb.

»Man sieht durchs Hemd, dass deine Milchdrüsen gewachsen sind. Kein Wunder, wenn es juckt. Du brauchst was zur Rückbildung.«

Silmu stieß Aivos Hand zur Seite. »Wo kriegt man das her?«, fragte er.

»Kann dir dein bester Freund Köde nichts besorgen?«

»Weiß ich nicht. Bestimmt nicht. Weil ich mich mit seinen Kumpels geprügelt habe.«

Astra war aufgestanden. Sie schaute durchs Plexiglas aufs Meer, hatte das Handy am Ohr und wirkte sehr unwirsch.

»Hi. Ja«, sagte sie ins Telefon. »Dein Bumsboot da. Der Zuhälter, der es steuert, würde sicher auch im Schlaf in den Hafen von Tallinn finden.«

7 GOTTES AUGE, DAS NIE BLINZELT

Das Bumsschiff holte sie im Yachthafen ab. Es sah karg, schwerfällig und asozial aus, wie es so zwischen den leuchtend weißen Segeln hindurchstampfte. Es stank nach Diesel und körperlicher Arbeit und stieß gegen den Anleger. Es sah aus wie ein Schiff, mit dem man Tiefseefisch fing, ohne unnötig zu quatschen.

Kai kam aus der Kajüte. Weil Astra mit hochgerecktem Kinn die Möwen betrachtete, mussten Aivo und Kai sich selbst miteinander bekannt machen. Kai sagte: »Ich bin Kai. Astras ... also ...«

»Ist das dein Schiff?«, fragte Aivo. »Was ist das für ein Schiff?«

»Das ist ein Schiff«, sagte Astra, »das Nutten zwischen Finnland und Estland hin und her transportiert.« Bei ihrem Tonfall zog sich sogar Aivos Magen zusammen.

»Ich habe doch schon gesagt, dass es mir leidtut«, sagte Kai.

Aivo stieß Silmu in den Rücken. »Gehen wir rein.« Silmu und Aivo stiegen in den Rumpf hinab. Kurz darauf hörte man von unten Aivos Verwünschungen.

»Die haben natürlich die ganzen Peitschen und Bändel entdeckt«, sagte Kai. »Ehrlich wahr, Astra, ich hab das nicht eingefädelt. Ich kannte bloß Jussu. Und ich dachte halt, es würde dir hier gefallen. Hat es doch auch, oder?«

Astra schnaubte verächtlich.

»Hör auf«, bat Kai. »Immerhin habe ich Jussu überredet, uns nach Tallinn zu bringen.«

»Verschwinde«, sagte Astra.

Astra ging zum Bug des Schiffes, umklammerte die Reling und schloss die Augen. Als sie die Augen wieder aufmachte, hatte sich das Meer in eine schwarze Ebene verwandelt. Es rauschte und spritzte, das Schiff kam stetig voran. Zuhälter-Jussu war ein guter Steuermann, und nach dieser Tour würde Astra ihn bei der Polizei anzeigen.

Ihre Gedanken waren übel und vollkommen durcheinander. Wie hatte ihre Mutter nur in so eine Tinte geraten können? Wenn schon die Mutter ihr Leben auf diese Weise ins Chaos stürzte, was für eine Hoffnung blieb dann Astra oder den anderen? Warum hatte sie die Schwangerschaft nicht abgebrochen, wenn Pelagia so ein schrecklicher Unfall war? Astra hätte das auf jeden Fall getan. Wo war Pelagia jetzt? Und Katriina?

Allmählich verschwand die Sonnenwärme. Der Wind blies Astra ins Haar. Bald wäre es zu kalt.

Als Pelagia noch ein Baby war, hatte sie immer mit Katriina unter einer Decke Mittagsschlaf gehalten. Astra war manchmal zum Türspalt geschlichen, um dem sanften Säuseln der beiden Schlafenden zu lauschen. Das Zimmer war dämmrig und kühl gewesen und hatte süßlich gerochen: nach Baby und Milch. Da passt niemand dazwischen, hatte Astra gedacht. Die Bärenmutter und das Bärenjunge schlafen. *Keine Gefahr, es kriegt ihn keiner, der Bär, der schläft, der Bär, der schläft, in seinem Winterbau.* Am besten wäre es gewesen, nie unter dieser Decke hervorzukommen.

Für einen Moment stellte sich Astra vor, bloß eine Hülle zu sein, in der nur trockene Knochen und sterile Leere steckten. Das war ein besänftigender Gedanke, eine Vorstellung von Reinheit, die sie in schlimmen Stunden beruhigte. Sie versuchte zu rauchen, aber der Wind blies die Streichhölzer aus, und als die Zigarette beim dritten Versuch brannte, löste sich die brennende Spitze durch den Fahrtwind.

Das Schiff passierte felsige Inseln, auf denen es keine Natur und auch sonst nichts gab. Auf einer der Inseln stand eine Hütte. Der erste Schwall Salzwasser würde sie morsch werden lassen. Die Hütte war vom Felsen kaum zu unterscheiden. Wohnte da jemand? Wie lange konnte man an so einem Ort leben, bevor man anfing, Gespenster zu sehen? Froschmenschen, die nachts aus dem Meer stiegen, über den Fels krochen und ihre Saugnäpfe an die Fensterscheiben drückten? Das große Auge Gottes, das vom Himmel herabschaute und nie blinzelte?

Die Dämmerung ging in Dunkelheit über, und die Inseln verschmolzen mit dem Meer, falls sie nicht gar untergingen.

Kai, der auf einer mit rotem Samt bezogenen Bank fläzte, richtete sich auf. Astra ging der Lampe, die von der Decke hing, aus dem Weg und baute sich vor ihm auf. »Wie viel habe ich verdient?«, fragte sie.

»Ziemlich viel!« Kais Gesicht verzog sich zu einem Lächeln. »Wir könnten in den Fernen Osten fliegen.«

»In den Fernen Osten? Wozu?«

»Zum Beispiel nach Kambodscha! Dort gibt es angeblich echte Opiumhöhlen.«

»Verkauf du nur deinen eigenen Arsch und fahr dann nach Kambodscha«, sagte Astra und setzte sich neben Kai aufs Sofa. »Hoffentlich töten dich die roten Khmer und essen dich auf.«

»Die roten Khmer gibt es nicht mehr. Bisschen Allgemeinbildung, wenn ich bitten darf!«

»Hör zu, du blöder Scheißkerl«, sagte Astra, »du hältst besser mal die Fresse.«

8 NIE ANDERE WÜRSTCHEN

Wenn man in der Lobby eines Hotels in Tallinn mitten in der Nacht Rabatz macht und Finne ist, wird man sofort für betrunken erklärt.

»Hör mir mal gut zu«, sagte Elisabet Pylkki und seufzte, als lasteten Astras sämtliche Sünden auf ihren Schultern. »Pelackias Mutter hat Pelackia in meine Obhut gegeben, und ich kann das Kind nicht mitten in der Nacht wecken, bloß weil eine Bande von Säufern es sehen will.«

»Was für eine Bande von Säufern? Keiner von uns ist betrunken! Wir wollen sie nur sehen.«

Elisabet schüttelte den Kopf und wandte sich ab. Silmu griff nach dem Ärmel ihres Morgenmantels. »Wir gucken nur durch den Türspalt.«

Elisabet seufzte. Der Portier drückte auf den Knopf, auf dem er schon seit einiger Zeit den Finger liegen hatte. Astra, Silmu und Elisabet fuhren mit dem Lift in den fünften Stock.

Die Tür öffnete sich zu einem langen, schwarzen Gang, in den matte Wandleuchten in gleichmäßigen Abständen dunstige Lichtkreise warfen. Die Luft trocknete die Schleimhäute in der Nase aus, sie war staubig und abgestanden, als wäre in dem Hotel noch nie ein Fenster geöffnet worden. Es war auch keines geöffnet worden – die Klimaanlage gab ein monotones, einen langsam in den Wahnsinn treibendes Surren von sich. Man hörte keine Schritte, weil auf dem Boden weicher Flor lag. Es war fast unmöglich, sich vorzustellen, dass hinter den Türen musikalische Kinder schliefen und keine einbalsamierten Könige.

Am Ende des Gangs blieb Elisabet stehen, schob die Schlüsselkarte ins Schloss und machte die Tür auf. Ein Lichtstreifen fiel ins Zimmer und traf das Bett, in dem eine kleine Gestalt lag. »Pelagia«, flüsterte Silmu.

Die Gestalt richtete sich auf, legte sich wieder hin und sagte: »Nie mehr andere Würstchen als lachende Würstchen.«

»Genau. Schlaf nur«, flüsterte Silmu.

Astra kam sich allmählich blöd vor. Sie runzelte die Stirn und wandte sich an Elisabet. Am besten, man zog das Ganze gleich richtig durch. »Wenn sich ein fremder Mensch nach Pelagia erkundigt, dann lass Pelagia nicht mit ihm reden.«

»Ich habe nicht die Absicht, den Kindern beizubringen, im internationalen Kontext mucksmäuschenstill zu bleiben«, erklärte Elisabet. »Gute Nacht. Und geht heute Abend mal richtig in euch.«

Eine Gruppe von lautlosen, grau gekleideten Männern vom Wachpersonal kam den Gang entlang. Einer nahm Silmu fest in den Griff, und der andere schlug Astra vor, lieber freiwillig mitzukommen. Sie führten die Geschwister in den Aufzug und durch die Lobby zur Tür hinaus.

Kai und Aivo warteten draußen.

»Sorry«, sagte Astra. »Falscher Alarm.«

9 BLOSS COLA LIGHT

Jedes anständige Hotel in Tallinn war bis aufs letzte Bett mit begabten Kindern belegt. Es sah schon so aus, als stünde ihnen eine Nacht auf dem Bürgersteig bevor, aber zum Glück erinnerte sich Aivo an ein bescheidenes Hotel, das einer Großtante von ihm gehörte und nicht weit entfernt lag. Alle waren erleichtert, als sie die Schlüssel in den Händen hielten.

Die Tür zu Astras und Kais Zimmer ließ sich nur durch heftiges Zerren öffnen. Als sie schließlich aufging, drang einem ein Gemisch von Schimmel, sauberer Bettwäsche und kaltem Raum in die Nase. Das Zimmer hatte einen Spiegeltisch, einen Sessel und ein morsches Doppelbett. Schon auf den ersten Blick sah man, dass die Laken etwas feucht waren, aber nicht unangenehm. Es wäre schön, sich frisch gewaschen darin zu verkriechen und die Schläfe am Kissen zu reiben.

Kai fragte Astra, ob sie Hunger habe, ob sie zu einem Imbiss gehen sollten.

»Ein bisschen«, sagte Astra. Ein seelischer und zugleich körperlicher Schmerz durchfuhr sie. Sie sah sich in der Schlange vor einer estnischen Imbissbude stehen. Sie würde vor der Luke stehen und den Klang ihrer eigenen Stimme nicht mögen, wenn sie ihre Bestellung aufgab. Was immer sie wählen würde, sie würde es bereuen. Wenn sie sich mit einer kalorienarmen Cola zufriedengab, würde sie angesichts Kais Portion vor Neid und Hunger rasend werden. Würde sie der Verlockung nachgeben und etwas Fettiges essen, wäre sie zwar eine Sekunde lang glücklich, später würde sie die Mahlzeit aber die ganze Nacht verfolgen.

»Ich geh was holen«, sagte Kai. »Dann essen wir, und danach bumse ich dich.«

Astra ließ sich aufs Bett fallen und kickte die Schuhe von den Füßen. Kai hatte nicht gefragt, was sie essen wollte. Sie hatte sich nicht entscheiden müssen. Sie musste essen, was gebracht wurde.

Die Tür ging hinter Kai zu. Und dann bumse ich dich. Tja. Nichts wie hoch.

Astra rappelte sich vom Bett auf und tappte mit bloßen Füßen ins Bad. Die Bodenfliesen waren kühl und hatten Sprünge, der kleine Spiegel war so weit oben angebracht, dass Astra sich nicht sehen konnte. In gewisser Weise fühlten sich die Fliesen gut an, aber gab es in Tallinn Kakerlaken?

Astra drehte den Hahn auf, und ein dünnes Rinnsal kaltes Wasser kam aus der Dusche. Sie zog sich aus, riss die Seifenverpackung auf und rieb das Seifenstück zwischen den Händen schaumig. Sie wusch sich gründlich zwischen den Beinen, alle Falten und die Ränder der Öffnungen. Zum Schluss spülte sie die Seife ab. Die weiche Haut war rot und juckte. Die Haarbälge waren vom Rasieren entzündet. Da konnte man nichts machen, aber wahrscheinlich würde er es nicht bemerken. Es war ziemlich dunkel im Zimmer.

Astra seufzte. Die Müdigkeit steckte in jedem einzelnen Knochen.

Sie trank zwei Zahnbecher Wasser und war zufrieden, als sie Druck im Dickdarm spürte. Sie setzte sich auf die Schüssel und drückte zwei kleine Bröckchen heraus. Sie zog ab, wusch sich noch einmal den Hintern, seifte den Zeigefinger ein und steckte ihn in den Anus. Der blinde Finger fühlte vor: sauber. Gut. Astra war außen und innen sauber, bereit für schmutzige Maßnahmen.

Sie tappte ins Schlafzimmer zurück und wühlte in der eilig gepackten Tasche. Schließlich fand sie einen Fummel, den Kai noch nicht gesehen hatte. Es war ein schwarzes Korsett, in einem normalen Kaufhaus erstanden, aber es sah an Astra schön aus, es betonte die Brüste und die schmale Taille. Kai würde es schätzen, wenn sie es schon anzog, während sie auf ihn wartete.

Sie legte sich das Korsett um und zog dünne schwarze, bis zu den Oberschenkeln reichende Strümpfe und schwarze Schuhe mit hohen Absätzen an. Dann setzte sie sich an den Spiegeltisch, um sich das Gesicht anzumalen.

Sie dachte an die graue Hütte auf der Felseninsel. Sie dachte an ihre arme Mutter und an die in die Welt geworfene Pelagia. Sie machte erneut ihre Tasche auf. Ein Plüschmaulwurf lag darin, und sie streichelte kurz seinen Rücken.

»Warum hast du mich nicht vor den Roids gewarnt?«, fragte Silmu über das Geräusch der Dusche hinweg. »Ich hab das Gefühl, als hätte mich eine Giftspinne gestochen.«

Silmu hielt die kühle Dusche abwechselnd auf die eine und die andere Brustwarze. Das half für einen Moment, aber dann brannte die andere wieder. Kratzen konnte er nicht. Allein die Vorstellung, die Brustwarzen zu berühren, war fürchterlich. Beide Brüste waren zu Mädchenbrüsten angeschwollen.

»Hat dich schon mal eine Giftspinne gestochen?«, fragte Aivo. Er lehnte am Türrahmen und betrachtete Silmu besorgt. »Außerdem habe ich es dir oft genug gesagt.«

»Eigentlich ja.«

»Ja? Eine Giftspinne hat dich gebissen?«

»Als ich klein war, hatte ich eine behaarte Spinne als Haustier. Sie hieß Aragorn. Ich dachte, sie liebt mich, weil ich sie so gut versorge. Ich nahm sie in die Hand, und sie biss sofort zu. Die ganze Hand schwoll an. Meine Mutter verabreichte mir was gegen Schlangengift, und ich gab Aragorn an Astra weiter. Astra änderte ihren Namen, aber ich weiß nicht, wie.«

»Hör zu«, sagte Aivo und seufzte tief. »Wenn wir irgendwo Geld herbekommen, können wir dir die Gegenmittel gleich kaufen. Mein Bruder ist Arzt. Von ihm bekommen wir sofort ein Rezept, wenn es sein muss. Das Medikament können wir in einer Apotheke holen, die Nachtdienst hat.«

»Was kostet das?«

»Weiß ich nicht. Mehrere hundert wahrscheinlich. Aber plastische Chirurgie kostet mehrere tausend.«

»Plastische Chirurgie?«, ächzte Silmu. Kühles Wasser rann in Tropfen über seinen Körper. Ihm wurde kalt.

»Wenn du dir vom Allgemeinarzt das Brustgewebe wegschneiden lässt, hast du anschließend solche Narben, dass Köde schöner ist als du.«

»Ich habe keine mehrere tausend«, sagte Silmu. Er hatte überhaupt nichts. Sein ganzes Geld war für die Ampullen draufgegangen. Ob Astra welches hatte? Sicherlich nicht dabei. Aber vielleicht ihr Freund? Das war eine kleine Chance, Silmu musste es versuchen. Er würde das Kribbeln keinen Moment länger ertragen.

Er drehte den Duschhahn zu, trocknete sich ab, zog ein leichtes T-Shirt und Jeans an. »Ich werde mal mit Astra reden«, sagte er und schlüpfte hinaus. Er ging ans Ende des Ganges und klopfte an Astras und Kais Tür.

Astra machte auf. Sie trug Klamotten, die an ein Cabaret oder sonst was Ungehöriges aus alten Zeiten erinnerten.

»Was ist?«, fragte sie. Sie wirkte müde und blass und rieb sich die Stirn.

»Kann ich reinkommen?«

»Aber nur kurz.«

Silmu trat ein und setzte sich auf den Bettrand. Das Zimmer war mit seinem Zimmer identisch. Vor dem offenen Fenster sah man nichts als Dunkelheit. Ab und zu hörte man ein Auto. Astra setzte sich an den Spiegeltisch und schminkte sich.

»Was gibt's?«, fragte sie. »Kai kommt bald zurück, und dann wollen wir … alles Mögliche tun.«

»Was alles?«

»Schau halt, was ich anhabe.« Astra zog eine schwarze Linie um die Augen. »Ich hab überhaupt keine Lust.«

»Dann tu es halt nicht.«

»Nein, es macht Spaß. Bloß jetzt irgendwie nicht.«

»Aha.«

»Ich hab immer Lust. Ehrlich. Und Kai verlässt sich darauf.«

»Aha. Na dann. Aber niemand hat doch immer Lust?«

Astra warf ihm über den Spiegel einen gereizten Blick zu. »Was weißt du denn schon? Wir reden weiter, wenn ein Wunder geschieht und du die Gelegenheit bekommst, deine Krabbe zum Einsatz zu bringen.«

»Hör auf, mich zu verscheißern.«

Astra warf einen Blick auf Silmu und seufzte. »Entschuldige. Was wolltest du sagen?«

»Na ja. Ich bräuchte einen Haufen Geld. Weil mir Frauenbrüste wachsen. Ich brauche Medikamente, damit es nicht kribbelt, und dann müsste ich auch noch zum plastischen Chirurgen, aber vor allem brauche ich die Medikamente.«

Astra hatte einen neuen Schminkstift vom Tisch genommen. Auf dem Weg zum Gesicht hielt die Hand inne. »Wegen der Steroide?«

»Ja.«

Astra drehte sich um und schaute Silmu kurz in die Augen. Dann deutete sie auf die Tasche, die auf dem Bett lag.

»Nimm das Kuvert, das da drin ist. Schau nach, ob es reicht.«

Silmu zog den Umschlag aus der Tasche und lugte hinein. Er enthielt eine riesige Menge Hunderter und Fünfziger, alle durcheinander, mehrere tausend Euro. Silmu war so erleichtert, dass er es im ganzen Körper spürte, als wäre er nach stundenlangem Aushalten endlich auf die Toilette gekommen. Sofort wurde das Kribbeln erträglicher.

Dann aber wunderte er sich.

»Wo hast du das her?«

Astra antwortete nicht, sondern schminkte sich ernst weiter.

»Woher?«, insistierte Silmu.

»Ich hab viel als Hure gearbeitet.«

Silmu fragte nicht, ob das ein Witz sein sollte, denn er hatte den Verdacht, dass es keiner war.

»Du kriegst es unter der Bedingung, dass du nie mehr irgendwelche Pillen anfasst«, sagte Astra. »Du hast mitten auf der Party rausgebrüllt, dass Pelagia ein uneheliches

Kind ist. Du hast vor lauter Anabolika unser Familienleben zerstört.«

Silmu steckte den Briefumschlag ein. Nie mehr Steroide. Keine schmerzenden Brustwarzen, keine Haare an sonderbaren Stellen, kein Dauerständer und kein Dauerschwitzen. Nie mehr.

Aber bald wären die Symptome weg. Der Schmerz wäre vorbei, allmählich würde das Vergessen einsetzen, und Silmu würde sich im Spiegel betrachten und von dem Anblick frustriert sein. Was würde er denken, wenn er die äußerste Grenze seiner Leistungsfähigkeit erreichte und noch immer einer der kleinsten im Studio wäre? Wenn ihm jemand ein anderes Präparat anbieten würde, eine bessere Kur, ausgewogeneren Stoff? Silmu hoffte, dass er nicht zugreifen würde, aber sicher war er sich nicht.

Er stand vom Bett auf. Der Hemdstoff scheuerte an den Brustwarzen. Es brannte dermaßen, dass es im Rückgrat zuckte. Er hoffte wirklich sehr, dass er sich auf keine zweite Kur einlassen würde.

»Ich habe unser Familienleben nicht zerstört«, sagte er. »Die Mama hat es zerstört.«

»Die Mama?«, gab Astra zurück. »Nein. Der Papa.«

»Pelagias Papa, oder was?«

»Nein, unser Papa.«

10 KNIRSCHENDES GLAS

Launo stand mitten auf dem menschenleeren Schlachtfeld. Als Nächstes würden die Geier kommen, um seine Knochen zu fressen. Er begriff überhaupt nichts. Obwohl er die ganze Zeit vor Ort gewesen war.

Seine Haare flatterten im Wind.

Es war seltsam, dass im eigenen Wohnzimmer der Wind wehte. So etwas erlebte nicht jeder.

Das große Panoramafenster war kaputt. Es hatte ein Loch mit scharfem Rand, durch das der Seewind blies. Sein Sohn hatte eine Emailleschüssel durchs Fenster geworfen. Gerade noch hatte man sie unten am Hang liegen sehen können. Die Schüssel und die rosa Dipsoße, die in alle Richtungen gespritzt war. Aber jetzt war es dunkel, Frühherbstnacht.

Wenn sich Launo bewegte, knirschte es. Der Fußboden war voller Scherben und Essensreste. Die Stühle waren umgefallen, man konnte sich nirgendwo hinsetzen. Überall nichts als der Gräuel der Verwüstung. Über allem lauerte das Flammende Käthchen wie eine Riesenspinne im Amazonasdschungel. Seine Schatten an den Wänden waren das Netz, das sie um das zerstörte Heim herum webte. Ein Windstoß brachte das Flammende Käthchen zum Schaukeln. Das Netzt schwankte.

Launo war im ersten Stock gewesen. In seinem Arbeitszimmer hatte er vor dem Plattenregal gestanden und versucht, eine Wahl zu treffen, aber die Namen und Hüllen der Platten hatten ihm nichts mehr gesagt. Aus irgendeinem Grund wusste er nicht mehr, was für Töne auf welcher Platte enthalten waren. Jedenfalls hatte er sich mit dem Rücken auf die Couch gelegt, in seine Hörhaltung, und nichts gehört.

Als er so dagelegen hatte, war ihm in den Sinn gekommen, dass er sich vielleicht doch irgendwie geirrt hatte. Dass er eingeschlafen war und schlecht geträumt hatte. Wenn er jetzt nach unten ginge, würden die Kissen und Teppiche dann womöglich sauber und akkurat an ihrem Platz liegen? Würde Katriina von einem Raum zum anderen trappeln, Blumen und Speisen arrangieren, letzte Vorbereitungen für sein Fest vornehmen? Wenn ja, dann könnte es sogar sein, das Katriina nicht trappelte, sondern gelassen ihrer Arbeit nachging und dabei vor sich hin summte. Und sich umdrehte, wenn Launo die Treppe herunterkam. Und lächelte. Saß Pelagia womöglich auf dem Fußboden und verriet ihren Spieltieren Geheimnisse? Wäre auch Silmu da und würde in einem Buch lesen? Astra wäre zu Besuch gekommen und würde mit ihrer Mutter plaudern.

Launo stand auf und ging nachsehen. Er legte die linke Hand aufs Treppengeländer, schloss die Augen und stieg langsam hinab. Erst unten würde er die Augen aufmachen.

Schon auf der Treppe knirschte es unter seinen Füßen. Dem Geräusch nach handelte es sich um Glasschutt. Launo seufzte und öffnete die Augen. Es herrschte der Gräuel der Verwüstung, und er hatte nicht im Ernst geglaubt, dass es anders wäre.

Alles war so schnell gegangen. Er hatte sich gerade mit Kollegen über die besten Moltebeerenstellen in Lappland unterhalten – die besten schienen immer am schwersten zugänglich zu sein –, da hatte er plötzlich Lärm und Gebrüll gehört. Sein sonst immer so steifer Sohn Silmu war hereingestürmt wie ein Berserker und hatte angefangen, Sachen durch die Gegend zu schmeißen. Gläser, Teller, Stühle. Und den Tisch hatte er ebenfalls umgestoßen. Launo war Soße ins Gesicht gespritzt, daraufhin war er hinter der Couch in Deckung gegangen. Vergebens hatte er nach Katriina Ausschau gehalten.

Dann hatte Silmu angefangen, über Pelagias Vater zu reden, und Launo hatte gar nichts mehr verstanden. Silmu hatte gesagt, Pelagias Vater sei ein internationaler Gigolo. Launo fragte sich noch immer, ob sein Sohn ihn hatte beleidigen wollen. Die Stichelei eines jungen Mannes gegenüber seinem Vater. Er ein internationaler Gigolo? Weil er so viel unterwegs war? Ungewöhnlich wäre das nicht, Kinder wollten Aufmerksamkeit, sie waren sauer auf ihre Väter, wenn diese reisten, und brachten das unter Umständen mit Gemeinheiten zum Ausdruck. Aber das passte irgendwie nicht. Silmu war ja schon erwachsen.

Launo hatte eher das Gefühl, dass Silmu wirklich gemeint hatte, Pelagias Vater sei ein internationaler Gigolo. Buchstäblich.

Launo fiel es schwer, den Gedanken mit Sinn zu füllen. Es kam ihm vor, als würde er versuchen, einen großen Gegenstand in eine zu kleine Tasche zu stopfen. Er versuchte sich daran zu erinnern, wie Pelagia ihren Anfang gefunden hatte, wie Katriina schwanger gewesen war, wie sie mit dem Kind von der Klinik nach Hause gekommen war. Gab es da etwas Verdächtiges? Er erinnerte sich, dass er zu der Zeit zum Chefdirigenten des staatlichen Sinfonieorchesters ernannt worden war, er wusste noch, dass ihn damals aus irgendwelchen Gründen Begeisterung für die Musik von Wagner erfasst und er sie jeden Tag gehört hatte. Als er Pelagia zum ersten Mal auf dem Arm gehalten hatte, war im Hintergrund *Der fliegende Holländer* gelaufen, das wusste er auch noch. Er erinnerte sich, wie sich das Baby angefühlt hatte, weich und warm, ganz leicht, und ihm waren die Tränen gekommen.

Er ging in der Verwüstung umher und lauschte dem Knirschen. Hier und da meinte er Blutflecken zu erkennen. Oder war das Himbeermarmelade? Eine kleine Lampe brannte, Launo schaute direkt hinein, kniff die Augen zusammen und öffnete die Augen abwechselnd, so dass sich die Lichtbänder in die Länge zogen und wieder zusammenzogen, wenn man sie durch den Tränenschleier betrachtete.

Astra hatte Silmu hinausgeführt. Danach hatten sich die Gäste in den Ecken aufgerichtet, und es war ganz still gewesen. Schließlich hatte einer angefangen, »also, tja, so was«, zu sagen, und die anderen Gäste hatten eingestimmt. Der ganze Raum war voller Füllwörter gewesen. Ein Blitz war aufgeflammt, und eine Journalistin hatte unablässig gesagt: »Wo ist Katriina Silola?« Auch die anderen Gäste waren dazu übergegangen, ständig diese Frage zu stellen, und so war sie wie ein Poltergeist durch den Raum gewandert. Wo ist Katriina Silola?

Bei einer Frau war Blut durch die Strumpfhose gesickert. Und das Blitzlicht war aufgeflammt. Die Gäste hatten sich in einem murmelnden Strom zum Ausgang geschoben, sehr viele Frauen hatten Launo gefragt, ob er zurechtkommen werde. Launo hatte auf dem Glasschutt und auf den zertrampelten Pasteten gestanden und kein Wort sagen können.

Wo waren Schippe und Besen? Launo war sich nicht sicher. Er wusste, dass sie einen Haushaltsraum hatten. Gab es dort Schippe und Besen? Katriina wüsste das. Auch Silmu könnte es wissen, sogar Astra, aber Launo wusste gar nichts.

Man hörte ein leises Klirren. Es kam vom kaputten Fenster. Launo drehte sich um. Das Klirren war die Ouvertüre gewesen: Die ganze Fensterfront geriet ins Schwanken und krachte herunter. Es klang nach einem Sinfonieorchester, in dem ausschließlich Becken als Instrumente benutzt wurden. Die Stille danach war gewaltig.

Launo hörte nun eine neue Sinfonie, leiser und schöner. Ihr Grundton war der mahlende Wellengang des Meeres, als zweite Ebene kam der Wind hinzu und als Verzierung das Knarren der Äste, das Rascheln von Hase oder Igel und der Schrei eines Nachtvogels.

Launo schaute in die Dunkelheit. Das Meer wogte. Die kleinen Lichtpunkte waren ferne Schiffe. Er überlegte, ob er direkt durch das Loch im Fenster hinaus ans Ufer oder zur Bushaltestelle gehen und verschwinden sollte. Alle anderen waren ja auch gegangen. Und Katriina hatte mit einem fremden Mann ein Kind gezeugt und war verschwunden.

Sollte er böse sein? War man in solchen Fällen nicht üblicherweise böse? Besonders in den Vereinigten Staaten, damals, als es noch Rassentrennung gab und es hin und wieder passierte, dass eine weiße Frau ein schwarzes Kind zur Welt brachte oder eine schwarze Frau ein weißes Kind. Dann bekam der Mann einen Tobsuchtsanfall. Aber passierte so etwas im modernen Finnland überhaupt? Launo war so verwirrt, dass er nicht wusste, ob er böse war. Vor allem wollte er, dass das Fenster wieder dicht war. Er wollte keine Seeluft im Haus haben.

Er ging in den Haushaltsraum und wühlte im Wäschekorb, bis er ein großes Laken fand. Es war unwahrscheinlich groß und blütenweiß, eines von denen, die er aus der Schweiz mitgebracht hatte. Er hielt es sich an die Nase. Es hatte Katriinas Geruch, teures Parfum und Schmerzensschweiß. Es hatte auch Launos Geruch, aber ein Mensch nimmt seinen eigenen Geruch nicht wahr.

Dem Schrank entnahm Launo Hammer und Nägel. Er kehrte ins Wohnzimmer zurück, knipste das Deckenlicht an, zog einen Stuhl ans Fenster und fing an, den Stoff an den Fensterrahmen zu nageln. Es funktionierte gut, aber das Laken war zu klein. Launo zog in Erwägung, auch den Teppich anzunageln, aber nein, Katriina hatte ihn wahrscheinlich in einem edlen Laden erworben und wollte nicht, dass er von den Nägeln Löcher bekam. Also wühlte Launo erneut im Wäschekorb. Er fand feuchte Handtücher, die vermodert rochen. Launo nagelte sie ans Fenster. Auf einem davon stand ein Reklamespruch für Silmus Zusatznahrung, dermaßen blöd, dass sich Launos Mundwinkel nach unten zogen. Morgen, sagte er sich, werde ich einen Glaser anrufen, der wird kommen und das Fenster ersetzen.

Beim Wühlen hatte Launo im Haushaltsraum auch Schippe und Besen entdeckt. Er fing an, damit sauberzumachen. Bald merkte er, dass er Müllsäcke brauchte. Die fanden sich in der Küche.

11 EIN FREUNDLICHES PONY, DAS SICH GERN STRIEGELN LÄSST

Astra komplettierte ihr Make-up, und als es fertig war, wartete sie, bis die Tür ging. Kai kam mit einer Alubox herein, sah das Korsett und befahl ihr, sich umzudrehen. Astra wirbelte herum.

»Würde ich nicht vor Hunger sterben, würde ich dich sofort vergewaltigen«, sagte Kai. »Essen wir zuerst, und dann.«

Er breitete ein Handtuch auf dem Bett aus und stellte die Box darauf. »Ich bin nicht sicher, was das ist«, sagte er. »Es heißt Club Sandwich. Hoffentlich ist es gut.«

»Das ist Toast mit Speck und Pommes«, sagte Astra. Sie legten sich auf den Bauch und aßen mit den Händen. Die Pommes frites waren zerdrückt, aber der Toast war knusprig. »In was für einem Club hat man so was ursprünglich gegessen?«, fragte Kai. Astra wusste es nicht, vermutete aber, irgendwo in England.

Es war so viel Club Sandwich da, dass keiner von beiden hungrig blieb. Sie wischten sich den Mund mit Papiertüchern ab und lagen auf dem Rücken im Bett, jeder auf seiner Seite. Astra stand auf, ging ins Bad und putzte sich die Zähne. Dann kehrte sie ins Zimmer zurück, setzte sich an den Spiegeltisch und trug eine neue Schicht Lippenstift auf, denn die alte hatte sie mit den Pommes verzehrt.

Im Spiegel sah sie Kai. Er saß jetzt auf dem Bett und betrachtete Astra, wie ein armer Waisenjunge den Christbaum betrachtet, die grünen Augen voller Bewunderung und Staunen und unterschwelliger Bekümmerung.

»Soll ich die Haare öffnen?«

»Ja.«

Astra tat es, und die Haare fielen auf die nackten Schultern. Bald wären sie schmutzig und verfilzt, von Schweiß, Sperma und wer weiß was noch getränkt. Jetzt waren sie noch weich und leicht. Sie streichelten und trösteten Astras Schultern. Gab es etwas, das sich genau so anfühlte? Pelagias Plüschtiere fühlten sich so an.

»Würdest du mir meine Bürste aus der Tasche geben?« Kai öffnete den Reißverschluss der Handtasche, suchte die Bürste, stand auf und trat hinter Astra. »Lass mich machen«, sagte er.

Kai fing an, Astra die Haare zu bürsten. Man merkte, dass er noch nie zuvor lange Haare gebürstet hatte. Seine Bewegungen waren schwerfällig und sehr langsam. Astra stellte sich vor, ein kleines Pony zu sein. Sie dachte immer, sie sei ein Pony, wenn jemand anders sie kämmte. Als Astra klein und noch sehr lebhaft war, hatte Katriina sie gekämmt und zur Beruhigung gesagt, sie sei ein Pony, das gestriegelt werde. Für Astra war das ein schöner Gedanke. Sie war ein freundliches Pony, das sich gern striegeln ließ und darum geduldig stillhielt. Es wurde gebürstet, und anschließend glänzte es.

Kai bürstete sie viele Minuten lang. Dann sagte er »so« und legte die Bürste auf den Tisch.

»Danke.« Astra riss sich vom Ponygedanken los und stand auf. Ob Kai Handschellen oder sonst irgendwelches Zeug dabeihatte? Sie stieg aufs Bett und kniete sich hin. »Was willst du? Was sollen wir tun?«

Kai lehnte sich an den Schminktisch, rührte sich nicht, betrachtete Astra von oben. »Du bist echt schön«, sagte er schließlich. »Ich habe überhaupt keine Lust, dich zu züchtigen.«

Kai schwieg. Astra schwieg. Es war sehr kalt im Raum.

Dann kam Kai zu Astra und berührte ihre Haare. »Könnten wir so tun, als wärst du meine Freundin, die sich jetzt einfach was Nettes angezogen hat?«

Astra legte sich hin und drückte den Kopf ins Kissen. »Von mir aus.«

12 MISTER ESTLAND

Die Straßenbahn glich einem Glühwurm. Sie glänzte hellgelb und kroch durch die dunklen Straßen. Im Innern des Wurms saßen Silmu und Aivo in der hintersten Reihe. Silmu saß am Gang und knackste mit den Fingern. Aivo schaute aus dem Fenster und sah sein eigenes Spiegelbild.

Der Glühwurm rumpelte hier und da hin, pickte Feiernde und Nachtarbeiter auf und ließ sie wieder frei und rumpelte weiter in die entlegensten Wohnviertel der Stadt. Zwischen den letzten beiden Haltestellen waren Silmu und Aivo die einzigen Fahrgäste.

An der Endhaltestation war es dunkel, und in der Dunkelheit ragte ein megalomanes Hochhaus auf wie der Schicksalsberg. Ringsum wogte schmutziges Gras. Die Straßenbahn fuhr einen Kreis und verschwand in der Dunkelheit. Silmu blickte ihr nach. Im Nu fühlte er sich elend.

Er deutete mit dem Finger auf den Schicksalsberg. »Hier hat dein Bruder seine Praxis?«

Aivo antwortete nicht, sondern machte sich auf den Weg durchs Gras. Silmu folgte ihm. Aivo – der stille, ernste Aivo – war ihm unheimlich. Und der Betonkoloss war so unheimlich, dass sich der Magen hohl anfühlte. Das Gebäude war so groß, dass man an den Tod und an Dinge wie Gott denken musste, und es wohnten mehr Menschen darin als in einem normalen Dorf. Die meisten Fenster waren dunkel, und das verdüsterte die Gedanken noch mehr, aber noch unruhiger wurde Silmu, wenn er auf die erleuchteten Fenster hier und da blickte. Wer wachte dort und warum? Bestimmt und mit statistischer Wahrscheinlichkeit war jemand bei brennendem Licht gestorben und saß nun seit etlichen Wochen steif im Sessel.

Eine Plastiktüte wurde aus dem Gras aufgeweht. Sie flatterte in der Luft wie ein Geisterdrachen.

»Der Müll hier stammt bestimmt noch aus Sowjetzeiten«, sagte Silmu, aber Aivo antwortete nicht.

Silmu hatte befürchtet, Aivo und sein Bruder wollten die ganze Nacht quatschen und feiern, ihre gesunden Muskeln vergleichen und sich gegenseitig auf die Schulter klopfen, weshalb Silmu seine Tabletten alleine holen müsste, aber als der Bruder herunterkam, begriff Silmu sofort, dass weder Feiern noch Schulterklopfen anstand. Aivo und sein Bruder begrüßten sich leise und einsilbig und sahen sich nicht in die Augen.

Der Bruder sah aus wie das Gegenteil von Aivo: klein und irgendwie vergiftet. Seine Wohnung war eng und niedrig, notdürftig aufgeräumt, aber verstaubt und abgenutzt. Man sah, dass ihr Bewohner nie Unordnung gemacht und nie saubergemacht hatte. Auf der Spüle standen leere Flaschen in einer schnurgeraden Reihe.

Aivos Bruder nahm einen Rezeptblock aus einer Schublade und setzte die Kugelschreiberspitze aufs Papier. Die Hand, die den Kugelschreiber umklammerte, zitterte leicht. Aivo deutete auf die oberste Zeile und fing an zu diktieren. Silmu verzog sich auf den am weitesten entfernten Stuhl und schaute zu.

Er sah einen vollkommen anderen Aivo. Dieser Aivo sprach mit tonloser Stimme und klang, offen gesagt, wie ein Arschloch. Sein Gesicht hatte einen verflachten Ausdruck, die Augen waren krank, die Wangen hingen. Silmu verstand nicht, was gesagt wurde, begriff aber, dass

Aivo Wort für Wort vorsagte, was der andere schreiben sollte.

Als das Rezept fertig war, steckte Aivo es ein, stieß Silmu zur Tür hinaus und verabschiedete sich von seinem Bruder mit einem Wort. Sie gingen die Treppe hinunter, wateten durchs Gras zur Straßenbahnhaltestelle, stiegen in eine neue Bahn und fuhren in die Innenstadt. Eine Apotheke, die Nachtdienst hatte, verkaufte Silmu eine Packung weißer Tabletten.

»Nimm sofort welche«, sagte Aivo. Er war inzwischen wieder freundlicher, aber noch immer kurz angebunden. »Ich kenne hier in Tallinn ein paar plastische Chirurgen, die billiger sind als die finnischen und die viel Erfahrung mit Brustoperationen haben.«

Silmu knipste auf der Straße die Tabletten aus dem Streifen in die hohle Hand. Die Leuchtreklame der Apotheke färbte sie grün. Er schaute Aivo ins Gesicht. Auch die Narbe war grün.

»Wieso weißt du über diese Dinge so gut Bescheid?«

»Über welche Dinge?«

»Über Roids.«

»Na ja«, sagte Aivo. »Ich bin seit Jahr und Tag Bodybuilder. Viele Bekannte von mir haben was genommen. Und ich hab im Internet nachgeschaut. Auf dem Beipackzettel steht, zwei auf einmal, aber heute Abend nimmst du vier.«

Silmu schaute Aivo in die Augen.

»Wenn man lügt, soll man sich nur für eine Lüge entscheiden. Sonst glaubt einem keiner.«

»Schluck sie endlich runter!« Aivo klang gequält.

»Es hat mit deinem Bruder zu tun, stimmt's?«

Aivo warf die Hand in die Luft, setzte sich auf die Fensterbank der Apotheke, sagte »na ja« und erzählte Silmu Folgendes:

Mit achtzehn war Aivo Mister Estland gewesen und dumm wie Brot. Nachdem er in die Bodybuilding-Szene hineingekommen war, hatte er angefangen, mit seinem Bruder falsche Hormone herzustellen. Zwei Jahre lang war das profitabel gewesen. Sie führten eine kleine kriminelle Vereinigung an, die Stoff in die umliegenden Regionen schmuggelte. Dann wurden in Russland Steroide am Fließband hergestellt, und eine konkurrierende Liga verriet die Brüder an die Polizei. Dem Bruder war das Gefängnis erspart geblieben, Aivo aber nicht. Der Bruder hatte den Unschuldigen gespielt und die Schuld auf Aivo geschoben, und Aivo war – weiterhin – so dumm wie Brot gewesen und nicht auf die Idee gekommen, mal an sich zu denken.

»Hast du die Narbe im Gefängnis bekommen?«, fragte Silmu.

»Nein. Sondern von der konkurrierenden Liga. Mit der Modelkarriere war es dann natürlich vorbei. Als ich aus dem Gefängnis kam, heiratete ich und zog, so schnell ich konnte, nach Finnland. Dann studierte ich Physiotherapie und machte das Fitnessstudio auf.«

Silmu nahm die Tabletten in den Mund und schluckte heftig. Er bekam sie ohne Wasser herunter und dachte dann, dass das Kribbeln sofort nachlassen würde. Er setzte sich neben Aivo und schaute auf die Lichter der Lokale und den Betrieb auf der Straße.

»He, Aivo, zeig mir das Nachtleben von Tallinn«, bat er. »Lass uns in eine Kneipe gehen.«

»Nein. Du bekommst keinen Tropfen Alkohol, bevor sich deine Hormone nicht beruhigt haben.«

13 DAS EINZIGE VERNÜNFTIGE MITGLIED

Der steinerne Turm ragte zu den Wolkenmassen auf, Tauben pickten auf dem Pflaster, und das Frühstück war gerade serviert worden. Es war eigentlich zu kühl, um draußen zu sitzen, aber vielleicht würde es wärmer werden. Unter den finnischen Mitgliedern der kleinen Reisegesellschaft hatten sich Tourismusgefühl und Urlaubsstimmung herausgebildet.

»Macht nichts, wenn es ein Fehlalarm war«, sagte Kai, weil die Atmosphäre auf dem Platz so angenehm war und es der Seele guttat, Sex und Liebe in einer Beziehung zu vereinen.

Er fing an, mit Astra und Silmu zu verhandeln: Da sie schon einmal in Tallinn waren, müssten sie sich da vielleicht einen Ruck geben und in ein Museum gehen? Oder konnten sie einfach hier sitzen bleiben und Bier trinken? Aivo schlug vor, den Sängerwettstreit der Kinder zu besuchen – wäre doch schön, Kylli und Pelagia auftreten zu sehen –, aber das klang für die Finnen noch langweiliger als Museum. »Die Kleinen kriegen wir auch so zu Gesicht«, sagte Kai.

In der Altstadt herrschte ein außergewöhnliches Gewimmel. Die hochmusikalischen Kinder aus der ganzen Welt waren aufgestanden und in Zweierreihen aufgebrochen, um die Sehenswürdigkeiten in Augenschein zu nehmen, bildeten dabei aber, ohne es zu wissen, selbst die größte Attraktion. Die verschiedensprachigen Kinderschlangen liefen kreuz und quer, kletterten auf Denkmalsockel, jagten Tauben nach, deuteten auf Schaufenster und Blumenkübel, bückten sich, um in Gullys zu stochern, und sahen nach, was sich unter losen Pflastersteinen verbarg.

»Stellt euch die freudige Überraschung bei Kylli und Pelagia vor, wenn wir zugucken gehen«, versuchte es Aivo noch einmal.

»Ein bisschen schäme ich mich schon. Und es geht mir auch ein bisschen auf die Eier«, sagte Kai nachdenklich. »Wie ist es mit euch, Astra und Silmu? Schämt ihr euch auch?«

Astra und Silmu nickten. Aivo hörte auf, für den Sängerwettstreit Reklame zu machen, und fragte, warum sie sich schämten und was ihnen auf die Eier ginge.

»Der dümmste und hässlichste Teil Finnlands kommt hierher, um die Sau rauszulassen«, erklärte Astra. »Und die anderen reden schlau daher, wie brutal Architektur und Marktwirtschaft hier umgesetzt werden.«

»Das stimmt allerdings«, sagte Aivo. »Auch eure Augen glänzen plötzlich vor Alkoholgier. Und schaut jetzt nicht hin, aber da drüben trinkt eine Frau, obwohl es erst – wie spät? – zehn nach zehn ist.« Aivo deutete mit dem Kopf auf einen Tisch, an dem eine einsame junge Frau saß, die ein Glas Cider vor sich stehen und schon am Morgen verschmiertes Make-up im Gesicht hatte. Sie blickte ins Leere und kratzte sich langsam am Oberarm.

Silmu reckte sich und bekam den Kaffee in den falschen Hals. »Das ist Piia Kilinen«, hustete er. »He, Astra! Da drüben sitzt Piia!«

»Was?« Astra sprang auf. »Hatte Mama doch recht?«

Astra und Silmu schlängelten sich zwischen den Plastiktischen zu Piia durch. Piia bemerkte sie schon von weitem, erschrak und wurde für einen Moment verlegen, kratzte dann aber weiter.

»Ist Katriina auch hier?«, fragte Piia, als Astra und Silmu vor ihr standen und sie zornig anstierten.

»Dein Freund hat gesagt, er schnappt sich Pelagia«, sagte Silmu.

»Unsere Mutter macht sich echt Sorgen«, fügte Astra hinzu. »Sie geht nicht ans Handy. Wer weiß, was sie in Finnland gerade tut. Bestimmt hat sie die Polizei angerufen, und das geschieht euch ganz recht.«

»Ich hab keinen Freund«, sagte Piia.

»Hä? Na, dieser Tom. Der belästigt unsere Mutter, weil sie im Urlaub mit ihm rumgemacht hat.«

»Rumgemacht? Na ja. Aber er ist nicht mehr mein Freund«, sagte Piia. Aus der Miene und dem Tonfall ließ sich unmöglich schließen, ob es ihr leidtat. »Tom ist zu der Kuh da drüben gezogen.« Piia wies mit dem Kinn nach rechts vorne. Astra und Silmu blickten auf die gegenüberliegende Seite des Platzes. Dort standen Kinder in Zweierreihen, die neongelbe Westen trugen, um die Verkehrssicherheit zu verbessern. »Zu welcher Kuh?«, fragte Astra.

Piia deutete mit dem Finger. Astra schaute genauer hin und erkannte zunächst an den blonden Haaren und den blassen Fischaugen, dass die Kinder Finnen waren, dann an den bescheuerten Kleidern und dem tadelnden Grundgesichtsausdruck, dass sie von Elisabet Pylkki angeführt wurden.

»Zu der Kuh da? Zu dieser Elisabet?«, vergewisserte sich Astra. »Das ist echt eine blöde Kuh!«

Ein Hauch von Verbundenheit oder wenigstens Einverständnis kam in die kühle Atmosphäre auf der Terrasse. Piia legte die Füße auf einen Stuhl. Astra betrachtete den abblätternden Goldlack und den schwarzen Schmutzstreifen zwischen Nagel und Haut. Sie hatte keine Schwierigkeiten, zu verstehen, warum Katriina so ablehnend gegenüber Piia gewesen war.

»Jetzt sag mal im Ernst, Piia. Stimmt hier irgendwas nicht?«, fragte Astra. »Bei unserer Mutter liegen die Nerven total blank.«

»Wann würden bei der die Nerven nicht blank liegen? Ich frage mich nur, wie sie es schafft, auch euch hinter ihren Nerven herspringen zu lassen«, sagte Piia.

Kai und Aivo kamen mit ihren Tassen und setzten sich an den Tisch. Piia schnorrte eine Zigarette, Astra grub in ihrer Handtasche. Kai fragte Piia, wo dieser Tom sei, von dem alle ständig redeten.

»Frag mich nicht«, antwortete Piia. »Ich schätze, er ist in Finnland und schmeißt das Geld von Elisabet Pylkki zum Fenster raus.«

»Tom hat gesagt, dass Pelagias Heimreise hundert Riesen kostet«, sagte Silmu.

Ein kurzes Erstaunen ging über Piias Gesicht. »Hundert Riesen? Wow! Macht er jetzt den dicken Max? Ich hab mich schon gefragt, warum er mich gegen diese verfluchte Märchentante ausgetauscht hat. Er dachte natürlich, dass er über die an Pelagia und ans große Geld rankommt.«

Die Kindergartengruppe sammelte sich, um ein mittelalterliches Gebäude anzuschauen. Elisabet hatte an jeder Hand ein neongelbes Kind hängen. Ein schriller Pfiff ertönte. Das war die Trillerpfeife, die die Kinder zusammenhielt.

Piia richtete den Blick wieder in die Ferne. »Ich glaube nicht, dass Tom Pelagia kidnappt. Das würde der gar nicht schaffen. Ich hatte Pelagia manchmal bei mir, wenn auch

Tom da war. Innerhalb einer Hundertstelsekunde hatte er die Schnauze voll von ihr.«

Astra überlegte kurz und begriff, dass noch immer nicht alles zusammenpasste. »Aber was tust du hier?«, fragte sie.

Piia richtete den Blick auf ihren Schoß, dann auf Astra und sagte grimmig: »Na, ich will sehen, wie sich die Göre schlägt, wo sie schon einmal bei so einem tollen Wettbewerb mitmachen darf. Sie fehlt mir. Sie ist das einzige vernünftige Mitglied in eurer Familie. Ich mein's nicht böse. Aber auch nicht gut.«

»Du hättest vielleicht nicht so gemein zu unserer Mutter sein sollen.«

»Jetzt dreh du nur noch das Messer in der Wunde, du verdammte Prinzessin.«

Inzwischen hatte Aivo in der Kinderschar Kylli entdeckt. Vater und Tochter winkten sich über den Platz hinweg zu. Kylli machte zwei Schritte in Richtung Terrasse, aber die Trillerpfeife pfiff sie zurück. Silmu hielt nach Pelagia Ausschau.

Es war schwer, in der Kinderschar einzelne Personen auszumachen. Das Grüppchen erinnerte an eine Ansammlung von Küken, ständig in Bewegung und eins nicht vom anderen zu unterscheiden. »Sieht jemand von euch Pelagia?«, fragte Silmu. Er schaute, wartete, dass sich ein gelber Rücken umdrehte und das vertraute Gesicht zu sehen wäre, aber schließlich wurde ihm klar, dass er immer wieder die gleichen fremden Kinder sah. »Sie ist nicht dabei«, ächzte er.

Astra und Silmu schauten sich an. Sie rannten los, sprangen über die Umzäunung der Terrasse, liefen über den Platz und versuchten sich auf Elisabet zu stürzen. Die Augen der Kindergartenleiterin weiteten sich vor Verblüffung. Sie stieß einen Schrei aus, ließ die Trillerpfeife aus dem Mund fallen und die Kinder an den Händen los. Bevor sie floh, warf sie mit einem Blick noch einen schnellen Tadel in die Runde.

Elisabet floh in das nächste mittelalterliche Bogengewölbe, aber das war ein Fehler: Dort wartete nur eine Wand, und an die wurde sie von Astra und Silmu gedrängt. Die Kinderküken folgten.

»Wo ist Pelagia?«, schrie Astra und schüttelte Elisabet am Schlafittchen.

»Die arme Pelackia. Ist eure Mutter hier?«, sagte Elisabet. Nachdem sie sich von ihrer Verblüffung erholt hatte, sammelte sie sich und sah Astra und Silmu ohne das geringste Anzeichen von Nervosität oder Angst vorwurfsvoll an.

»Nein! Was soll die Fragerei? Die ist in Finnland und wegen eurer Aktion am Rand eines Nervenzusammenbruchs!«

Die Hilfskindergärtnerin merkte, dass in dem Gewölbe etwas vorging, was nicht für Kinderaugen geeignet war. Sie versammelte die Kleinen wieder auf dem Platz und fing rasch mit Gesangsübungen an. In der Morgenluft erklangen die lustigsten Melodien des Waldes und mischten sich mit den streitenden Stimmen.

»Eben«, sagte Elisabet. »Hochmut kommt vor dem Fall! Ich würde Katriina Silola wirklich gern sehen und sie nach ihrer Verantwortung als Frau und Mutter fragen. Wisst ihr, dass Pelackia gar nicht eure richtige Schwester ist?«

»Ja, das wissen wir«, sagte Silmu.

»Pelackia hat ihren richtigen Vater nie kennenlernen dürfen. Das ist die große Tragödie im Leben meines Bräutigams.«

»Ganz bestimmt«, sagte Astra. Sie ärgerte sich so sehr, dass es in den Händen kribbelte. Elisabet seufzte und schüttelte ihren blonden Pagenkopf. Ihre Stimme wurde immer dünner, bis sie nur noch ein schrilles Flüstern war, zart und vollkommen unbeugsam. »Pelackia hat das Recht, Zeit mit ihrem richtigen Vater zu verbringen, den eure Mutter ihr aus purem Egoismus entrissen hat. Pelackia ist eindeutig zu unbegabt, um im Chor unseres Kindergartens mitzusingen, aber so erhält sie jetzt endlich die Gelegenheit, mit ihrem Vater zusammen zu sein. Ich bin durchaus bereit, in dieser Sache vor Gericht zu gehen.«

»Da wirst du auch hinkommen!«, schrie Astra. »Kapierst du nicht, dass dein Playboy ein Schwindler ist und Drogen nimmt und durchaus in der Lage ist, Pelagia irgendwo allein am Straßenrand auszusetzen? Wo hat er sie hingebracht?«

»Das sage ich nicht, auch wenn ihr mich würgt«, erklärte Elisabet und richtete den Blick in höhere Sphären.

Vielleicht sollte man es ausprobieren, dachte Astra. Sie runzelte die Stirn und schaute Silmu hilflos an. Silmu schaute ebenso hilflos zurück.

»Was ist hier eigentlich los, verdammt?« Das war Piia, die mit dem Ciderglas in der Hand ins Gewölbe trat. Elisabet richtete den Blick vom himmlischen Vater auf Piia.

»Tom hat ganz recht. Du fluchst die ganze Zeit.«

»Ach, hat das Schwanzgehirn das gesagt? Wo ist Pelagia?«

Elisabet, Astra und Silmu nahmen ihren Streit wieder auf. Piia hörte den zeternden Parteien eine Weile zu, dann sagte sie: »Kommt mal mit, ihr zwei Silolas.«

Astra und Silmu drehten sich zu Piia um und zeterten, sie würden natürlich nicht mitkommen. Jetzt käme die Polizei ins Spiel, Gewalt, schnelle Maßnahmen, jetzt würde alles alarmiert. Piia stellte das Glas auf der Erde ab und packte beide am Ellenbogen. »Echt jetzt. Kommt«, sagte sie.

Sie führte Astra und Silmu ein Stück weg und zog ein mit Leopardenmuster verziertes Handy aus der Handtasche. Sie hielt es ans Ohr, lehnte sich an einen Laternenmast und kratzte sich am Bauch. Dann sagte sie in den Apparat:

»Hallo, Tom. Ja, so hat es dein heißes Kätzchen gesagt.«

Piia hörte zu, was am anderen Ende der Leitung gesagt wurde.

»Kauf die runden Lutscher, falls du die an irgendeinem Kiosk findest. Bis die einen ausgewickelt und gegessen hat, geht mindestens eine halbe Stunde rum. Wo seid ihr?«

Wieder eine Pause.

»Scheiße, ich bilde mir überhaupt nix ein. Bilde du dir bloß nicht ein, dass ich wieder mit dir zusammen sein will!«

Piia beendete das Gespräch.

»Er ist in ein kleines Dorf im Süden gefahren. Nehmen wir ein Taxi und holen die kleine Krabbe. Ich hätte echt Lust, die Bullen anzurufen.«

»Rufen wir an!«, sagten Astra und Silmu wie aus einem Mund.

»Nein«, sagte Piia. »Noch nicht. Ich bringe euch zu Tom und Pelagia, aber auch wenn er ein blöder Kerl ist, will ich nicht, dass er in Schwierigkeiten gerät. Er kann nichts dafür, dass er so blöd ist.«

14 UNISTUS

Das Taxi fuhr über die schlaglochreiche Landstraße und ließ das Wasser in den Pfützen spritzen. Aivo und Silmu guckten mit Kylli durch den Regen nach Kühen und Pferden rechts und links der Straße.

»Sind wir jetzt auf dem Land?«, fragte Kylli.

»Ja«, antwortete ihr Vater. Auf dem Land. Ja, sie waren auf dem Land. Kühe, Pferde, keine Häuser, aber damit war es mit Aivos Ortskenntnis auch schon vorbei. Das Taxi war von der Fernstraße nach Tartu in südöstliche Richtung abgebogen. Jetzt fuhren sie schon über eine Stunde auf einer unbefestigten Straße. Piia hatte dem Fahrer das Ziel genannt, und der Fahrer schien zu wissen, was er tat, aber Aivo war sich ziemlich sicher, noch nie von einem Dorf namens Unistus gehört zu haben. Das irritierte ihn ein wenig.

Aivo rückte seine Tochter auf dem Schoß zurecht. Kylli durfte auf der Rettungsfahrt dabei sein, weil sie so inständig darum gebeten hatte. Aivos Exfrau hatte schnell zugestimmt, weil sie ein paar preiswerte Verwöhnbehandlungen machen lassen wollte.

Piia saß vorne, fummelte an ihrem Handy herum und wirkte so, als sollte man sie besser nicht ansprechen.

Astra und Kai saßen hinten.

»Warum hast du so eine Anzeige ins Netz gestellt?«, fragte Astra.

Kai wandte den zerstreuten Blick vom Fenster ab. Auch er hatte nach Kühen geguckt und außerdem einen Vogel gesehen, den er für eine Elster hielt.

»Was für eine Anzeige?«

Astra blickte auf die anderen. Keiner schien zuzuhören.

»Na, kleines Luder zum Bumsen gesucht. Die, über die wir uns kennengelernt haben.« Astras Stimme war gedämpft, aber auf Erregungskurs. »Was war noch mal die Altersgrenze? 17? 17! Das ist ja ekelhaft! Hättest du es tatsächlich mit so einem Teenieflittchen getrieben und sie zu deiner Sexsklavin gemacht? Ekelhaft!«

»Aber du hast doch darauf geantwortet«, sagte Kai.

Das Dorf war winzig, und man sah an allem, dass es einen ehrenhaften, aber der Vergessenheit anheimgefallenen Platz in der Geschichte innehatte. Das Taxi setzte sie am Marktplatz ab, in dessen Mitte ein düsteres Reiterdenkmal stand, das unablässig am Davonsprengen war. Aus den Wänden der kleinen Kirche schoben sich archaische Steinheilige, die Helme und Schwerter trugen.

Sie gingen die einzige asphaltierte Straße entlang und bogen in eine Gasse ein, die bald so eng wurde, dass sie im Gänsemarsch gehen mussten. Die Gasse verwandelte sich in einen Weg voller Krümmungen, dann in einen lehmigen Pfad. Es hörte auf zu regnen. Der Pfad endete an einer hohen Mauer. Die hatte eine Türöffnung, durch die man in einen dämmrigen Lagerraum kam.

Drinnen hatte man das Gefühl, in einen kalten Regenwald geraten zu sein. Der Boden war weich und erdig unter den Füßen, in die Nasenlöcher drang ein Geruch aus Mineralien, Humus, Wasser und modernden Pflanzen. Feuchtigkeit rann von den Steinwänden. In der Ecke standen Krüge, aus denen Schösslinge aufragten wie kleine Fäuste. Aquarien liefen an den Wänden entlang, deren Filter dafür sorgten, dass sich das schleimige Wasser und die faserigen Pflanzen darin bewegen konnten.

»Gehört das hier irgendwie zur Uni?«, fragte Silmu. Er hatte gerade gemerkt, dass in den Aquarien keine Fische waren, sondern Wasserechsen und Frösche. Im größten saß ein großer Albinofrosch und streckte langsam seine fetten Gliedmaßen.

»Keine Ahnung«, antwortete Aivo. Er schaute kopfschüttelnd auf den weißen Frosch. »Der hier gehört jedenfalls nicht in die estnische Natur.«

»So ein Glitschtier gehört in überhaupt keine Natur«, meinte Piia.

»Was wetten wir, dass Pelagia in der Nähe ist«, sagte Silmu.

»Wieso?«

»Sie liebt solche Orte.«

15 LEBST DU NOCH?

Das Wohnzimmer war sauber. Launo hatte alle Kissenbezüge gewaschen und getrocknet. Er hatte gefegt und gesaugt, mit dem Mop gewischt und den Müll in Säcken hinausgetragen. Den Tisch hatte er wieder hingestellt, alles war wie zuvor, außer dem Flammenden Käthchen. Das hatte er abgehängt, denn er hatte gemerkt, dass es ihm gar nicht gefiel.

Der Glaser war da gewesen, das Fenster wieder heil. Draußen herrschte klares Wetter, das Meer wogte tüchtig, und die Blätter flatterten. Launo empfand Melancholie und Befriedigung. Die Gründe für die Melancholie lagen auf der Hand. Befriedigung, weil er die Aufräumarbeit bis zum Ende durchgeführt hatte. Er betrachtete die Bäume. Manche Ahorne waren gelb und braun gesprenkelt, manche mehrfarbig.

Launos und Katriinas Beziehung hatte vor über zwanzig Jahren genau bei so einem Herbstwetter angefangen. Es war eine andere Stadt gewesen, schön und vom bunten Laub geschmückt, eine Stadt der glücklichen Zeiten und der bellenden kleinen Hunde. Launo erinnerte sich, wie die Sonne eine glänzende Goldsträhne in Katriinas Haare gezeichnet hatte.

»Was möchtest du?«, hatte Launo gefragt.

»Erdbeere«, antwortete Katriina, denn sie standen am Fluss vor einem Eishäuschen.

»Erdbeere? Ich will dir den Mond und die Sterne zu Füßen legen, und du willst Erdbeere«, sagte Launo.

Katriina stellte sich auf die Zehen und gab ihm einen

Kuss auf die Lippen. Ihr Kuss kam steil von unten wie ein Delphin aus dem Becken, denn Katriina war klein und er groß.

An dem Abend hatte Launo einen Brief an Katriina geschrieben. Er war ihm beim Saubermachen in die Hände gefallen, als er Katriinas Schubladen durchwühlt und vergebens nach Spuren von anderen Männer gesucht hatte. Der Brief war in ein verschlossenes Buch eingeklebt gewesen. Launo hatte den Einband zerrissen und seine eigenen Worte gelesen, seine jüngere Handschrift betrachtet.

Mein Engel,
ich habe das Gefühl, verrückt geworden zu sein. Ich finde keine Ruhe, und mir ist auch gar nicht nach Ausruhen. In meiner Vorstellung wächst ein Schloss aus funkelnden Edelsteinen. Und in dem höchsten und schönsten Turm dieses Schlosses sitzt du, mein erstaunlicher Stern, und ich muss zu dir gelangen. Ich erinnere mich, wie dein Haar duftet, nach Wald, als wärest du nackt in einem Waldweiher geschwommen, und deine Haut – der Gedanke daran verbrennt mich. Ich bin zügellos, ich bin wie ein Wildhengst. Ich will dich anblasen wie das Blütenblatt eines Siebensterns, ich will mich in dich stürzen wie ins schäumende Meer.
Auf immer Dein
Launo

Jetzt saß Launo auf der obersten Ebene des Amphitheaters und aß Marmelade mit dem Löffel direkt aus dem Glas. Das Handy steckte in der Tasche. Es war aufgeladen, und immer wieder vergewisserte er sich, dass es funktionierte.

Einmal hatte es geklingelt. Eine Journalistin hatte angerufen und war so verlegen gewesen, dass sie es nicht gewagt hatte, ihre Arbeit zu machen. »Wie geht es Ihnen, Herr Silola?«, hatte sie gefragt. »Was glauben Sie wohl?«, hatte Launo geantwortet.

Die Marmelade ging zu Ende. Launo kratzte das Glas aus, als es in seiner Tasche zu surren begann. Er griff nach dem Handy. Die Nummer eine unbekannte Festnetznummer in einem Teil des Landes, dessen Vorwahlen Launo nichts sagten.

»Launo Silola«, meldete er sich.

»Guten Tag, Launo.« Es war die Stimme einer alten Frau, schrill und provinziell, und Launo war sicher, dass sie keiner Journalistin gehörte. Es lag weder Wärme noch Schönheit darin, aber eine Nuance, die ihm diffus bekannt vorkam und sein Vertrauen weckte.

»Guten Tag«, sagte Launo. »Wer ist da, bitte?«

»Ich bin Annamaija Mähkänen. Und du lebst also immer noch?«

»Ja«, sagte Launo. »Ich lebe noch.«

»Dann steht es um dich besser als um die Ehemänner gewisser armer Frauenzimmer. Hör zu, Launo Silola. Ich habe deine Frau hier. Kommst du sie holen?«

16 DER GEHEIME GARTEN

Sie traten in einen Garten.

Der Garten war vom Regen gewaschen und fremd und wunderbar, wie ein Friedhof ohne Tod. Über die Wände quollen Efeu und rubinroter Wilder Wein. Linden und Ahornbäume ließen ihre Blätter fallen. Überall funkelten silberne Wassertropfen. Zarte Herbstblumen wuchsen auf dem Rasen. Würmer krochen in der üppigen Erde, Pilze breiteten ihre Myzele aus, und überall herrschte ein kühler, wilder Duft.

Sie gingen an einem kleinen Springbrunnen vorbei, aus dem Mund eines Fisches kam ein kleines Rinnsal. Auf der Oberfläche trieben Blätter und Nadeln. Dann durchstieß ein lachsgroßer Goldfisch die Wasseroberfläche. Seine kleineren Artgenossen schwammen am Boden hin und her.

Um die Rasenfläche und die welken Blumenbeete verliefen Wege, sie führten an Sträuchern, Bäumen und kleinen Statuen vorbei immer tiefer in den Garten hinein.

»Schaut mal!«, sagte Kylli.

In einiger Entfernung stand im Sonnenfleck unter einem Ahorn eine Bank, und darauf saßen Tom und die Süßigkeiten verschlingende Pelagia. Die Umgebung ihrer Lippen war rot von Lebensmittelfarbe. Sie sah aus wie ein niedliches Vampirkind in seinem kleinen Todesgarten. Tom rieb sich die Nasenwurzel. Er hatte Schwierigkeiten mit der Kinderbetreuung.

Pelagia redete mit schriller Stimme, Tom seufzte gequält und nahm eine zweite Tüte mit Süßigkeiten aus der Tasche. Sie enthielt Mäusespeck. Die einzelnen Stücke waren so groß, dass sie nicht auf einmal in Pelagias Mund passten. Pelagia stopfte sie trotzdem hinein, und Tom schüttelte sich.

Astra und Kylli bekamen als Erste den Mund auf. Astra sagte: »Das Kind her, oder mein Bruder haut dir auf die Schnauze.« Kylli sagte: »Krieg ich auch einen Mäusespeck?«

Der stille Zauber des Gartens war damit gebrochen. Tom hustete vor Schreck. Nachdem er sich erholt hatte, ging er zum Gegenschlag über, sprang auf und fing an zu schreien. »Das ist mein Kind! Ich habe ein Recht darauf!« Dann brüllten alle eine Zeitlang wild durcheinander. Die Kinder zerrten die Erwachsenen an den Kleidern, aber keiner achtete darauf.

»Hundert Riesen!«

»Es ist genau umgekehrt«, schrie Aivo. »Du Idiot! Ich zahle auch ein Viertel von meinem Gehalt an Kyllis Mutter.«

»Mein Bruder kennt Leute von einem Motorradclub!«

»Dann wenigstens fünfzigtausend! Das habe ich verdient!«

Silmus Hände ballten sich zu Fäusten. In der frischen Luft schwebte nun der stechende Geruch von Ammoniak. Astra zupfte Piia am Ärmel. »Schaff den Typ von hier weg, und bring ihm Vernunft bei. Ich hab das Gefühl, dass Silmu ihn gleich verprügelt, obwohl er zu Hause beteuert hat, dass er das nicht will.« Astra hatte in Toms Geschrei unsichere Untertöne registriert. Er schielte nach allen Seiten, als hielte er nach einem Fluchtweg Ausschau. Astra hätte wetten können, dass er sich schon aus Erleichterung, davonzukommen, für alle Zeiten aus dem Staub machen würde.

Piia nahm ihn an der Hand, führte ihn zum Ufer des Goldfischteichs und hieß ihn, sich zu setzen. Tom fuchtelte mit den Händen in der Luft, Piia sagte nichts und nickte nur. Die anderen beobachteten den Fortgang der Verhandlungen, kauten auf den Fingernägeln, schauten auf ihre Füße und scharrten mit den Schuhspitzen in der Erde. Es dauerte und dauerte. Piia kam zwischendurch herüber, um Astra um Zigaretten zu bitten. Piia und Tom rauchten sie am Goldfischteich.

Plötzlich standen Piia und Tom auf und gingen Hand in Hand davon. »Gib dem Schwein den Laufpass!«, rief Astra. Es war ein beklemmender Gedanke, dass so ein knuffiger Schleimer wie Tom starke und intelligente Frauen wie Piia und Katriina betörte, wo doch auf der Hand lag, dass kalte und plumpe, zum Sadismus neigende Männer wesentlich anständiger waren – aber es kam keine Antwort. Die beiden zuckten nicht einmal zusammen und drehten sich auch nicht um. Tom und Piia traten in den Schatten der Bäume und verschwanden aus dem Blickfeld.

Eine Weile war es ganz still. Ein Fisch planschte. Dann brach wieder Lärm aus.

»Kylli! Pelagia! Wo seid ihr hin? Antwortet!«

»Jetzt aber, ihr Gören. Das ist ja nicht zum Aushalten!«

Fluchend rannten sie über die verschlungenen Wege und übers Gras. Sie lugten hinter Bäume und Büsche, rutschten auf Blättern aus und riefen sich die Kehlen heiser, aber von den Mädchen war nichts zu hören und zu sehen.

Pelagia und Kylli waren ins Herz des Gartens vorgedrungen und hatten einen geheimen Teich entdeckt. Er war groß, fast wie ein kleiner See, er war tief und hatte dunkles Wasser, und nahe am Ufer hüpften Schnaken und Wasserflöhe auf der Oberfläche. In den Tiefen des Teichs lebten Störe, Goldfische und vielleicht noch andere, viel seltsamere Tiere. Trittsteine, so klein, dass sie bestimmt nur für Kinder und Elfen bestimmt waren, führten vom Ufer in die Mitte des Teichs. Dort lag ein riesiges Seerosenblatt, dessen Ränder hochgeschlagen waren wie bei einem Tablett. Daneben trieb eine weiße, schmucke Blüte, auf der Wassertropfen glitzerten. Sie war größer als ein Kopf.

Pelagia und Kylli saßen auf dem Seerosenblatt. Sie legten sich hin, setzten sich, standen auf. Sie hüpften, sie kugelten sich und versuchten Purzelbäume zu machen, stellten eine Spinne und eine Ente aus Plüsch auf den grünen Mittelpunkt des Blatts und redeten mit ihnen. Sie probierten aus, was man auf einem Seerosenblatt alles anstellen konnte.

Aivo schaffte es als Erster ans Ufer und setzte sich keuchend auf einen Stein, dann kam Silmu angerannt, rief den Kindern und ließ sich neben Aivo erschöpft auf einem Felsbrocken nieder. Danach kam Astra und zum Schluss Kai.

Aivo kletterte hinter Silmu auf den Felsbrocken. »Dehnst du eigentlich je deine Trapeziusse?«, fragte er und fing an, Silmus Schultern zu massieren. Silmu wollte Aivo schon bitten, seine Hände im Zaum zu halten, war aber zu faul dazu. Es fühlte sich gut an, und keiner schaute her. Vielleicht spielte es keine Rolle. Viele Menschen massierten die Schultern anderer Menschen. Es war sogar üblich: Einer berühmten Studie zufolge massierten zehn Prozent der männlichen Population sich gegenseitig. Silmu schloss die Augen. Die Sonne wärmte die Lider.

Auf dem Stein nebenan lehnte sich Astra an Kai und

schaute auf den Teich. Sie dachte an den Kronleuchter, an die fremden Männer, an die Bänder, die blauen Flecken, an die grausamen und schönen Nächte. Kurz dachte sie an Kais Hund. Wie ging es ihm wohl, und war er wirklich so hässlich, wie sie es in Erinnerung hatte?

Kai war warm. Es war angenehm, sich an ihn zu lehnen.

Dann fuhr Astra zusammen, nahm das Handy aus der Tasche und wandte sich ihrem Bruder zu.

»Wir müssen Mama anrufen und ihr erzählen, dass wir Pelagia umsonst zurückbekommen haben.«

»Was wohl daheim los ist?«

»Vielleicht zieht Papa Mama die Ohren lang«, sagte Astra. »Oder Mama zieht Papa die Ohren lang. Oder sie lesen in der Klatschpresse die Geheimnisse voneinander und knutschen.«

»Was ist?«, fragte Silmu, als Astra keine Anstalten machte, anzurufen, sondern das Handy nur befingerte.

»Ich glaube, ich will gar nicht wissen, wie es ihnen geht.«

»Dann schick eine SMS.«

Astra nickte, tippte eine Nachricht und schickte sie los. Die Mitteilung stieg in den Äther auf und trat ihre Reise weit über Erde und Meer an. Vom Teich drang nun leise Musik herüber, wie von einem Glöckchen. Die Sonne schien auf Pelagias Haare; es sah aus wie eine goldene Aureole. Die kleine Schwester tanzte und sang auf dem Seerosenblatt.

»Gleich fällt sie ins Wasser«, sagte Silmu.

**Eine *Menage à trois*,
bei der keiner zu viel ist**

Bevor Victor Allcock ins Jenseits hinübertritt, muss er von seiner Liebe, seiner Amour fou zu Stella, der Strahlenden, berichten. Wie vom Blitz war er getroffen, als er sie bei Ausgrabungen in Griechenland kennenlernte.
Als seine alte Studienfreundin Voula ihn zu Grabungen nach Finnland einlädt, bedingt er sich Stella als Assistentin aus. Die charismatische Voula ist von einer bunten Schar von Jüngern umgeben, die ihr Faible für finnische Mythologie, finnische Urgötter und New Age teilen. Und Stella lässt sich auf Voulas Vorlieben ein, ohne den Blick auf Victor oder auf ihren Freund Antti, einen Computerfreak, zu verlieren. Und etwas Seltenes stellt sich ein: eine *Menage à trois*, bei der keiner zu viel ist. Bis Victor stirbt …
Drei ist keiner zu viel ist ein außergewöhnliches Dreiecksdrama, in dem Wissenschaft und Glauben, Liebe und Sex zusammenprallen – unkonventionell, intelligent, amüsant und voller Witz, spannend bis zur letzten Seite.

Miina Supinen, Drei ist keiner zu viel. Roman. Aus dem Finnischen von Anke Michler-Janhunen. suhrkamp taschenbuch 4551. 299 Seiten

NF 287/1/11.15

**Für immer und ewig –
bis Mutter uns scheidet!**

Regine und Karl Henrik begegnen sich in einem Krankenhausfahrstuhl: Sie ist ungewollt schwanger, er besucht seine kranke Mutter. Für die impulsive Hobbyastrologin und den schüchternen Drehbuchautor ist es nicht der beste Zeitpunkt, sich zu verlieben. Dabei scheinen sie für einander bestimmt – oder doch nicht?
Ein charmanter und warmherziger Roman über die Gefühlsodyssee zweier eigenwilliger Menschen, über die Unwägbarkeiten der Liebe und über das, worauf es ankommt im Leben – auch wenn das nicht immer einfach zu finden und noch schwerer zu halten ist …

»Tolle Unterhaltung vom Anfang bis zum Ende.« *Dagbladet*

Kristine Storli Henningsen, Unverhofft glücklich.
Roman. Aus dem Norwegischen von Ebba D. Drolshagen.
insel taschenbuch 4298. 301 Seiten

NF 193/1/03.14

NF 221/1/09.14

NF 250/1/4.15